U0065903
艾姆莉尼·
艾姆莉
住在出雲六塔的
義眼美少女。
是為在下層的
「仙醫甘露」的仙醫，
能操控吸取鏽蝕的真言
賈塢·
拉斯肯妮
曾對抗克爾辛哈的僧人之一，
也是艾姆莉的師父。
了解並擅長操縱符咒，
在暗中守護著
出雲六塔的秩序。

[插畫] 赤岸K
[世界觀插畫] mocha (@mocha708)
The world blows the wind erodes life.
A boy with a bow running through the world like the wind.
赤星ビスコ
指名手配
指名手配
身長180cm
猫柳ミロ
指名手配
SABIKUI BISCO
2

蕈菇守護者 五戒

一、愛護孢子，與之共生。

一、在自身之中孕育神。

一、凡事眼見為憑。

一、勿殺將死之人。

一、必要時懷疑五戒。

那是一尊奇異的神像。

巨大身軀在熊熊篝火照耀下泛著灰色光澤。久經鍛鍊的肌肉發達健壯，背上長著六隻手臂，手中分別拿著心臟、腎臟、肝臟、脾臟、肺臟，顏色栩栩如生……剩下那隻手舉著一支直衝天際的長槍。

祂睜大雙眼，張著血盆大口露出微笑，身形比一般人還要高大，看起來就像準備吞噬人間一切事物的羅神。

在那尊神像面前……

寬廣的神殿中擠滿無數僧侶，每個人都全神貫注，專心地唸誦經文。在他們穿的連帽僧袍底下，其臉龐和脖子上都布滿了密密麻麻的文字刺青，那一字一句都是經文。

（唵，究嚕尾伊羅，契盧娑遮。）

（唵，訶嚕究伊羅，契盧娑遮。）

每個僧侶唸起經來都像在竊竊私語，但三百多人齊聲唱誦，聽起來卻像黑暗中爬行的餓鬼發出的呻吟。

這時……

「將五臟獻至神前。」

神殿的大門緩緩敞開，一名穿著鮮紅色長袍，看起來像是教祖的人，以嚴肅的聲音說道。信眾彷彿說好似的紛紛退後，讓出一條通往祭壇的路。

教祖身後跟著兩名護衛武僧，接著是一名裹著薄紗的小女孩，另有兩名武僧將她夾在中間，一同步向祭壇。

「唵，阿囌叭嚕，釋哆，嘎盧那……」

「唵，阿囌叭嚕，釋哆，嘎盧那。唵，阿囌叭嚕，釋哆，嘎盧那……」

教祖與武僧們來到祭壇，跪下祈禱。而後拜倒在地的僧侶們也一次又一次地詠唱經文，神殿之中頓時充斥著一股異樣的興奮情緒。

「唵……唵，阿囌叭嚕……釋哆，嘎、嘎盧那……」

女孩在眾人包圍下跪在祭壇前，全身不停顫抖，努力擠出聲音唸誦經文。一旁的教祖站起身來，紅色長袍中露出一把銳利的匕首。武僧遞出裝著灰色藥液的罐子，教祖將匕首在罐中浸了一下，拉起女孩的手……就將匕首交到女孩手中，讓她緊緊握住。

「前一位巫女獻上了一只臟器，再前一位巫女挖出第二只臟器後才往生。妳要做的只是虔誠地奉獻自己……讓巫女之魂昇華至清淨的輪迴中吧。」

女孩喘著氣抖得更加厲害，斗大的汗珠一滴滴沿著脖子滑落。她鬆開身上的薄紗，在武僧的攙扶下朝自己緩緩舉起匕首，抵住光滑的腹部。

「……啊、啊啊……！呼！呼！呼！」

教祖在武僧耳邊低語，小心不讓幾近瘋狂的信眾聽見。

「這位巫女似乎不夠虔誠。你來幫幫她吧，在她死前挖出兩只臟器。」

武僧點了點頭。而那女孩滿身是汗，匕首刺進她柔軟的皮膚，微微滲血。

「算……算了吧……我還是……！」

「萬事俱備……請在神前獻出妳的五臟。」

「我不要——！誰來救救我——！」

女孩放聲尖叫，舉著匕首亂揮。匕首刺進武僧的眼睛裡，女孩趁他踉蹌之際逃了出去，專心唸經的信眾卻形成人牆將她擋了下來。武僧抓住女孩的腳踝，使她摔倒在地。

「沒法子了，給她個痛快。」

「是。」

「我、我不想死！媽媽、姊姊，救救我——！」

武僧壓制住女孩，從腰際拔出長劍對準她的脖子……

揮劍的同時，卻傳來了「啪」的一聲。

「……唔喔，這是！」

長劍在碰到女孩脖子之前落空。一道劃破空氣的閃光直衝劍身，劍刃從底部應聲斷裂。

武僧盯著劍柄上那著實平整的切面有些出神，就在下個瞬間——

啵！

鮮紅色的毒蠅傘菇從劍柄處倏地綻放，發芽力道之大，使武僧整個人被衝飛，摔在神殿的牆壁上。

「異教徒！」「快保護僧正！」

僧侶聚在一起想要護衛教祖，這時一抹紅光飛越他們頭頂，深深射進他們背後的神像胸口，神像轉眼間就被紅色菌絲網覆蓋。啵咚！啵咚！神像身體碎裂，開出一朵朵鮮紅的蕈菇。

「啊、啊啊，摩錆天神！」

武僧試圖阻擋尖叫喧譁的僧侶，這時射來一支更為強勁的箭，刺進神像的鼻梁。

啵轟！

蕈菇猛然爆裂，將神像的頭顱整顆炸飛。

神像斷裂的脖子上開出蕈傘，一道人影踩著牆壁彈跳到上頭，那人肩上的大衣隨風飄動。

他有著火焰般搖曳的紅髮和炯炯有神的綠眸，右眼周圍的刺青在篝火照耀下泛著紅色光芒。

那姿態有如修羅，甚至堪稱荒神。他散發出業火般的氣焰，令在場所有人為之震懾。

「你們是想犧牲這孩子，來消除自己的業障嗎……！」

他這麼憤怒大吼，露出了獠牙般的犬齒。

「這麼缺供品的話……！我就把你們的頭砍下來當供品好了！」

怒吼像雷鳴一般響徹神殿，又像閃電似的射穿無數僧侶的心膽。

「是……是火神。」「是須佐之男！」「摩錆天神被打倒了——！」

信徒們發出慘叫，開始四散奔逃，武僧們即使想制止信徒，也被淹沒在人群當中。這時卻有一名僧侶與眾人呈反方向，輕鬆自如地穿越人潮跑向祭壇。

「小心，他還有一個同夥！」

「可惡的異教徒！你們是來殺教祖大人的嗎？」

「抱歉，請你先睡一下！」

武僧衝過來施予一記斬擊，僧侶輕易避開，扭著身子一翻身便朝武僧下巴踢了一腳。武僧飛了出去在地上翻滾，將一旁的篝火撞倒在地。

僧侶站穩腳步，僧袍的兜帽隨之滑落，露出絲般柔順的淡藍秀髮。他的肌膚白皙通透，生著一副宛如女性的娃娃臉，唯有左眼周圍有著一圈熊貓般的黑色胎記。

「請、請問……你是……？」

「我是碰巧路過的醫生，還好我們有路過這邊！」

熊貓少年咧嘴一笑，便將女孩抱了起來。他接連踹飛兩三名襲來的武僧，對著正在神像上面瘋狂放箭的搭檔喊道：

「畢斯可——！該收手了！用杏鮑菇逃出去吧！」

「我讓它開在石像的胸口！倒數三秒就走，三！」

「二！」

美祿抱著女孩跳到神像的手臂上，最後落在搭檔身邊。

他們背靠背喊了一聲：

「──！」

喊畢，兩人縱身一躍，狠狠踩在畢斯可射出的紫色箭矢上。

啵咚！

神像胸口斜斜地長出一朵杏鮑菇，將三人從神殿彈飛至遠方，然後……

沒有然後了，在那之後什麼也沒發生。除了殘破不堪的神像上陸續綻放的蕈菇發出「啵！啵！」的聲音外，一切又歸於寂靜，彷彿剛剛那一幕全是幻覺。

「這些瀆神之徒……！不是惡鬼，就是修羅……」

「…………」

武僧們被夾在逃竄的信眾當中，一想起旋風般離去的敵人便感到畏懼……教祖仰望神像的慘狀，紅色僧帽下的雙眼顯露出不悅的神色。

這時……

「這就是天啟吧。」

一道嬌小的人影穿著滿是華美裝飾的白袍，鑽過武僧間的縫隙走了過來，倒在地上的篝火映照出其身影。

「……天御子大人！您怎麼會來這裡……！太危險了。」

「你也看到了吧。神像粉身碎骨，象徵著摩錆天言宗即將瓦解。你也不必對我父親盡忠了，趕緊離開教派吧。」

「莫說傻話。你們這些混帳，有你們在怎麼還會發生這種事……！」

武僧們在教祖的訓斥下各個低頭不語，但沒人敢對白袍說的話表示意見，可見該人是個高階的僧侶。

「不用擔心，只是神像被人破壞而已……這邊請。」

教祖牽起白袍的手，白袍順從地跟著他走了幾步後，回頭一看……

「……好漂亮——」

蕈菇穿破神像綻放，在夜色中微微發光。白袍見到這一幕，紫眸中露出興奮的光芒。

食鏽末世錄

SABIKUI BISCO

The world blows the wind erodes life.
A boy with a bow running
through the world like a wind.

2

血迫！超仙力克爾辛哈

瘤久保慎司

SHINJI COBKUBO PRESENTS

[插畫] 赤岸K

[世界觀插畫] mocha (@mocha708)

「呀啊——！」

女孩的尖叫聲呈拋物線劃破夜空。三人飛到神殿外一座較高的小山丘，眼看就要摔落平坦地面時，一隻巨大的甲殼類從側方跳起來抱住他們，在山丘上翻滾了好幾圈。

「……噗哈！謝謝你，芥川！」

美祿說著摸了摸保護他們的巨大螃蟹——芥川的肚子。接著又從山丘上俯瞰剛才的神殿，那裡已經是屋頂破損的慘況。

「唉，畢斯可，你做得太過火了吧！怎麼能把神像打爆……」

「呿，他們想剖開小孩的肚子耶，這麼做只是剛好而已。」

畢斯可站在美祿身旁，不悅地望著下方的神殿。

「一群大人聚在那邊對著石像鞠躬哈腰，看了就煩。」

「……不過那個教派或許真的氣數已盡。他們只剩下一個空殼，也沒有任何關於不死僧正的線索。」

美祿說著便轉身走向暈倒在芥川腳邊的女孩。她環抱自己的小小身軀，臉上有著新的淚痕。

「這小鬼身上沒有那種刺青耶，因為她是巫女嗎？」

「啊，喂！你不能偷看純潔少女的身體啦！」

「不過是個小鬼的裸體……啊，不然你就可以看喔！」

「我是醫生啊。你轉過去啦！快點！」

美祿背過氣呼呼的畢斯可，為女孩施打了幾管安瓶。原本瑟瑟發抖的女孩終於發出規律的鼻息，緊張的表情也漸趨平穩。

「她身上沒有外傷，卻因為精神方面的問題而極度瘦弱。看來她被那個教派洗腦得很徹底，竟然自願獻出內臟當供品……」

「但她的靈魂沒有被汙染吧。畢竟她都說了不想死，還喊了救命，所以我才會去救她。如果她沒有求救，我才懶得搭理。」

「耍什麼帥！不管怎樣你都會去救她啦。」

「你少囉嗦！」

畢斯可躍身至芥川身上，隨後美祿也抱著女孩跳上蟹鞍。芥川緩緩起身，逐漸加速跑了起來，美祿在牠身上坐定後喃喃自語道：

「她為了信仰犧牲自己……但是，這信仰如果只是他人捏造出來的東西，那她至今付出的心力和時間……到底算什麼？之後這個孩子……該相信什麼才好呢？」

「相信自己就好了。」

畢斯可不經意地回了一句，美祿聞言，轉頭凝視他的側臉。

「神就在我們心中。蕈菇守護者也會向弓神祈禱……但並不是唸了經就能射中目標。應該說，將自己訓練到百發百中這件事，本身就是一種祈禱。」

畢斯可突然發現搭檔微笑著看自己，便難為情地別過頭去。

「畢斯可，你雖然看不懂漢字，卻懂得人生哲學呢。」

「這跟學問沒關係吧！不然你又是怎麼想的，說啊！」

「哈哈！我不需要哲學啊，我只要相信你就夠了！」

搭檔天真的笑臉令畢斯可語塞，他「嘖」了一聲，使勁鞭策芥川再跑快一點。

長夜將盡，朝陽自遠方升起……大螃蟹與兩名少年逐漸沐浴在一片橙色之中。

1

畢斯可、美祿和芥川在上次的食鏽大爆發事件後，離開了美祿的故鄉忌濱，打算前往畢斯可的故鄉四國。

兩人行經兵庫缽伏山時，碰巧在山路上遇見一支蕈菇守護者的商隊。

「別動——丟掉武器，過來……咦，等一下，我還想說是誰，原來是畢斯可啊！大家快看，是賈維爺爺家的畢斯可耶！」

「當年的小屁孩長大了，你們瞧，他還帶了個漂亮老婆呢！」

「他才不是我老婆啦，白痴！他叫美祿！是我的新搭檔啦！」

這支商隊的成員大多來自鳥取，他們聽說忌濱願意收留蕈菇守護者移民，全族的人便一同離開家鄉，步上遷徙之路。

兩人一蟹接受了商隊（以蕈菇守護者的標準而言）最好的款待後，決定趁此機會，向長老請教關於畢斯可特異體質的問題。

「世上確實有人擁有不死之身。」

「什麼！」

「而且據說他還能讓人獲得不死之力。」

「喂，老太婆！這應該不會是妳瞎掰的吧！」

「啊，畢斯可！講話要有禮貌！」

長老抽著手中的長菸斗，見畢斯可那麼激動，便「嘻、嘻」笑了起來。她皺巴巴的臉上有著耀眼的刺青，還戴著耳環，讓兩個少年感受到一股身經百戰的氣質。

「我們過去曾信奉一位名為菌神的土地神，然而島根卻來了一群由什麼『不死僧正』率領的教派，將菌神的御神體連同寺廟全部燒燬。」

「『不死僧正』……？那你們和他交手了嗎？」

「我不知道他的不死之身是否跟你一樣透過蕈菇的力量而來。我射了兩發毒蠅傘在他身上，他還活得好好的。從那時起我就相信他真的是不死之身。眼看打不過他，我就連忙逃跑了。」

老婆婆見兩名少年對看了一眼，那布滿傷痕的臉上露出淺笑，吸了幾口菸說：

「那已經是好久以前的事了。島根的出雲六塔有個兩百年來都不老不死的僧正，主宰著那個地方……這則傳說在我年輕的時候任誰都知道。有段時間，一些想去除身上鏽蝕或是想獲得不死能力的傢伙，都一窩蜂地跑到摩言宗……嗯，全名是摩錆天言宗，但這名字太長了，一般都簡稱摩言宗……總之當時許多人都想進入摩言宗門下。」

「長老，請問那個不死僧正……現在還在出雲六塔嗎？」

「這我就不知道了，不過最近聽說摩言宗也快完蛋了。」

長老說完對兩人深深吐了一口煙，呵呵笑起來繼續說道：

「不管怎樣，你們能去就去吧，去那裡尋找不死之身的祕密。他既然能讓人不死，應該也能解除不死。我想那裡一定會有一些線索吧。」

善戰的老婆婆用她的粗糙手指撩起畢斯可的下巴，在他面前勾嘴一笑。

「不過如果我是你，才不會拋棄那麼方便的身體，這樣未免太無趣了。」

就這樣。

半個月後……他們來到了大宗教國家，島根。

島根縣與周圍的縣交流甚少，擁有獨特的文化體系，據說島根縣幾乎可以與中央政府平起平坐。

其原因在於信仰之力，即宗教所具備的強大影響力。島根是纏火黨、巨隆堂等大型教派的據點，他們的信徒散布日本各地。一旦中央政府對島根施壓，混雜在一般市民中的信眾可能會發動罷工或恐怖攻擊，使社會陷入混亂。

因此，島根成為中央政府無法干涉的中立之縣，有些人甚至將島根稱作一個「國家」。

即使如此。

現代日本無處沒有鬥爭與陰謀。

縣與縣之間會有紛爭，同樣地，島根的各種宗教之間也是……事實上戰爭的因子每天都在檯面下暗潮洶湧，隨時有可能爆發。

「哎呀～～我真沒想過妹妹回得來！我剛剛才在想爸媽死了，要是連唯一的妹妹都離我而去，那我真的要把店收一收，去當尼姑算了。」

酒館的天花板吊著幾顆燈泡，成群的飛蟲用小小的身體「滋、滋」地撞擊燈泡，使之輕微搖晃。燈泡下方的桌子周圍坐著一些像似農民的人，他們臉上沾著泥巴，手持酒杯哈哈大笑。

「真是太感謝妳們了！今天就別客氣，想吃什麼盡量吃！我們店裡的飯菜在這一帶還滿受歡迎的喔。」

「帕倫啊，我們的燒酒沒了，快來幫忙倒酒。」

「我才不要呢，你們自己倒啦！今天我要優先招待這兩位客人！」

年輕貌美的老闆笑容滿面，邊說邊看向吧檯座位。她口中那兩名年輕人早已毫不客氣地開始大啖美食。

「喂，這是什麼豆腐啊？超好吃的耶。大姊，有白飯嗎？」

「麗滋，那個不能直接吃啦，要用蕎麥麵沾來吃。」

「妳沒吃過鮟肝沾麵嗎？這是島根名產，用漂浮鮟鱇魚的魚肝做的。」

「吸窣窣窣、窣窣窣窣。」

「嗚哇！噴、噴出來了啦！妳、妳能不能有點女生的樣子啊！」

坐在吧檯邊的，是兩名穿著獵人服裝的……少女。

其中一個有著絲綢般的天藍色及肩短髮，身形纖細。她的左臉包著繃帶，帶有一絲妖豔氣息，但其面容和藹可親，有種爽朗之美，可謂難得一見的美人。

然而她的同伴……

卻是個虎背熊腰的……紅髮少女。她那尖刺的頭髮如彼岸花般散亂豎立，臉上的繃帶和同伴相反，纏在右側。煞氣的左眼散發出翡翠色澤，只要和她對上眼就會被她的氣勢壓過。

紅髮少女的臉狂野得不像女性，實在不適合化妝。不過她的相貌端正，這種臉型在現代或許可以在傭兵團中見到……她長得就是這麼中性。

兩人的脖子和胸口都有幾道化妝掩飾不了的傷痕，她們掛在牆上的大衣也有種陳舊之感，種種跡象皆顯示出她們是年輕而老練的獵人。

「喂，早知道這裡東西這麼好吃，我們就直接過來這座小鎮了。也不用躲躲藏藏，可憐兮兮地吃蜥蜴乾充飢。」

「你怪誰啊！畢斯可，要不是你把事情鬧大，我們在島根也不會被通緝……」

「喂，白痴！你不是說不要用本名嗎？」

「唔，抱、抱歉……」

想當然耳……

這兩個女裝扮得很失敗的，就是別號食人菇與食人熊貓的懸賞犯，畢斯可和美祿本人。島根敞開大門歡迎追求信仰的罪犯，也對政府表明中立立場，因此畢斯可和美祿大可不必隱瞞身分，但他們前陣子潛入摩錆天言宗大鬧一場後，又徹底變回通緝犯了。

兩人問出小巫女住在哪裡之後，本想悄悄將她放在家門口就離開，卻無法自拔地受到屋內的飯菜香味吸引……

幸好巫女睡得正熟，他們便換上女裝，進去好好吃頓晚飯。

「喂，這個……白白軟軟的是什麼？超好吃的耶。」

「這是海鯰心臟的天婦羅！很好吃吧？」

「這樣說來，島根的特色料理好像都是用內臟做的，有什麼特別的原因嗎？……麗滋！不要搶我盤子裡的菜！」

「島根雖有各種宗教，但每個宗教都認為五臟六腑是一切力量的根源。我們相信吃肝補肝這類概念，常以美味的內臟進補。這個習慣源自島根以前最大的教派，摩言宗的五臟信仰。」

「……大姊啊，妳說的那個摩言宗……」紅髮少女一邊任由搭檔替她擦拭嘴角，一邊詢問老闆：「那到底是個怎樣的教派？我們聽說它是由一個不老不死的大僧正領導，規模還滿大的。實際上卻沒看見任何長得像神仙的僧正……感覺只是個烏合之眾組成的邪教。」

老闆頓了頓，稍微壓低音量回答少女的問題。

「我不知道這裡有沒有他們的餘黨，不敢講太大聲。不過摩錆天言宗是最近十年才開始衰敗的。你們救到我妹的那個地方，好像是流亡的信徒所建的基地。十年前確實如你所言，有個不死的大僧正坐鎮在出雲六塔之中。」

「不死僧正果真確有其人嗎？」

「我也沒見過，但當時摩言宗勢力很大。還有人說那個僧正法力高強，能將不死之力賦予他認同的人，因此六塔門前總是擠滿了追求永生的入教者。」

老闆的說法和在商隊聽女長老說的一致。紅髮少女原以為那是老人家瞎掰的故事，聽到這裡不禁皺起眉頭，低吟苦思。

「……既然那個僧正神通廣大，他的教派怎麼還會衰敗成這樣？」

「不死僧正可以賜人不死之力，當然也可以將能力收回。不死僧正信任的幾個高僧得到不死之力後，就開始跟他保持距離……」

老闆俐落地用大刀剁掉大蝦的頭，將蝦身放入滾燙的油鍋中。接著她暢飲起自家賣的酒，繼續說道：

「他們認為只要除掉僧正，就能確保自己的不死之力不被收回。據說最後有六個高僧聯手將不死僧正趕了出去。」

藍髮少女停下筷子，皺著眉想了一會兒。

「……不知道這些傳言有多少屬實呢。麗滋，你怎麼看？」

「連你都不知道了，還問我幹嘛。大姊，再來碗飯。」

「好喔！哈哈，妳們是怕被人報復嗎？別擔心！聽說大前天有人發現摩言宗的基地已經變成一座香菇山了。」

「不對，那不是香菇，是毒蠅……」紅髮少女還沒說完，側腹就遭到搭檔肘擊，猛地咳了起來。老闆疑惑地看著她，藍髮少女回以一個尷尬的笑容。

「……唯一讓人不爽的是，打倒他們的也是一群惡棍。既然現場有蕈菇，應該就是赤星那夥人做的吧。」

兩名少女手中的筷子頓時僵住，兩人小心地觀察老闆的表情。紅髮少女發現老闆的語氣有些不尋常，便開口問道：

「赤星那夥人……？」

「真是的，妳們不可能沒聽說過吧？最近這裡……」

老闆話才說到一半，酒館大門就「砰！」的一聲被踹破，一個高大的男人大搖大擺地走了進來。

「哼哼，你們這些鄉下的鏽木頭，今天過得挺開心的嘛。」

「牛糞好臭，我快受不了了，老大。」

「閉嘴。這些農民每天彎著身子辛勤耕作，我們才能吃到美味的飯菜啊。給我謙卑一點，你們這些混帳東西。」

一群打扮像山賊的人踹破酒館大門魚貫而入，一看就是流氓。

店內客人呆若木雞。有的山賊搶過桌上的酒瓶開始豪飲，有的山賊一把抱住年輕夫婦的人妻，各個都在做些典型壞人會做的事。

有個穿著華麗鎧甲和毛皮外套，紅髮直豎的高個男站在那群人中間，似乎是他們的首領。還有一個穿著暴露的藍髮女子，用纖細的手臂摟著高個男的臂膀，倚在他身上。

「嘖，他們來了，有夠衰。」

「嗨，帕倫。今早的島根日報妳看了吧？我把妳痛恨的摩言宗解決掉了。妳這麼照顧我們，總該報答一下嘛……」

「那夥人全死光了。畢斯可，你那時候真的好帥喔～～用你那把大斧頭豪邁地把和尚們的頭一個個都砍了下來。」

「唔，咳、咳咳！」

「啊，麗滋！」

紅髮少女聽見「畢斯可」三個字，似乎被口中的麵條嗆到，猛烈地咳了起來。搭檔連忙拍了拍她的背，同時靜靜地低下頭，避免讓人看到自己的長相。

山賊首領不悅地看了她們一眼，這時老闆刻意大聲說話，將他的視線拉了回來。

「那真是辛苦你們了。所以你們又是來要飯要酒嗎？很抱歉，這裡已經沒有人會再請你們吃霸王餐了。」

「妳這臭婆娘，好大的膽子。」老闆強硬的態度惹得「畢斯可」極為不滿，他用力拍了一下吧檯桌，使幾支酒瓶砸碎在地。「我看你們這群鏽木頭連腦袋也生鏽了。你們不知道這裡的治安是誰維持的嗎？外面多的是盜賊和山伏，像你們這種小鎮隨時會被人夷為平地。」

藍髮少女氣得想起身，老闆卻用眼神阻止她，似乎在說「這已經是家常便飯了，妳別插手」。

「畢斯可」身邊的女子眼尖地注意到她們，望向兩名少女的桌面說道：

「怎麼，好吃的飯菜酒水不都在這裡嗎？這種鄉下丫頭妳也招待，為什麼不招待我們呢？」

「……好了好了，美祿。她們好像是新來的，妳就別嚇人家了。」

紅髮高個男帶著猥瑣的笑容接近她們，將手伸向離他較近的……藍髮少女，勾起她的下巴。

「而且妳看，這丫頭這麼漂亮……看起來就不像鄉下人。嘿，小姑娘，妳是打哪來的呀，嗯？怎樣，要不要陪我們喝一杯？」

藍髮少女狠狠瞪了「畢斯可」一眼，但她生性溫和，氣勢完全不敵這個訕笑的男人。

她顫抖著吐了口氣，無助地望向她的搭檔……

「大姊，再給我一碗這種海膽。」

「你也來救我啊！笨蛋！」

她忍不住朝對方後腦杓用力拍了下去。

她的搭檔抱頭縮成一團，這個舉動讓「畢斯可」覺得自己被小看而怒火中燒。他甩開藍髮少女，大步走向紅髮少女，一把揪住她的後頸。

「竟敢無視我，妳知道我是誰嗎，混帳！本大爺可是懸賞金三百萬日貨的全國通緝要犯，食人菇赤星喔！」

少女聽著他的怒吼，張嘴露出獠牙般的犬齒，一頭紅髮著火似的散開。儘管脖子被勒住，她臉上卻沒有一絲痛苦，反而猙獰地笑了起來。

「妳、妳……？」

「你如果不爽……如果要這樣鬧，就做得徹底一點啊。」

少女……不，赤星畢斯可將掛在嘴角的麵條一口吸進嘴裡，繼續說道：

「刺青師在整你耶，你都沒發現嗎……你右眼刺的是金針菇，代表沒有同伴就什麼都做不成的膽小鬼。」

「你、你到底是誰……！」

「赤星畢斯可的刺青是這樣。」

畢斯可解開臉上的繃帶，露出右眼那圈帶有暗紅色光澤的美麗刺青。

「這是食鏽的印記，受到強大神力加持……你既然要用我的名號，就不要只學一半……！」

畢斯可齜牙咧嘴，目露凶光。「假赤星」看見他的笑容，就像小動物遇見猛獸，表情瞬間充滿恐懼。

「你、你是……食、食人赤星本人……！」

「喂，還不放開你的髒手。」

畢斯可說完便抓住勒著他脖子的那隻手，有如鉗子般用力一捏。

嘎吱嘎吱嘎吱！

「喔喔咿咿啊啊——！」

畢斯可憑藉驚人臂力，將假赤星粗壯的前臂捏到變形，手指深陷肉中。可憐的「假赤星」痛得哇哇大叫。

接著畢斯可將假赤星的手使勁往地上甩。承受不住被甩的力道，他整個人宛如風車不斷翻滾，接連撞爛了一兩張桌子。

「老、老大！」

山賊們雖然害怕，仍紛紛舉槍對準畢斯可。美祿迅速抽出弓箭，將一支支細箭射進山賊們的手腕，開出淺藍色的小蕈菇，轉眼間就讓他們失去力氣。

「嗚、嗚哇啊啊，我的手……怎麼麻掉了！」

「是、是蕈菇！這些傢伙是真的蕈菇守護者！」

美祿用眼角的餘光撇向那群不知所措的山賊，感覺有些不悅地將弓收到背後，對著急忙重綁繃帶的畢斯可大吼：

「剛剛那種情況真虧你還吃得下飯耶！難道你都不擔心我嗎？」

「我擔心你幹嘛？那點程度的傢伙你一個人就能解決了吧。」

「你一點都不體貼耶，根本沒人性！」

「你們兩個混蛋——！」

兩人吵得正凶，忽然聽見假赤星從店外用擴音器對他們咆哮。他們隨即飛奔至店外，只見一輛雄壯的戰車停在那裡，主砲還對著他們。

「竟敢小看我！只要殺了你，我就是真正的畢斯可了！我要用芥川的主砲把你們連同這間店一起炸得粉碎——！」

「糟糕，玩笑開過頭了。」

畢斯可悠哉地說完，主砲的砲管便嘎嘎轉了過來。他立刻圈起手指吹了聲口哨，一道巨大的影子就刮起強風，出現在兩人上方。

「發射！」

砲彈擊中目標前，那顆橘色大隕石「轟！」地落至地面，揮動牠的大螯，將那顆試圖粉碎酒館和畢斯可的砲彈像球一樣彈到遠方山上，便在該處炸開冒起白煙。

「好險～～抱歉啊，這麼急著找你過來，芥川！」

「什、什麼？」

假赤星剛被大螃蟹的英姿嚇到慘叫，兩名蕈菇守護者又各射了一箭，刺穿戰車的裝甲板。主砲開出紅色蕈菇，引擎開出藍色蕈菇，兩邊都紛紛迅速地「啵！啵！」綻放，將鐵製裝甲一片片彈飛出去。

「哇啊，哇啊啊——！」

戰車的駕駛艙冒出黑煙，假赤星在千鈞一髮之際爬出之後，那輛「假芥川」就在他身後轟然爆炸，火星噴得到處都是。

「你、你們給我記住，我會殺了你們，我一定會殺了你們——！」

假赤星撂下狠話，帶著手下逃之夭夭。畢斯可不耐煩地轉了轉脖子，望向僵在酒館門口的藍髮女子說道：

「喂，妳不逃嗎？這是第一次，所以就先放過你們，記得提醒你們老大把刺青改回來。」

「等、等一下，所以……你、你是赤星畢斯可本人嗎？」

原本被一連串的狀況嚇到不行的「假貓柳」，此時卻發出嬌聲跑向畢斯可，並伸手勾住他的脖子。

「哇、哇啊！妳幹嘛啦！」

「哎呀，你這麼壯，不可能是女人嘛。終於讓我見到你了。我其實啊，也是被那個冒牌貨騙的，是受害者喔。只要真正的赤星陪著我，我就安全了。吶，你現在就跟我回據點……」

「假貓柳」在畢斯可耳邊喃喃細語，惹得他滿臉通紅。美祿伸手搭上她的肩膀，使出驚人的力氣將她從畢斯可身上拉開。

「唔、唔哇，別、別拉了……哈、哈哈，我知道了，原來貓柳也有正牌的啊。你就是那個負、負責做菜的……」

「……胎記錯邊了。不是右邊，是左邊。」

美祿一反平時的慈母形象，露出像要吃人似的凶狠眼神。

「……要不要我幫妳弄個真的上去？」

與溫柔相貌不符的低沉嗓音令假貓柳瑟瑟發抖，顧不得整理亂掉的衣物就轉身逃開，消失在黑暗之中。

一旁的畢斯可同樣嚇了一跳。

「……原來你也會壓低嗓音說話啊，那你平常幹麻不這樣講話！」

「平常發不出這種聲音啦。重點是……唉，我們把人家的店弄得一團糟……」

美祿走進酒館，嘆了口氣環視店內。桌子被假赤星的身體壓爛、椅子被因麻痺而掙扎的山賊們撞爛，狀況十分悽慘。

「也沒到一團糟吧，跟平常相比這只是小菜一碟。」

「我說你啊，人家才剛請我們吃飯，你這樣講對嗎？」

老闆錯愕的表情逐漸轉為笑容，她跑過來握住他們的手，用力揮了幾下。

「哇——！妳們打倒赤星了！原來妳們是蕈菇守護者啊！好厲害喔！真是大快人心！」

「老闆，抱歉，把妳的店弄成這樣……」

「啊哈哈！這點小事不算什麼！那夥人進來店裡時，我還以為情況會更糟呢。多虧妳們兩位身手矯健的客人！」

老闆爽朗地笑了起來，幸好她沒向他們求償店內損失……而且，儘管察覺到這對惹事的蕈菇守護者是何方神聖，她似乎也沒有打算大肆宣傳。

這時一名綁完山賊的客人開口說道：

「喂，妳們做事真不乾脆耶。幹嘛不殺了赤星啊！那夥人肯定會調動所有戰車，回來報復我們的！」

「沒禮貌！怎麼這樣跟恩人說話！」

「可是帕倫，聽說那夥人會把村子裡不聽話的女人抓起來，賣到六塔去耶。因為我們只是個車站小鎮才幸免於難，萬一他們把這裡……」

「你是在怕什麼！你沒看見赤星被扔出去時那副可笑的表情嗎？跟一般的混混比起來，赤星也強不到哪裡去啦。他要是還敢來，我們就把他抓起來，賺他個三百萬日貨吧！」

聽完老闆的鼓勵，農民們反應不一，面面相覷，似乎還是拿不定主意。

畢斯可原本事不關己地聽著他們的對話，直到搭檔拉了拉他的袖子，露出懇求的神情，畢斯可才嘆了口氣，沒好氣地問道：

「那夥人的基地在哪裡？」

「咦？」

「請問赤星的據點在哪裡呢？我們會去找那夥人，把事情做個了結。對不起，畢竟惹事的是我們……」

「別開玩笑了！就算妳們很常打架，兩個女生去那邊……要是發生什麼事，後果真的會不堪設想！」

「……硬要說的話……」

美祿瞄了一眼他那撇嘴抱胸的搭檔，輕輕笑道：

「後果不堪設想的應該是他們吧！」

時隔半年，民眾已經逐漸淡忘食人赤星的所作所為，但他在北宮城大乾原引起的蕈菇林增生事件，以及該事件起因於「鐵人」等內幕消息，在事發當下就傳遍日本各地，震撼了不少人。

其中一項後續影響……

就是「赤星畢斯可大量增生」的現象。

如風惡棍的蕈菇守護者「赤星畢斯可」，現在全日本已無人不曉。這段日子累積的罪行，使他的懸賞金突破了三百萬日貨。

日本政府沒有料到一再調高他的賞金、公布他的罪行，反而為「食人赤星」這個名字增添更多魅力。

一直以來都有些民眾不滿政府的作風，在他們之中，有越來越多人將恣意玩弄政府的赤星奉為英雄。由於畢斯可從未公開露面，便有許多人接連冒出來自稱「我才是食人赤星！」。

這些「假赤星」紛紛崛起，在各自的區域吸引信徒，卯足了勁從事盜賊活動……這就是近半年來日本的趨勢，使得各縣的縣警和自衛團一個頭兩個大。

另一方面……

對於赤星畢斯可及貓柳美祿這兩名懸賞犯本人而言，卻是一件出乎意料的好事。

如今假赤星們的硬漢形象深植人心，誰也想不到真正的犯人竟是兩名少年，畢斯可和美祿通過各縣關隘時也輕鬆不少。他們熟知各種闖關方法，現在唯一有可能攔下他們的，也只有被他們騙過幾回的群馬關隘了。

「吶，制伏那夥人之後你打算怎麼做？要回四國嗎？還是要繼續追宗教那條線索？」

畢斯可握著大螃蟹芥川的韁繩，美祿邊為他卸妝，邊這麼問道。畢斯可戴著貓眼風鏡看穿深黑的遠方，熟練地駕著大螃蟹在暗夜中行走。

「嗯，我對酒館老闆說的出雲六塔有點好奇。如果那個不死僧正真的擁有解除不死之身的祕術……那麼，那種法術很可能還留在六塔。我想先確認完這點再回四國。」

「……畢斯可，老實說……我沒有很想去出雲六塔。那裡號稱是個張開雙手歡迎所有人的宗教都市，實際上各個宗教之間紛爭不斷，聽說治安也很差。聽信可疑的謠言跑到那種地方……」

「噓。看到了，就是那棟，在山坡上面。」

美祿朝著畢斯可指的方向望去，看見漆黑夜色中，有棟兩層樓的廢棄建築微微透著亮光。那應該就是老闆所說的假赤星據點。

「有夠麻煩。就從這裡射一發毒蠅傘箭，把他們一網打盡好了……」

「不行啦！說不定他們手上有人質耶。而且你答應過我，只殺真正的壞人！」

「好壞很難明確區分吧。你說說看，在這種世道下，怎樣才算壞人？」

「壞人就是……像黑革那樣的人，還有會欺負貓咪和螃蟹的那種……」

「你是德川綱吉喔，走了啦！」（註：以愛護動物著稱的江戶幕府第五代將軍）

兩人姑且先從芥川身上下來，爬上山坡，窺探敵人的基地。他們原以為敵人正熱烈地討論復仇計畫，想不到建築物內部卻鴉雀無聲。

「……畢斯可，有血的味道。不知道他們是鬧內鬨，還是怎麼了……？」

「嗯，但未免太安靜了……再靠近一點看看吧。」

他們快步靠近那棟建築，窺視內部狀況，仍舊沒有聽到半點聲響。畢斯可以眼神示意，美祿點了點頭，握著弓小心潛入屋內。

大房間裡有一盞閃爍的白燈，幾隻蛾飛在燈旁，蛾影在地上搖晃。

此外……

有好幾個山賊以扭曲的姿勢倒在地上，膚色蒼白。

（……！死了……？）

美祿壓抑住自己慌亂的情緒，他環顧四周，在屍體堆中找到了假赤星的壯碩軀體，連忙跑了過去。

美祿的後頸流下冷汗。

（……這是怎樣……？怎麼有這種死法……！）

無論是當醫生或是當蕈菇守護者時，都見識過各種悽慘的場面，不至於為一具屍體驚慌失措才對。

然而眼前假赤星的死狀，即使在經驗老道的美祿看來仍相當詭異。

他的「胃」被人挖走了。

假赤星的肚子破了個洞，洞裡本該存在的胃臟不見蹤影，只見周圍的臟器腐爛生鏽。肚子破成這樣一般應該會血流如注，但假赤星似乎連血液都遭到鏽蝕，出血量並不多。

（皮膚完好，只有胃不見……我從來沒有看過鏽蝕病出現這種症狀……）

「美祿，太怪了。我全搜了一遍，只看到一堆屍體，也沒有打鬥痕跡。」

畢斯可從樓中樓的二樓跳下，背對著美祿低語。

「嗯。這個人毫無外傷，只有胃被挖走……真是詭異。而且這裡所有人都是這樣……」

「有夠詭異。那我們找到人質就開溜吧，你幫我叫一下芥川。」

「我知道了！」

畢斯可目送美祿快步跑下山坡後，便沿著石造階梯往下走到地下室。他戴起貓眼風鏡在無光的地下室中搜索。那裡有好幾間牢房，裡頭有一個個交疊著倒臥在地的女人。

「嘖！」畢斯可咂了下舌。那些女人全都口吐鮮血，看起來和樓上的屍體一樣肚子開洞，胃被挖走。

（目的既不是錢也不是女人……到底是什麼人做的？）

畢斯可在黑暗中掩著嘴想了想，最後還是覺得與其自己思考，不如交給搭檔去傷腦筋會比較有效率。他正想放棄尋找人質，就此離去時……

那一瞬間。

「……盧……諾滋……蘇那巫……」

幾不可聞的微弱呻吟在地下室中響起。要不是畢斯可聽覺敏銳，絕不可能聽見。

「……盧……蘇那巫……究魯蒙……契盧……」

畢斯可再度露出獵人般的神情，架了支箭，緩緩朝聲源走去。他走過第一間牢房、第二間牢房……來到第三間牢房，角落縮著一個有如幽靈的老人。

老人抱著自己，只是不斷喃喃低語：

「契盧……究魯蒙……契盧……」

他一遍又一遍唸誦著不知名的經文。

他的身體已經瘦得剩下皮包骨，但那弱不禁風的軀體，卻與燦爛雙眸中可見的生命力形成強烈對比，散發出異樣的氣息，連畢斯可看了也冒出冷汗。

（這個老頭是怎樣……？）

畢斯可一度被那詭異模樣嚇到，但他可以肯定老人是這地下牢房裡唯一的生還者，因此他將弓收到背後，快步跑向老人。

「喂，老爺爺。已經沒事了，上面那些盜賊都死了，你也趕緊逃吧……你是從哪來的？我送你回家。」

「契盧……契盧……究魯蒙……窟古諾滋……」

「講不通。還是先給美祿看看好了……」

眼見老人無法溝通，畢斯可乾脆將那削瘦的身體揹了起來，帶著他離開這個謎一般的悲慘地方。

「……畢斯可，很可惜的，他已經沒救了。鏽蝕滲透得太深，導致他內臟全部受損……我反而很好奇他是怎麼撐到今天。」

「連我的血也救不了他嗎？」

「嗯，就算用食鏽安瓶將鏽去除，他內臟的功能也已經壞死了。我會開一些黃金菇給他，但我想他最多只能再撐兩天。」

美祿對熟睡的老人施予觸診，並用透視儀器將他內臟功能檢查了一遍，最後搖了搖頭。身為醫生的美祿見過許多人的生死，但他似乎還是無法泰然面對那種救不了人的無力感。

「是喔。那就這樣吧，至少我們有在他死前救起他。」

「咦，可是……他已經……」

「他的死不是我們能控制的，畢竟每個人生來都會死。只是我在想，這老頭死前應該有一些想見的人，應該也有一兩個兒孫吧。」

「想見的人……嗯，是有可能……但你要怎麼找？他已經時日不多，要是漫無目的找人，根本來不及。」

美祿剛說完，畢斯可就摸了摸懷裡……拿出一個吊牌般的木製小物。那只木牌塗了亮漆，中間雕著紅色的「出雲」二字，看得出它來頭不小。

「這是……出雲六塔的！通行符！」

「老頭身上沒別的東西，只藏了這個符，好像什麼寶貝似的。既然有這個符，他應該就是那裡的人吧？」

畢斯可邊說，邊將酒館老闆送的一堆島根牡蠣拋給行進中的芥川。芥川邊走邊用右螯精準接住牡蠣，直接連殼吃了起來。

「……吶，畢斯可，你該不會想用通行符把老爺爺送回六塔吧……」

「這樣不是正好嗎？我們也需要一些手段才進得去啊。不過如果要跟這老頭一起走，變裝還是別太誇張……」

「我說的話，你是不是一句也沒聽進去！」

美祿抓住畢斯可的後頸，在他耳邊大吼。眼冒金星的畢斯可還未出聲抗議，美祿就先貼近他的鼻尖激動地說：

「你沒看見那些山賊的屍體嗎？那怎麼想都是邪教團體下的手！治安已經夠差了，何況還是他們的大本營，竟然還要特地潛入那裡，我看你真的瘋了！」

「都事到如今了，還說什麼瘋不瘋啊。重點是這樣可以幫到老頭啊，你不是最喜歡助人了！難道你不想讓他在家人身邊斷氣嗎？」

「想是想……可是……！」

「你聽好了，我說這些話也不是未經思考啊。」畢斯可拍了拍被美祿的怒吼震痛的右耳，皺起眉頭繼續說道：「潛入六塔當然危險。蕈菇守護者以多神教聞名，我們兩個異教徒到了那邊，應該會變成過街老鼠吧。」

「既然知道有危險，你為什麼還要去！」

「因為有你在啊。」畢斯可斜眼對上美祿的視線，理所當然地回答。

「如果只有我一個人就不會去了。但只要有你在我身後，我們就有勝算，所以我要去。」

「……咦咦？」

畢斯可自然且篤定地說出充滿信任的話語，讓美祿聽了又驚又喜，整張臉紅了起來，即使想了上百個反對的理由，此時也說不出口。

「不過說了這麼多，如果你還是反對，那我就不去了。怎麼樣？要不要去？你比我聰明，我相信你的決定。」

「……畢、畢斯可……」

美祿連耳垂都紅了，吞吞吐吐了一會兒，終於和對方妥協。

「既然你這麼想去，那就走吧。誰、誰教我是你的搭檔……」

「不過賈維在的話，他陪我也行啦。」

「假裝一下也好，拜託你也說句『非你不可』嘛！」

兩人又開始吵了起來，老人則被安置在芥川的蟹鞍後方，用帳篷布充當被子，在半夢半醒之間……

「藺……修盧齊……嘎盧那……」

「藺……修盧齊……嘎盧羅……」

他持續唸誦著經文，有如夢囈一般。

2

「看到了。哇，這也太雄偉了吧。」

「……嗚嗚，好恐怖……吶，把老爺爺送回家之後，我們就要立刻出來喔！」

兩人乘著芥川，從空無一人的山丘上俯瞰黑夜中的宗教都市。

都市正中央有六座巨塔，看起來高聳入雲。其底部圍著一圈類似城牆的結構，城牆上方的巨塔有的是燦爛奪目的金色，有的是熊熊烈焰般的紅色，每座都有自己的特色。

那就是出雲六塔。

它是島根的宗教聖地，也被稱作島根的心臟。六塔外圍有一圈五角形的城牆，城牆外還有一圈又寬又深的溝壑，彷彿懸崖般深不見底。溝壑上只架了一座橋，那是進入六塔的唯一管道，同時也發揮關隘的作用。

「六塔的關隘只有早上開放。這附近還滿空曠的，今天就先在這裡紮營休息吧……我們不能帶芥川進去，要請牠躲起來了。」

「知道了。喂，老頭！明天你就可以在家人身邊斷氣了，再撐一下。」

畢斯可從芥川身上跳下，開始搭設帳篷。老人聽完他的話後發出「咿唔～～」的呻吟，不知是在回應他，還是身體不適。

「話說回來，就算有老頭的通行符，我們應該也不能直接通關吧。是不是又要變裝了？」

「當然啊，要穿女裝。」
「唔呃！又是女裝喔！」
「拜託，我也不是覺得好玩才穿的啊。島根是宗教都市，男女之間的接觸受到嚴格規範。只要自稱是想要出家的女性，就連在關隘人家也不敢碰你的身體。誰教你身上那麼多疤痕，要是被人看見一定馬上就露餡了。」
「這我當然知道……但不管穿幾次我還是不習慣。」
「哇哈哈！誰也想不到天下無敵的食人赤星竟然會扮成女生吧！這也是一個原因啦。吶，下次就戴個耳環……再擦點眼影，怎麼樣？」
「你為什麼每次都要弄那麼多有的沒的啊？隨便穿就好，隨便穿！」
畢斯可邊對笑吟吟的搭檔大聲抱怨，邊將睡袋鋪好，然後走向縮在芥川旁邊的老人，正想扶起他那滿是鏽蝕的瘦弱身體時，忽然之間……
畢斯可打了個哆嗦。
背脊竄上一陣惡寒，令他忘了呼吸。他定睛一看，老人原本緊閉的雙眼，此時卻像貓頭鷹似的睜得老大，在黑暗中熠熠發光。
「赤星。」
老人皺巴巴的臉上露出一抹弦月般的微笑，直直盯著畢斯可的眼睛。
畢斯可咂了下舌，心想糟了。他還以為這個老頭早已神智不清，沒有多加提防，但剛才的對話似乎讓他的身分曝光了。

畢斯可被老人發亮的眼睛盯著，感覺不太舒服，便用雙手將那過輕的身子抱了起來，想讓他早點去睡覺。

「赤星。想要。想要赤星。」

「嗯，對啦，我就是赤星畢斯可。聽好了，通關時你可別亂講話喔，反正你後天就會死了，現在拿到我的賞金也沒用。」

「好想要～～」

畢斯可讓老人在睡袋上躺好後，發現枕邊的燃蟲式油燈燒盡了，便對搭檔喊道：

「美祿！沒油了，幫我拿點花金龜過來。」

「要幾隻～～？」

「兩隻就好！……老頭你等等，燈馬上就……」

畢斯可邊說邊回過頭，卻看見……

一道蛇般柔韌的身影「咻！」的劃破空氣，朝他迎面而來。畢斯可在零點幾秒內就找回戰士的本能，避開了鏽色怪蛇的襲擊，並給他一記利刃般的迴旋踢。

畢斯可用削鐵如泥的踢技，踢斷了怪蛇的一隻手，儘管如此對方仍沒有停下動作。怪蛇順勢將身體一扭，攻向畢斯可毫無防備的肚子，用剩下那隻手猛力戳了下去。

「嘎啊啊！」

「唵，夏穆達，烏嚕辛哈，窟那屋！」

怪蛇的雙眼像燈泡般發亮，嘴巴大大張開。那隻戳進畢斯可腹部的手緩緩拔了出來，手中握著一只帶有橙色光芒，宛如太陽的臟器，不停脈動著。

「是　本　尊～～！」

「你到底是什麼人！」

畢斯可迅速舉弓，朝老人射出一支劃破夜空的閃亮箭矢。老人再度像蛇一樣扭曲身體避開攻擊，手上那只臟器留下一道殘影，好似霓虹燈。

啵！

「咕喔！」

亂箭中有一支是畢斯可預測到老人的動向而射的鴻喜菇箭。那支箭提早射入地面，開出巨大的鴻喜菇將老人彈飛至空中。老人失控的身體滿是破綻，畢斯可趕緊瞄準他。

「是你先動手的喔！」

畢斯可勝券在握，自信地將弓拉滿。

然而，弦卻……

（……怎麼了……？拉……不動……！）

畢斯可使不上力。在感到不妙的瞬間，他的身體立刻出現了劇烈反應。

「嘔！」畢斯可口中宛如瀑布般吐出鮮血，染髒了他的胸膛，在腳邊形成一攤血窪。他使盡全力射出的那支箭，威力也大不如前，雖然射中了老人的側腹卻沒有開出蕈菇。

「呵、呵、呵呵呵呵哈哈哈──────！」

老人重摔地面仍高聲笑了起來。畢斯可跪在地上瞪著老人，鮮血更猛烈地湧了上來，他忍不住又吐了好幾口血。

「拿到了，我拿到赤星的胃了！」

老人邊說邊捧起鼓動的橙色臟器，愛憐地用臉頰磨蹭。

這時畢斯可才意識到自己為何感到劇痛，也終於明白剛才那堆山賊的死狀為何會那般悽慘。

「這傢伙是不是……！從我體內……挖走了什麼……！」

老人笑而不答，將畢斯可發光的臟器舉至頭頂，張開大口想要吞了它。

這時一支疾風般的箭飛了過來，刺穿老人的喉嚨。

「唔！嘎啊！」

老人以蛇般靈巧的動作閃過第二、第三支箭，同時將脖子上的箭用力拔了出來。他眼中倒映出藍髮蕈菇守護者拉著弓逼近的身影。

「你對畢斯可做了什麼！」

老人感覺到麻痺毒素正從脖子擴散，第二個蕈菇守護者的氣勢也讓他明白自己處境不利，因而彈跳似的想要逃離這片荒原。

「美祿，小心！他不是普通的老頭！」

「我知道！」

美祿躍至空中，藍髮如火焰般搖曳，他對著跳躍中的老人射出一支神準的箭。那支箭像被吸了過去一樣，在老人落地時正中他的右大腿，將他的腿「砰！」地炸開，開出藍色的蕈菇。

「嗯咿咿咿咿——！」

「下一箭就讓你腦袋開花……！說！你對畢斯可做了什麼！」

老人按住劇痛的右腿縮成一團，美祿邊說邊瞄準他的頭部。老人先是啜泣似的呻吟了一會兒，最後卻發出沙啞的笑聲。

「哼，嘻嘻、嘻嘻嘻……赤星本尊的……」

（他偷了畢斯可身上的東西……！這傢伙真的是人嗎？）

美祿即使持弓對著他，額頭上仍緊張地冒出斗大的汗珠。

這老人渾身鏽蝕，一隻手從根部斷開，脖子上也中了麻痺毒，卻仍能行動自如，怎麼看都不像一個正常人。美祿很想趕緊收拾掉他，但他恭敬地捧著那發光的球體，以此作為要脅，讓美祿無法輕舉妄動。

「食人赤星。食鏽的……食鏽的……胃。」

「你說什麼……？」

美祿聽見食鏽二字時愣了一下，老人抓到機會，立刻將那支刺穿自己脖子的箭高高舉起，扔向遠處的畢斯可。

「糟了！」

美祿不假思索跳了起來護在畢斯可身前，用肩膀擋下那支箭。那驚人力道將瘦小的美祿震飛，蜻蜓點水般在地面上摔了好幾下。美祿在被震飛的過程中仍使勁把弓拉開，對準老人的頭頂射了一箭。

「呀！」

老人手刀一揮，將開出蕈菇的右腳從根部斬斷，接著用單腳跳躍，在千鈞一髮之際閃過美祿的蕈菇箭。他高聲笑了起來，順勢躍下山丘，在夜晚的都市中踏過一座座屋頂，往六塔的方向彈跳而去。

「他、他到底是什麼怪物……！」

「美祿！快點注射疫苗，要爆開了！」

美祿聽見畢斯可的話，連忙從安瓶腰包中抽出蕈菇疫苗，刺向自己中箭的肩膀。他喘了三四口氣後，忽然想起搭檔的傷，跳了起來奔向壓住腹部瞪著夜空的畢斯可。

「畢斯可！他對你做了什麼？怎、怎麼這麼多血……？」

美祿將腰際的食鏞安瓶注射進畢斯可後頸，顫抖著聲問道。

「咳、咳……吐完之後，我也多少清醒了。那傢伙把我的……胃……偷走了。」

「胃……？你……你在說什麼啊，畢斯可！」

「你幫我看，這方面你比較在行吧。」

畢斯可吐掉口中殘餘的鮮血，拉起衣服露出肚子。

他精壯的腹肌上破了個拳頭大的洞。

傷口邊緣有一層血和鏽的凝固物，雖然沒在流血，洞裡應有的臟器卻不見蹤影。

「什、什麼……這怎麼可能！」

美祿嚇到說不出話來。這傷口和剛才山賊據點那些詭異屍體一模一樣。

「變得怎樣了？呃，我是大概能猜到啦。」

「胃不見了耶！怎、怎麼才一眨眼……就變成這樣……！」

「真可惜，裡面裝了很多好吃的說。」

「現在是說這個的時候嗎！而且你為什麼還活蹦亂跳的？」

「我能感覺到這管安瓶讓食鏽覺醒了……食鏽正在保全我的性命。」

如畢斯可所言，美祿為他打完安瓶後，他身上隨即飄出一些火花般的孢子照亮了四周。他的頭髮泛著亮光微微搖晃，蒼白的臉龐逐漸恢復了血色。

食鏽孢子一個個黏在一起，修復著畢斯可胃部上下的消化管與血管。令人驚訝的是，雖然孢子試圖生成一只類似胃袋的氣囊，但他腹中旋動的鏽蝕粒子卻阻礙了孢子的行動。孢子只好聚集起來，盡其所能地分解那些鏽蝕。

「……我的胃好像正在再生，再加油一下……」

「咦咦！畢斯可，你要做什麼？」

「唔咿咿咿……！」

畢斯可全身用力，並將注意力集中在腹部。不一會兒就有一些橙色孢子從他腹中湧出，如同抗體般開始掃除鏽蝕。

「咦、咦咦！畢斯可，你可以自己長出孢子喔！」

「不要把我說得好像什麼奇異蕈菇人一樣啦。不過，這樣就……」

在閃耀的食鏽孢子包圍下，畢斯可的表情放鬆了些，就在這時……

嘶咚！

「哇啊！怎、怎麼了？」

響亮的爆炸聲傳來，一朵大食鏽穿破畢斯可的背部，在他背上綻放。接著又有第二、第三朵閃亮的食鏽從他手臂、側腹，穿破他的皮肉，眼看就要茁壯盛開。

「畢斯可！這樣不行，快點抑制孢子！」

「就算你這樣講，一時半刻也停不下來啦！」

美祿趕緊從安瓶腰包中抽出蕈菇疫苗，朝著畢斯可的後頸刺了下去。藥水被畢斯可的身體吸收後，原本瘋狂湧出的食鏽孢子也漸漸安靜下來。

「嗚喔喔……嚇、嚇死我了。之前身上偶爾會長些小食鏽，沒想到這次竟然穿破皮膚冒出來……」

「……是食鏽吃太多鏽，開始失控了……！」

美祿邊用匕首切除畢斯可身上開出的食鏽，邊苦心思索該如何治療畢斯可，額頭上滲出一層薄汗。

「你的再生能力反而會害了你，再、再這樣下去……」

「喂，別碎碎唸了，解釋給我聽吧。天下無敵的熊貓醫生怎麼能比患者還慌張呢？」

美祿白皙的臉更顯蒼白，不停喃喃自語。畢斯可事不關己地說完後，美祿湊近他的臉，顫抖著聲音像要整理自己的思緒似的，緩緩說道：

「畢斯可，你的胃被挖出來之後，原本胃的位置似乎被填入了濃縮的鏽蝕。你身上的食鏽孢子吸收了那些鏽蝕，變得極為活躍。」

「這樣不是很好嗎，就讓它吸收啊。它會幫我除掉鏽蝕對吧？」

「才不好！你的身體撐不到那時候啊！食鏽會在你痊癒之前綻放，把你全身撐破！」

美祿發出近似慘叫的聲音，搖晃畢斯可的肩膀。

「……怎麼辦？這種病例我從沒見過。對了，把我的胃移植給你……！」

「這結論也跳太快了吧，笨蛋！既然胃被搶走，搶回來不就好了。」

畢斯可說著便用下巴示意，望向遠方點著燈的出雲六塔大門。美祿朝那裡一看，只見一道彈跳的黑影，將衝出來的護衛僧兵踹倒後，縱身躍過了大門。

「那傢伙……！」

「他該不會就是我們要找的不死僧正吧？都已經斷了一手一腳，動作還那麼靈活，還把我的肚子……」

畢斯可皺起眉頭，摸著肚子上的洞，裡頭有一層孢子薄膜。

「連食鏽都奈何不了他的鏽蝕，看來他確實具有某種神力。只要抓到他，逼他幫我的忙，說不定就能解除不死之身了。」

「是有這個可能……但畢斯可，你怎麼能這麼冷靜啊？現在鏽蝕和食鏽正在你體內翻騰，食鏽隨時有可能像剛剛那樣爆開喔！你應該更有危機感才對！」

「我有啊，笨蛋。是你太慌張了啦。敵人怎麼可能猜不到我們的反應？這就是他的目的。傷患要是因為危機感而輕舉妄動，一定會落入陷阱當中。」

畢斯可說得沒錯，但美祿還是對搭檔鋼鐵般的意志力感到驚嘆不已。

無論遇到什麼狀況，他總是不哭不鬧，也不會有赴死的想法。他憑著強韌的精神力緊盯目標，猶如架在弓上的一支箭。這股意志力正是赤星畢斯可的武器，比他的肉體和他的弓更強大。

「等你冷靜下來再跟我說。作戰策略是你該負責的喔。」

「……嗯，我知道了。那我們趁現在追上去吧！關隘應該正被那傢伙搞得一片混亂。」

「好，那要走大門嗎？」

「太招搖了啦！還是別被人看到比較保險。芥川，過來！」

芥川聽見主人的呼喚後跑來，美祿對牠小聲說了幾句。芥川吐了個小泡泡，將大螯「轟！轟！」捶向地面，像是在做暖身運動。

「喂，美祿，你該不會……」

「嗯，我要請芥川把我們丟進去。如果用杏鮑菇，一下就會被人發現是蕈菇守護者了。」

「……喂，開什麼玩笑！要用龍捲風投法，一定要賈維騎在牠身上才行！憑牠自己的力道，我們不知道會飛到哪裡去！」

「你這種畫地自限的想法，會阻礙螃蟹自由發展。」

望著理直氣壯的美祿，畢斯可感到無言。大螃蟹用螯將他們夾了起來，高高舉至頭頂。

「芥川，拜託你嘍！把我們丟到那座橋的另一邊！」

「哇啊啊！這樣做更亂來吧！你仔細想想，被芥川在無人控制的狀況下把我們扔出去，不反胃才怪！」

「那正好啊，反正你現在又沒有胃。」

「你……」

畢斯可還沒抗議完，芥川就用牠優秀的跳躍能力躍至夜空，宛如龍捲風般旋轉身體，接著使盡牠充沛的臂力將螯中兩位主人投向遠方，使他們飛越夜晚的都市。

紅與藍兩名蕈菇守護者就這樣逆風飛行，像被吸進去一樣，急速飛向巨大的五角形六塔。

3

出雲六塔藉由周圍的溝壑與外界隔絕，陰森的黑色五角塔中，唯獨南壁有一道缺口，就其構造而言外人絕對無法窺見裡頭的樣貌。

六塔正如其名，在五角塔內部又分成六座高塔，每座塔透過複雜而歪斜的通道和階梯相互連接，就像一座巨大的昆蟲巢穴。

就在這時……

有兩道身影穿過南壁缺口，高速飛進六塔。

「畢斯可，降落傘！」

「你起飛前就該說了！」

美祿解開飄動的大衣後扔至空中，畢斯可則將錨箭射向那件大衣。錨箭刺破大衣，箭頭「噗！」地冒出有如白布的物體，在強風吹拂下開出巨大蕈傘。

畢斯可在空中減速，接住了隨後飛來的美祿，他們維持一定的浮力飄浮了一會兒，最後落至六塔的地面，翻滾了好幾圈。

「成功了耶！氣球菇加鋼蜘蛛毒……調合起來超費工！」

「別拿我們的性命當實驗品好嗎！嘔噁，快讓開，我的胃、我的胃好痛。」

美祿優雅地起身，拿出匕首開始切斷降落傘。一旁的畢斯可原本胃就不舒服，再加上被芥川拋飛時產生的暈眩感，差點吐了出來，他趕緊摀住嘴巴甩了甩頭，這時……

「畢斯可。」

聽見搭檔嚴肅地低聲呼喚，畢斯可隨著他的視線望去，也繃緊了神經。

兩人抬頭看見中央高塔上方嵌著一片巨大的屏幕，幕前站了個削瘦的人影居高臨下望著他們。那人背後的影像太亮，使他的臉蒙上了陰影，令人看不清他的表情，但仍感覺得到他散發出愉悅而自在的情緒。

「藺，契盧，釋哆，藺，契盧，蘇那巫……」

畢斯可豎起耳朵，在屏幕的震動聲中聽見一陣細微的誦經聲。從那音調聽來，眼前的黑影應該就是剛才的老人，然而……

「那個老頭……！竟然站在上面看著我們，剛剛不是還有氣無力的嗎？」

「而且，這沒道理啊。他的手腳明明斷了，現在卻完好如初。」

如美祿所言，老人斷掉的手腳又長了回來，連佝僂的背也變得挺直，和先前那種虛弱模樣判若兩人。

「這是神格的證明。」

黑影發出沙啞的聲音，打斷兩人的思緒。

「什麼……？」

「一切都是虔誠換得的功德。上天在老夫將死之際派你前來，透過你身上的食鏽之力，老夫得以重回六塔頂端。可見老夫正是天選之人。」

「你別自說自話！」

美祿說完，黑影回以「呵呵呵」的笑聲，踢了一下屏幕，從二十公尺高的地方一躍而下，落到兩人所在的那一層。接著他將手伸向密密麻麻的管線，輕鬆扯下其中一根管子，將管子當作長槍耍了起來。

「胃都沒了還能活動自如啊，赤星？你的身體已經連粥裡的一粒米都無法吸收了，老夫本想就此罷手的……」

老人的臉在霓虹燈的照耀下變得清晰，他咧嘴微笑，雙目炯炯有神。驚人的是，他原本瘦到皮包骨的身體，竟然長出了一些強壯的肌肉。

「食鏽之胃的力量真是神奇。原以為你是個微不足道的夜叉鬼，但搞不好你也具有某種神格。老夫還是在此除掉你吧。」

「……死老頭，你未免太囂張了！」

畢斯可站到老人面前，露出尖利的犬齒。

「我是看你快死了才對你那麼好。如果你要開打，我也不會客氣，直接殺了你。」

「呵哈哈哈……真是不敬啊，赤星。但我原諒你，你逗得我很開心。」

「我很快就會讓你開心不起來！」

老人輕蔑的態度惹惱了畢斯可，他氣沖沖地伸手拿弓，就在他正從弓套中抽出弓之際……

滋！

老人竟將那根有如長槍的管子刺進自己的腹部。

「你、你在做什麼……！」

美祿本來也想拿弓，卻因老人的詭異舉動而停下動作。畢斯可搖搖晃晃地跌進美祿懷裡，「嘔！」的一聲如湧泉般吐出鮮血。

「畢斯可！」

「混帳……竟然把我的胃……！」

「呵、呵呵、呵哈哈哈哈哈——！」

老人放聲大笑，被刺穿的腹部露出橙色亮光。他繼續用管子攪了幾下，畢斯可又發出哀號，吐出血來。

「你這傢伙——！」

美祿大吼一聲，朝老人的肩膀射了一箭阻止他的行動。老人微微皺起眉頭，用另一隻手將中箭的手臂扯斷，拋向遠方。不一會兒那隻手便炸裂開來，開出蕈菇。

「這招式真奇怪。」老人望著那隻長滿蕈菇的手喃喃自語，摸了摸鬍鬚像在思考什麼。「原以為你只是個孩子，看來同樣小看不得，還是一起殺了吧。」

「畢斯可，你還能射箭嗎？用杏鮑菇和食鏽的時間差攻擊吧！」

「我知道了！」

兩名蕈菇守護者英勇地將弓舉起，老人也斂起笑容，雙方視線交會。

這時候……

「看招，克爾辛哈！」

一陣威風凜凜的咆哮響起，許多類似符紙的銳利物體飛了過來，有如剃刀般刺入老人的額頭和身體，阻礙了他的行動。

「唔！」

兩個穿著毛織長袍的身影，像是想趁老人和蕈菇守護者對峙時發動奇襲，他們從高塔上一躍而下，無聲著地。兩人中較高的那一個接連射出符紙，老人一一揮開那些符紙，但他只剩一隻手，因而只能防禦，無力回擊。

「師父，要引爆了，快後退！」

「上吧，艾姆莉！」

「希喀魯巴・釋哆・蘇那巫！」

嬌小身影喊完咒語，符紙應聲變紅，「轟！」地發出悶響炸了開來。老人被震到身體大大後仰，但他並未倒下，反而用力站直身體。

「……哼，賤人，妳還活著啊？」

老人在爆炸中被炸爛半張臉，甚至露出了頭部剖面。但他仍舊一派輕鬆，瞪著剛來的那兩名身穿毛織長袍的敵人。

「你被趕出地獄了嗎？六塔這裡已經沒有你的立足之地了！」

「呵哈哈……就憑妳這種半吊子，也想阻止老夫嗎？」

「沒膽的前僧正，要來比比誰才是真的半吊子嗎？」

黑影說著便射出符紙刀，克爾辛哈悠哉地避開。這時又有一支力道強勁的箭從側面飛來，他好不容易才閃過，因而捏了把冷汗。他轉頭一看，只見紅髮蕈菇守護者目光銳利地盯著他，並架起下一支箭。

「藺，契盧，釋哆……赤星太棘手了，這情勢不利於老夫。」

老人不悅地瞪了一眼他自己扯下的那隻手臂，接著像蛇一樣閃過再次射來的箭，從塔與塔中間不斷往上層跳去，逐漸消失蹤影。

「混蛋！」

畢斯可拉弓瞄準老人，他的眼神亮了起來，然而食鏽就像在跟他開玩笑似的「啵！」地從他腰際綻放。

畢斯可被食鏽綻放的力道震倒在地，他咬著牙不甘心地呻吟。

「啊啊，畢斯可！」

「……該、死……！要不是……我的身體這樣……！」

「食鏽又……！我馬上幫你切掉，再忍耐一下！」

正當美祿忙著切除搭檔身上長出的閃亮蕈菇時，那個較高的黑影則從高處跳落下來。黑影從懷裡拿出一疊厚厚的符紙，朝著遠方的老人撒了過去。

「希喀魯巴．基里窟．釋哆！」

黑影一說完，那些符紙就乖乖地靜止在半空中，形成一道長長的階梯。與此同時，一個個壯碩的蒙面男子開始聚集在黑影周圍。

「克爾辛哈回來了。按照計畫行動，散！」

黑影一聲令下，蒙面男子們便同時散開，爬上符紙做的階梯，似乎是要去追那個老人。

高個子黑影滿意地看著蒙面男子離去後，自己也準備追上去，這時小個子黑影落至他身旁，對他耳語了幾句。小個子黑影望向那兩名蕈菇守護者，聲音中帶著些許憐憫與焦躁。

「……那個人的胃被挖走了，如果不管他，就會化為屍鬼。」

「嗯，但我還要追克爾辛哈，可以請妳給他個痛快嗎，艾姆莉？雖然有點殘忍。」

「……這也不是第一次了……」

小個子黑影目送對方踏著符紙階梯離去。那件長袍底下有張可愛的臉蛋，此刻卻不安地緊閉雙唇。他一步步朝蕈菇守護者們走了過去……然而那兩人的反應令他訝異地皺起眉頭。

一般人遇到這種狀況，不是方寸大亂，就是早已身亡。

事情本該如此……

「畢斯可，食鏽切掉了！你還有哪裡不舒服嗎？」

「該、該死的，我、我的肚子……」

「你胃會痛吧！等等，我拿安瓶出來……」
「我肚子好餓……！沒有力氣……！」
「咦咦！」
美祿錯愕地叫了起來，一旁的小個子也嚇得睜大眼睛。
兩人在這種危機狀況下仍能氣定神閒地交談，這點很令小個子驚訝，但他更訝異的是，紅髮男子儘管額頭上冒著冷汗，雙目仍炯炯有神，那股生命力實在超乎常人。
（……這個人還活著？他的臟器明明被挖除了……）
「失禮了。」
「嗯咦？」
冒著冷汗的美祿還來不及轉頭，小個子就擠了過來，直直盯著畢斯可肚子上那個洞。
「……果然沒有胃……但這是什麼？肚子裡像多了顆太陽。」
「你、你是……誰……？」
「我才想問呢，你到底是何方神聖？」
小個子不耐煩地脫下兜帽，將那張驚訝的臉暴露在畢斯可面前。
她是個女孩，年紀大概十三四歲左右，雖然長相稚嫩，卻留著一頭銀色的輕盈捲髮，皮膚又白皙，模樣就像天使一樣可愛。
她的毛織長袍上寫著不知名的經文，長袍下露出光滑的腹部，下身的褲裙僅用腰帶固定，整體打扮相當樸素，不像一般宗教人士那樣古怪。

然而在那純淨洗練的風格中，卻有一處異樣的部位教人看了倒抽口氣。

她的左眼是義眼。

不僅如此，她還用像是細皮帶的東西將眼窩撐得大大的，在臉上形成了一個叉的符號，像要強調那隻義眼一般。

與靈動的紫色右眼相比，那隻義眼動也不動，和她可愛的樣貌呈現強烈對比，給兩個少年一種神祕的感覺。

「呃，他是赤星畢斯可……我是貓柳美祿。吶，妳是不是知道些什麼？剛剛那個像神仙的人把畢斯可的胃搶走了！」

「這我知道！重點是……這樣下去不行，一定要做點處置。我還是第一次治療原本該死去的人耶……」

少女從懷中拿出符紙舉在眼前，唸了幾句咒語。符紙接收到咒語，像是活的一樣飛了起來，黏在畢斯可的肚子上。

「……妳、妳做了什麼？這裡的人都會魔法嗎？」

「俗世的人都愛大驚小怪。我只是幫你貼了個ＯＫ繃而已。你這樣撐不了半天，要給我師父看看才行。美祿……大人？你還能動吧？請你揹起畢斯可大人跟我來。」

「謝、謝謝！麻煩妳了，呃……」

「我叫艾姆莉，艾姆莉尼．艾姆莉。」艾姆莉說著翻了個跟斗，咚的一聲雙腳踩地，拉著褲裙宛如身穿禮服般行了個禮。「這下麻煩了。本來是來幫他解脫的……但既然他還活著，也只能這樣了。」

艾姆莉背向兩人，用自己的速度跳了起來。美祿見狀，趕緊揹起動彈不得的畢斯可，跑步追在她身後。

「……喂！那種奇怪的女生能相信嗎？」

「沒別的辦法，也只能相信她了！」

兩人在連接各塔的電線上跳來跳去，朝著霓虹燈照不到的暗處，正式進入這座深不可測的信仰大熔爐。

4

他們來到高約五層樓的地方。美祿揹著畢斯可，跟著艾姆莉走在高塔外側突出的通道上，那條通道既沒有扶手又年久失修。

「——啊，別碰那個金魚燈，牠好歹也是神獸。」

「咦！啊，抱、抱歉……！」

半空中有一隻自在飄浮，猶如燈籠般發光的大魚，美祿正準備伸手去碰，聽見艾姆莉的話後連忙將手縮回。

「萬一把牠弄受傷了，可是會受到嚴厲責罰的。就算沒把牠弄傷，這一帶會發光的也只有牠。要是嚇到牠，我們就看不見路了。」

「雖、雖然有光……但這條路這麼危險，妳走起來不會怕嗎？」

「從小在六塔長大的人，閉著眼睛都能走……雖然還是會有人失足掉下去，但大概三天才有一個吧。」

美祿聽完嚇得皺起眉頭，但艾姆莉沒注意到他的反應。她似乎對他們產生了濃厚的興趣，晃著捲髮轉頭望向美祿。

「話說回來，我好驚訝喔，你們竟然對付得了克爾辛哈。」

她笑了一下，義眼閃閃發光。

「赤星和貓柳我有聽過，就是傳聞中的食人蕈菇守護者。我本來沒把那種俗世的謠言放在眼裡……但你們的蕈菇招數真是名不虛傳。不過你們要小心，俗世的常識在這出雲六塔裡全都不管用。你們如果有什麼想知道的，我都可以告訴你們喔。」

「妳是什麼人？」美祿才要開口，他背上的畢斯可就吼道：「首先要問的當然是這個。妳只是個小鬼，卻能操縱怪裡怪氣的仙術……」

「剛剛說過我叫艾姆莉……啊，你問的是我的職業嗎？」少女那張美麗的臉上露出爽朗的微笑，「別看我長這樣，我其實是個仙醫。我和師父擅長真言的詛咒與解咒。如果剛剛我們不在場，你就會在那裡腐鏽而死喔，你運氣真好。」

「妳、妳會解咒……？」

「艾姆莉，妳治得好畢斯可嗎……我雖然是醫生，但他的症狀太奇怪了，老實說我真的無從下手。除了妳之外，我不知道該拜託誰才好。」

艾姆莉邊走邊摸著下巴陷入沉思，她跳過一段斷裂的通道後對美祿喊道：「小心點。」美祿低頭只見底下漆黑一片，他們爬得太高，已經搞不清楚自己在幾層樓了。

「治不治得好我不能保證。畢竟他是第一個被克爾辛哈挖出臟腑後，還能存活的人……要問問我師父才行。」

「妳說的克爾辛哈，是那老頭的名字嗎？」

「我們到了。」艾姆莉從通道彎進小路裡，角落亮著「仙醫甘露」的霓虹燈招牌，她在那門前停下，無意義地轉了一圈。「克爾辛哈的事，我師父比較清楚。當務之急是要治療畢斯可大人的胃……你現在應該已經餓到受不了了吧？」

畢斯可這時再次意識到飢餓感襲來，「嗚」地哀號了聲，摸摸自己的肚子。艾姆莉莞爾一笑，拉開嘎吱作響的大門邀請兩人進去。她邊唸咒語邊關上門，沒有鎖門，卻貼了張符紙在門上。

屋內的陳設相當特殊，既像宗教醫院又像研究中心。陰暗的屋子各處放著骨炭油燈，在油燈照耀下可以見到書架上擺滿以各種文字寫成的書籍、小動物在籠子裡竄動，還有無數顆狀似眼珠的物體浸泡在藥水當中。

「妳回來啦，艾姆莉。」

「是的，師父。那個，我……」

「嗯，你們來的路上我就有看到了。哎呀，這真是太神奇了。」

艾姆莉口中的師父從暗處走出，那個人……

是個女人。她身材高大，上半身線條優美健壯，僅以毛織布裹住胸部，裸露的肌膚上有一整片曼荼羅樣式的刺青，兩耳戴著大的圓圈耳環。

女子有著參差不齊的尖刺金髮，在後腦杓綁成一束辮子。她氣勢逼人，卻以溫和的神情望著兩名蕈菇守護者。

剛才與老人克爾辛哈對峙的高個子黑影，無疑就是這名女子。

「妳、妳好，我們是……」

「我知道，你們是賞金加起來多達五百萬日貨的蕈菇守護者。我是賈塢・拉斯肯妮……叫我拉斯肯妮就好。」

兩名少年邊和她打招呼，邊對看了一眼，像是在說「這是什麼鬼地方」。拉斯肯妮見狀笑了起來，她隨手將桌上散亂的書本掃開，用指尖敲了敲桌面。

「我知道這裡看起來很怪，但你們也用不著露出那種表情吧。抱歉，我們的病床滿了，請你躺在這裡……然後讓我看一下你的傷口。」

畢斯可餓得眉頭深鎖，但他還是無法輕信這個初次見面的女人，因而斜眼望向美祿。美祿也十分能體會搭檔的心思，然而現在真的別無他法，只能姑且先對畢斯可點點頭，讓他仰躺在那張桌子上。

「……」

拉斯肯妮盯著畢斯可肚子上的洞看了一會兒，抬起頭用拇指搔了搔嘴唇，發出「嗯」的聲音，像是在沉思。

「……怎麼樣？妳有看出什麼嗎？」

「他已經死了。」

「咦咦！」

「哈哈，抱歉，我是說在正常情況下他應該已經死了。一個人被克爾辛哈挖出胃臟後就算還活著，周圍的臟器也會遭到鏽蝕，很快就會死亡。但是他體內……卻有一些我沒見過的神祕菌類，正在抵抗鏽蝕的侵襲。」

「那是食鏽的孢子。食鏽是一種以鏽蝕為養分的蕈菇……」

「以鏽蝕為養分的蕈菇……？為什麼人身上會……」

「艾姆莉，妳先聽他說完。畢竟赤星是真的還活著，而且貓柳也沒有必要說謊。」

聽見拉斯肯妮的話，美祿鬆了口氣似的點點頭，繼續說道：

「食鏽孢子的確救了畢斯可一命，但現在孢子反而吸收太多鏽蝕，變得很危險。要是它繼續吸收不斷湧出的鏽蝕，到時候……」

「他全身就會『砰！』地長滿蕈菇吧？」

艾姆莉興奮地接話，這句話顯然惹毛了美祿，他瞪了一眼她那無邪的臉。拉斯肯妮小聲責備艾姆莉後，回頭望向美祿。

「我明白了。但無論如何，我這邊要做的治療都是相同的。現在必須清除他肚子裡堆積的鏽蝕才行……艾姆莉。」

「是的，師父。」

「妳能用吸錆真言幫他吸出鏽蝕嗎？」

「嗯，我很久沒用了，但如果有這個必要，我可以試試看。」

艾姆莉脫下毛織長袍，裡頭穿得很少，僅以布料圍住胸部。她轉了轉脖子後輕巧地跳至空中，像要壓在畢斯可身上似的落至桌面，將鼻尖湊近他的臉，目不轉睛地盯著他的眼睛。

「哇啊！妳幹嘛？」

畢斯可因為鏽蝕和孢子在腹中躁動而感到不適，本來靜靜地躺在桌上，此刻見艾姆莉突然跳了上來，驚得睜大眼睛吼道。

「……好美的眼睛……像寶石一樣……」

艾姆莉那隻紫眸圓睜，緊盯著畢斯可的翡翠色眼睛悄聲說道：

「畢斯可大人，待會兒的治療比較激烈，我會盡量小心，但如果有個萬一……」

艾姆莉這麼聲明後，帶點矜持，卻又讓人毛骨聳然地壞笑起來，不懷好意地問畢斯可：

「萬一畢斯可大人不幸身亡……你那對眼睛，能不能給我呢？」

「……我是沒差，但我勸妳還是別拿，因為人家常說我眼界很小。」

「到底在說什麼！算了，讓我來！」

「喂，艾姆莉，別鬧了！抱歉貓柳，這是她的壞習慣。」

美祿激動的態度出乎艾姆莉意料，令她嚇得縮起脖子。她露出有些委屈的表情，用力甩了甩頭，將義眼甩到一邊，接著將那空洞的眼窩靠近畢斯可肚子上的洞。

「我只是開個玩笑嘛。畢斯可大人，請別亂動……」

「喂，美祿，她們到底要幹嘛？我真的只要躺著就好嗎？」

「拉斯肯妮小姐！」

「她接下來要做的就跟字面上一樣，是將鏽蝕『吸出』。這種治療方法只有艾姆莉會。」

拉斯肯妮伸手阻擋忐忑的美祿，微微壓低嗓音說道：

「你們既然來到這裡，就要有所覺悟。你想救你的搭檔對吧？」

少年們的慌張模樣絲毫沒有影響到艾姆莉，她將眼窩抵在畢斯可的腹部，低聲唸出一串咒語。

「……烏嚕……釋哆，阿姆利塔。烏嚕，阿姆利塔，釋哆……蘇那巫。」

「喂，妳夠了……！」

畢斯可剛要起身，卻感受到腹中湧出一股不知名的力量，令他難受到吐出血來，美祿正想跑到他身邊時……

『嗡嗡嗡嗡嗡嗡嗡！』

物體穿破地面般的悶響傳來，同時畢斯可肚子上的洞，噴出一道宛如柱子的鏽蝕，被艾姆莉的眼窩吸了進去。

兩名少年看得瞠目結舌，鏽蝕柱子「轟轟轟轟轟轟轟！」如同逆流的瀑布般，不斷以驚人的速度沖至艾姆莉的眼窩，整整持續了二十秒才結束，殘餘的鏽蝕還噴濺在畢斯可的肚子上。

艾姆莉將最後一塊鏽蝕吸進眼窩，用手腕敲了敲晃動的腦袋，讓自己平靜下來後，輕輕打了個嗝。

「嗚、嗚哇啊啊……剛剛是怎麼回事……」

「她、她把鏽蝕吸進……腦、腦子裡了？」

「那是艾姆莉的吸鏽真言。兩位還不了解六塔內情，那種真言對你們而言可能稍嫌刺激了一點。」

眼前這幕恍如魔術的光景，使兩人張大嘴巴愣在當場。他們之前也曾數度見識過六塔的仙力，但像這樣靜下來近距離觀察後，他們不得不承認這確實是種神奇的力量，連蕈菇守護者也無法理解。

「……喂，美祿，剛剛那個你會嗎？你有上過學吧？」
「學校才沒有教那種東西！那、那簡直就是超能力……！」
「……這鏽蝕的量真多……艾姆莉，怎麼了？妳有哪裡不舒服嗎？」
拉斯肯妮沒理會他們，逕自從無數瓶罐中挑出一隻義眼……這時她注意到艾姆莉的樣子不太尋常，連忙拍了拍她的肩膀。
艾姆莉雪白的肌膚明顯變得一片潮紅，時不時還顫抖一下，她抱著自己袒露的雙肩，嬌媚地喘著氣。
「呼、呼……！太……太厲害了……！」
「有這麼厲害嗎？可能是蕈菇孢子讓妳中了毒，還是先休息一下……」
「畢斯可大人……」
艾姆莉像是發高燒般精神恍惚，她趴在嚇到動彈不得的畢斯可身上，指尖輕撫他肚子上那個洞。
「你的……生命力實在太旺盛了。你就像烈焰，不，就像太陽一樣……我差點就要燃燒殆盡了……」
「唔啊啊！住手，別、別把手伸進我肚子裡……噁！」
畢斯可的慘叫聽在艾姆莉耳裡和音樂沒有兩樣，她陶醉地紅著臉，稚嫩的外表中帶著一股不相襯的妖豔。艾姆莉細長的手指由下而上，撫過畢斯可壯碩的腹肌來到他的下巴時，一旁的美祿忍不住氣得大喊。

「等等——！別摸了！治療已經結束了吧？妳快點從畢斯可身上下來！點滴我來幫他打！」

「不用緊張，這也是醫療行為的一部分。」

「少騙人了！不可以啦！畢、畢斯可他有未婚妻了！」

「……哎呀，這樣啊。抱歉，因為他太實在迷人了……」

艾姆莉失望地說完，翻身離開畢斯可。她晃了晃吸滿鏽蝕的沉重腦袋，拒絕師父遞來的義眼，自己從架上的瓶子裡挑了一顆綠色眼珠，將它塞進左眼窩後轉向畢斯可，手指抵著嘴唇露出微笑。

「喂，我什麼時候有未婚妻了？」

「我也是不得已才這麼說的……不過你跟帕烏真的沒怎樣嗎？」

「我跟母猩猩還能怎樣？吃香蕉賽跑？」

「你是想趁帕烏在忌濱忙於公事時在外面亂來吧？其實她在我的戒指上裝了竊聽設備。」

「咦咦！」

「騙你的。」

「給我轉過來！我要把你右眼也打成熊貓眼！」

儘管他們也覺得這種治療方式極為怪異，但畢斯可的臉色真的漸漸好轉，也有力氣開玩笑了。美祿見他這樣終於鬆了口氣，和他鬥起嘴來。

艾姆莉有些羨慕地看著搭檔間的互動，對拉斯肯妮耳語道：

「師父，我把現有的鏽蝕吸出來了，但鏽蝕的源頭我真的沒辦法處理……他肚子裡很快又會積滿鏽蝕。」

拉斯肯妮點點頭，再次看向畢斯可腹中。他體內的鏽蝕消失得一乾二淨，令她驚訝的是，她看見發光的孢子聚集在一起，在他胃臟的空位上形成了一只小小的臟器。

「……你的胃正在再生吧？真是越看越像超人……不過這樣沒用，鏽蝕還是會繼續湧出，讓你的胃瓦解掉。」

拉斯肯妮思索了一會兒，推測之後的狀況，接著自己點了點頭，對兩名少年說道：

「棘手的還在後頭……但就外觀看來你的胃應該裝得下一點飯，快趁現在吃點東西吧。」

畢斯可和美祿被帶到位在醫院二樓，艾姆莉的房間。房內有著為數驚人的眼球罐，他們在餐桌前坐下。艾姆莉興奮地忙東忙西，最後在他們面前放下兩碗血紅色的湯。

「好開心喔，我們多久沒接待客人了呢，師父？」

「我也很想請你們吃好一點，但赤星現在那個胃只吃得下粥，就忍耐一下吧……味道應該不難吃。」

美祿望向那碗粥，濃稠的湯汁中沉著不知名的肉屑，以及煮爛的米飯。要是只有這樣還沒什麼問題，怪就怪在碗裡散發出一股刺鼻氣味，那正是美祿在熊貓醫院經常聞到的血腥味。

美祿皺了皺眉，一旁的畢斯可狼吞虎嚥地扒著粥，拚命將營養送進空空的胃袋裡。艾姆莉緊黏在畢斯可身邊，笑容滿面地看他吃粥。

「真開心，師父，畢斯可大人很喜歡呢。來，美祿大人也快開動吧，這是腎臟做的粥……」

「是、是喔～～！用的是什麼腎呢？」

「嗯？當然是健康的腎啊。很好消化，又能補充體力喔。」

美祿聽完食慾盡失，便趁艾姆莉不注意時將粥倒進畢斯可碗裡。這時拉斯肯妮則將艾姆莉拿來的六塔結構圖攤在桌上，陷入沉思。

「妳們認識那個老頭對吧？」畢斯可連美祿的粥也吃完後終於活了過來，他毫無顧忌地質問拉斯肯妮：「我聽說那老頭能賜給別人不死之力，也能將不死之力收回，妳也有這類仙力嗎？」

「……你的復原速度快得嚇人呢。嗯，你既然知道，那就好談了。」

拉斯肯妮請艾姆莉將空碗收走，並要她離開一下。艾姆莉雖鼓起臉頰，但仍乖乖聽從師父的話，踏著輕盈的步伐下樓。

「我沒有要冒犯的意思，但你們還有太多事情不了解。我接下來會逐一跟你們解釋清楚，可以嗎？」

「……妳認為我是個只想聽結論的性急男人，是吧？」

「如果不是的話，我向你道歉。」

「嘖！」

「呵呵呵……」

拉斯肯妮微微瞇起美麗的眼眸，望著年輕而充滿活力的兩名少年好一會兒後……終於張開雙唇娓娓道來：

「我再自我介紹一次，我是拉斯肯妮。過去曾有六名弟子齊聚反抗不死僧正克爾辛哈，將他從六塔統治者的寶座上趕走，我正是其中一人。現在已從檯面上的宗教活動中退出，矢志守護六塔的秩序。」

「不死僧正，克爾辛哈……」

「對，他是摩錆天言宗的大僧正，曾經統治過出雲六塔。他的野心大到令我們六名弟子感到懼怕，因而聯手奪走他的力量，將他趕出六塔，得到了片刻的安寧……直到剛剛。」

畢斯可和美祿想起商隊長老與酒館年輕老闆的話，不由得對看一眼。

「所、所以，拉斯肯妮小姐……妳原以為不死僧正死了，他卻突然回來，這讓妳感到很苦惱……是嗎？」

「簡單來說是這樣沒錯。他顯然想要報復六名弟子，如果他重回六塔統治者的寶座，六塔的秩序就會崩解，回到黑暗時代。」

「所以只要打倒那個老頭就行了吧？」

美祿正為自己招致的危機捏了一把冷汗時，畢斯可卻在一旁環抱雙臂這麼問道。拉斯肯妮想了一下，點點頭說：「講得直接一點，嗯，就是這樣。」

「那正好。我要是不把胃搶回來，就沒辦法享受美食了。我也想給他一點顏色瞧瞧。」

「……謝謝你願意跟我合作，那麼我也有問題想問。你們為什麼要追克爾辛哈？我想不到蕈菇守護者來六塔要做什麼。」

畢斯可一面聽拉斯肯妮說話一面站了起來，看了眼裝著粥的湯鍋，將鍋底剩餘的粥倒到自己盤子上，接著說道：

「就像妳看到的，我擁有不死體質，我們為了治療這種體質而四處旅行。我想抓到那個老頭，讓他……幫我解除不死之身。」

「解除不死之身？在這六塔裡，每個人都巴不得想要不死之身呢。哈哈，你這人真妙……」

拉斯肯妮覺得想不通便笑了起來，畢斯可狠狠瞪了她一眼。

「……呃，抱歉。你的心情我明白，可是……」

「對啊，別說這些了，畢斯可！現在還是先把你的胃搶回來比較要緊，不死之身什麼的之後再說！」

「你太誇張了，我還吃得下飯啊，又不是中了詛咒馬上就會死。」

「馬上就會死喔。」少年們激動的對話逗得拉斯肯妮笑了起來，她接著說道：「那種真言本來會使人當場死亡。假設一種臟器完全鏽蝕需要一天的時間……那麼不出五天，你的五臟就會全部鏽光。」

「「五、五天！」」

啵咚！

「嗚哇啊啊！」

「哇啊啊！畢斯可！」

拉斯肯妮突然宣告畢斯可的死期，令他嚇了一跳，脖子上開出一朵食鏽。拉斯肯妮望著慌張的少年們，加重語氣說道：

「而且你又有這種過敏症狀，最多只能再活五天。你身上食鏽越活躍，你的死期就越近。」

「那、那我們不該在這裡閒聊的，得趕緊抓到克爾辛哈才行！」

「六塔的結構可不簡單，沒辦法讓你們隨隨便便就找到他。你們要想活命還是照我說的做比較好，明白了嗎？」

「妳是叫我們乖乖聽話是吧，竟敢威脅我們。」

「你講話不要這麼衝啦！我們當然願意合作！不過妳知道他在哪裡嗎？」

拉斯肯妮邊點頭邊站起身來，走向二樓的窗戶旁，對兩人招了招手。

「過去我們將克爾辛哈踢下六塔頂端時，也奪走了他的力量來源，也就是他的五臟。」

從醫院窗戶外的天井看出去，可以清楚看見其他五塔。每座塔的下層長得大同小異，充滿雜亂的建築。然而當他們朝拉斯肯妮所指的上層看去，只見與下層迥異而高貴的宗教建築，每一座都有鮮明的特色。

「包含我們所在的『金塔』在內，共有五座塔圍繞著中央之塔，這五座塔分屬不同教派。

討伐克爾辛哈時，六弟子中除了我以外的五個人，分別占據那五座塔，又分別奪走克爾辛哈的五臟，就成了現在這樣。」

「所以現在每座塔中，都藏有一只臟器嗎？」

「沒錯，他們稱之為『經典』，嚴密地看守著。克爾辛哈一定想奪回那些臟器。要是他恢復全盛時期的威力，我們就贏不過他了，所以必須在那之前集齊五種『經典』。」

「有夠麻煩。怎麼不直接打倒他？這樣來得及嗎？」

「收集到『經典』後會由艾姆莉來操縱經典之力，這樣也可以間接幫助你恢復力量。聽起來很像在繞遠路，卻是要打倒他最快，也是最有效的辦法。」

畢斯可站在窗前環視六塔內部，粗魯地拔掉脖子上的蕈菇。拉斯肯妮伸手指向隔壁的「水塔」。亮晶晶的水塔上層宛若透明水晶，反射陽光照亮四周，綻放出奪目的光彩。

「首先想請你們去一趟隔壁的水塔……」

拉斯肯妮話說到一半，被一陣巨響打斷。

「唰！」巨響中帶著水聲，一道激流如瀑布般從水塔高處傾瀉而下。水塔上絢麗多彩的裝飾物也被沖得碎裂四散，落進下層的漆黑深淵當中。

三人無力地看著眼前的藍色巨塔剎那間崩毀。瀑布噴濺出的水花，使窗戶蒙上一層霧氣。

「妳剛剛說首先要去哪裡？」

「噓！手下回來了。」

拉斯肯妮斂起表情將手伸向窗戶的同時，窗戶突然被人打破，一個大塊頭滾進屋內。

「怎麼了！只剩你一個人嗎？克爾辛哈呢？」

「首、首領……」

「你的傷……！」

拉斯肯妮嚇得說不出話來，她的蒙面手下身上滿是坑洞，慘不忍睹。男人拚命擠出聲音，面罩內部滲出血來。

「克爾辛哈……已、已經……爬上水塔，對水皇殿的僧正下手，破壞了那裡的主神像。胰臟恐怕已經，在他手裡了……」

「我知道了，退下吧，願你的靈魂安息……」

拉斯肯妮不忍地垂下眼眸，長長的睫毛不斷顫動……

「咕嘎！」

她眼前的蒙面男卻發出低吼，他全身肌肉隆起，口中吐出鮮血，伸手抓住拉斯肯妮的脖子。

「唔！糟了，是屍鬼術！」

拉斯肯妮遭到襲擊，真言符紙從她手中滑落。蒙面男勒住她的脖子，將她舉至半空中。

「唔、啊……！」

原是她手下的蒙面男，此時毫不留情地緊緊掐著她，令她痛苦哀號。

說時遲，那時快。

蕈菇箭刺進牆中，一朵柱般粗大的杏鮑菇「啵！」地橫向綻放，使蒙面男壯碩的身軀撞向一旁的書架，「啪！」的一聲壓得稀爛。暗紅色的血噴濺在牆上，被壓爛的書頁飛散在空中。

「……連死人也能操控嗎？真言真是什麼把戲都有。」

畢斯可將賈維給他的那把弓收回背上，轉了轉脖子。美祿溜過他身旁跑向拉斯肯妮，將蕈菇安瓶注射在她瘀紅的脖子上。

「……咳、咳。屍鬼術是一種高級真言，只有克爾辛哈能夠駕馭。沒想到他恢復得這麼快，已經能用屍鬼術了……」

「我不了解克爾辛哈，但我知道那老頭有很強的欲望，是個不服輸的人。他若主動出擊，我們一定很快就會敗在他手裡。」

「你說得很對。」

美祿為拉斯肯妮紅腫的頸子纏上繃帶後，笑著說：「好，這樣就可以了！」拉斯肯妮難為情地苦笑了一下，又對擔心到衝上樓來的艾姆莉露出笑容，接著再次面對兩名少年說：

「抱歉，我沒料到他這麼快就攻陷了水塔……我馬上就重新擬定計畫。要趁他力量完全恢復前，將『經典』弄到手。」

畢斯可聽完點了點頭，拉斯肯妮則對一旁的美祿低語：

「雖然是我掉以輕心，但也要怪你搭檔的胃太強大。要是沒有赤星的胃，那傢伙也不可能好得這麼快。」

5

出雲六塔由木、火、土、金、水、鏽等六座高塔組成，以一定的高度為分界，區分成上層和下層。低階僧侶的住宅區與商業區位在下層，仙醫甘露也坐落在此。

撇除其結構複雜而極難探索這點不說，這裡有著奇怪的儀式用品店，還有飯館、酒館，甚至連娼館都有。雖然號稱信仰之都，鄙俗的程度卻和忌濱鬧區沒有太大的差別。

然而六塔上層就不一樣了。就下層看來，每座塔都長得差不多，但上層卻鮮明地顯露出各自的特色。上層進出控管嚴格，以教徒身上的烙印作為通行憑證，也不像下層那樣塔與塔之間有通道相連，每座塔的上層都是完全獨立的。六塔上層的警備，可說是遠比六塔關隘還要森嚴。

「你們六位之前聯手打敗了克爾辛哈對吧？就是……你們難道不能……再次合作嗎？」

「我們不可能再次合作，這就是人性。現在每個教派都視彼此為眼中釘，經常互扯後腿……我這個隱士出來勸說，也不會有人想聽。」

「對啊，六個宗教家在一起，怎麼可能會有共識嘛。有必要拿到『經典』的話，還是潛進去用偷的比較快。」

「如果能像畢斯可大人說的去做就快多了。」坐在少年們對面的艾姆莉說：「但現在水塔已被攻陷，各教派一定戒慎恐懼，更加提防克爾辛哈。潛進去太魯莽了……而且就算畢斯可大人再強，憑你少了一顆胃的身體……抱歉，但我說的是實話。總之，如果跟剩下四個教派開戰，你的身體很快就會被蕈菇弄得支離破碎。」

「美祿，你聽到了嗎？既不能偷也不能搶，沒戲唱了。」

「世上除了這兩種之外還有很多方法，你先聽人家說完啦。」

「有一個再簡單不過的方法喔。」

艾姆莉望向鄰座的拉斯肯妮，她點頭說道：

「只要『入教』就好。雖然他們戒備森嚴，但每個教派都不會拒絕想要入教的人。你們只要光明正大地進到那四座塔的門下……累積德行當上高僧，就能夠謁見僧正。」

聽了這個突發奇想的提議，少年們不知所措。艾姆莉含笑看著他們，坐在沙發上晃了晃腳。

「按照慣例，僧侶累積了足夠的德行，僧正就會在他們面前示範真言。到時候一定可以近距離接觸到『經典』。妳要他們趁機偷走『經典』對吧，師父？」

「嗯……大概就是這樣。」

「就是怎樣？妳要我們去當和尚？我和這傢伙像是有德行的樣子嗎？」

「我和你不一樣，德行我還是有的。」

「你們就去看看吧，六塔的宗教不像你們想的那樣高尚。只要憑你們食人二人組的點子和運氣……一定可以找到解決辦法。」

拉斯肯妮邊說，邊將寫有咒語的符紙收進腰際皮帶裡，換上嚴肅的表情。

「我還要和手下去追克爾辛哈。不知道他會用什麼手段奪取『經典』，但如果不先發制人，『經典』一定會被他搶走。拜託你們，一定要把東西搶到手。」

「如果既沒有點子，也沒有運氣，我會怎麼樣？」

「當然就會死嘍。」拉斯肯妮回以微笑，凝視著畢斯可炯炯有神的眼睛。

「但這兩種你都有，我看你的眼睛就知道了。你至今不都在這個世界活得好好的嗎？」

——基於這段對話。

一個小時後，兩名少年來到了「金塔」上下層的交界處，也就是主宰該塔的教派「金象信」的檢查哨。

兩人排在一列專心唸經的僧侶隊伍裡，全身裹著毛織長袍，正在等待辦理入教手續。畢斯可嘴裡嚼著香菇乾，藉此排解慢性襲來的飢餓感，同時怒目瞪著四周。

「我竟然也當上和尚了。你可別跟賈維說喔，他一定會笑我。」

「這說不定會是一帖心靈良藥喔。你乾脆認真修行，淨化一下心靈吧。」

「喂，我的心才不骯髒好嗎！」

「我覺得美祿大人的點子很棒啊。」兩人中間站著一個只到他們腰際，長袍中只露出一雙眼睛，貌似俄羅斯娃娃的小孩，她突然插嘴說道：「可是你們現在要加入的教派並不是什麼清淨之地，你們進去之後可能會越修行越低俗喔。」

小孩眨了眨眼看著愣住的兩人，接著對他們瞇眼一笑。畢斯可從背後一把將她抓起，傻眼地問道：

「……這傢伙為什麼也理所當然地跟來了啊？」

懸在他們眼前的俄羅斯娃娃……更正，是艾姆莉，在兩名少年中間打轉，那隻真眼向左向右看了看。

「我當然要跟來呀。畢斯可大人肚子裡的鏽蝕一直在增加，如果一天不吸個兩次，你就會提早死掉喔。」

「可是這樣很危險！要妳這樣的小孩來當間諜……」

「別擔心，我好歹也是仙醫，當然懂得怎麼自保。」艾姆莉以食指拉下面罩，對美祿露出異於少女的妖豔笑容。「還是說……美祿大人光用俗世的醫術，就能治好畢斯可大人呢？」

「……唔！」

「好————了，下一位～～」

連生性冷靜的美祿也差點火冒三丈，這時櫃檯傳來的聲音讓他回過神來。

艾姆莉立刻甩開畢斯可的手，快步走了過去，從懷裡拿出像符一樣的東西給櫃檯人員看了一下，對方點頭後揮了揮手，讓艾姆莉通過。

「你們兩個過來我這邊。」

「喂，我們是跟她一起來的，不能直接過去嗎？」

「不可以。好久沒看到小鮮肉了，得好好檢查一番。」

濃妝豔抹的人妖僧侶將兩人叫了過去。兩人站到通往上層的電梯前，人妖們脫下他們的長袍開始搜身。

「啊——你的肌肉好壯喔，長得也……抬起頭來我看看。噢～～你們快看，他雖然年紀還小，但長得好帥呀。」

「哎呀，他的眼睛好有神，好性感呀。拜託再多瞪我一下。」

「好好喔，我也好想幫小鮮肉烙印，才不想檢查這種瘦排骨。」

人妖們的對話令畢斯可嫌惡地皺起眉頭，美祿也因為被稱作瘦排骨而一肚子火。

兩人肩膀上「滋！」地被烙下了象徵金象信的象印，喉嚨裡發出「唔」的輕微悶哼。

（他們好粗魯喔，之後除掉這個烙印時可要小心了……）

（為什麼？用匕首連肉一起刮掉不就好了？）

（我的身體才不像你那麼粗壯！）

兩人小聲吵了起來，人妖們則開始檢查他們的隨身行李。

「我想你們應該知道，金象信是以商人為主的教派。告示牌上寫得很清楚，只有開運物品和生財工具可以帶進去。」

人妖糾察僧抽著菸斗，吐出一口煙來。

「但你們身上怎麼帶著弓？太嚇人了吧。我們不允許這種凶惡之物……」

「這是破魔弓啦。」畢斯可隨口回道：「它是開運物品啊，跟箭是一套的。一點都不危險，就像招財貓一樣。」

「哎呀，虧他還想得出這種藉口。」

人妖僧侶回頭對後方的同伴說完，開心地咯咯笑了起來。他們可能很少見到這麼活潑的入教者，每個人都想逗弄畢斯可一下。

「算了，你要感謝父母把你生得這麼可愛喔。這道符給你們……進去之後每個月十日和二十日要繳稅，如果繳的錢不夠就要用內臟來付了，可要記好嘍。」

兩人連內容都來不及看，人妖就在各種許可證上為他們蓋上印章，並將那疊捏爛的紙塞進美祿手中。駐守的僧侶對著牆上的對講機唸了幾句咒語，電梯門就應聲打開，裡頭有著金碧輝煌的裝飾。

「在地獄裡有錢能使鬼推磨，到了天堂也一樣。你們要好好賺錢喔。」

艾姆莉輕巧地溜進電梯，兩名少年則被用力推了進去。背後的電梯門像斷頭臺一樣關上，這時少年們總算鬆了一口氣。

沒多久電梯便在劇烈搖晃下動了起來，轟轟作響地升向上層。

「吶，那種態度也算是德高望重的僧侶嗎？我知道他們內部有問題，但那些人也太誇張了吧！」

「這座金塔比較特別，金象信是信仰金錢的教派。這裡純粹是看布施了多少錢來決定僧位高低。」

「把錢當神嗎……不過跟其他詭異的教派比起來，這種坦蕩的態度還比較好。」

哐噹一聲，電梯在劇烈搖晃中停下，門緩緩打開，一陣豔陽般的炫目光彩照得兩人頭昏眼花。

「哇、哇啊……好驚人！」

美祿在強光下瞇起眼睛，輕聲嘆道。

映入兩人眼簾的，是一座名符其實的黃金城。

金光閃閃的天花板高到令人忘記自己身在塔內，寬敞程度甚至可以容納一座小村莊。裡頭每棟建築都塗上了亮晃晃的金漆，就連大道上鋪的石板地都像是純金打造的。

那條大道上，有一群以紅色舞獅為首的面具表演者，配著太鼓與笛子歡樂起舞。路旁的民眾紛紛打著節拍，或朝那支隊伍投擲硬幣，從四面八方飛來的硬幣在空中閃閃發光。

道路兩旁有布莊、熊手（註：一種竹耙狀的開運飾品）店、祭祀用品店，還有販賣巫蠱毒蟲的陰森商店以及刺青攤販，類型應有盡有。看樣子這些長年在商場上打滾的商人們，彼此之間競爭相當激烈，就連新來的人也感受得到。

「對了，艾姆莉，如果說有錢才能累積德行，我們就得賺錢吧？要怎麼在一兩天之內賺那麼多錢？」

「怎麼賺錢啊……」

艾姆莉回頭望著逐漸關上的電梯門說：

「這我不知道，我不懂怎麼做生意。」

「啥——？妳什麼計畫都沒有就跑來了？」

「接下來就靠你們啦，快點想個好點子。我會盡我所能幫助你們的。」

艾姆莉拉下面罩咧嘴而笑，兩名少年聞言對看了一眼。

「怎麼辦，畢斯可，做生意我也不太行……」

「你在說什麼，你是忌濱的名醫耶。想賺大錢，也只能在這裡開一間熊貓醫院了。」

「熊貓醫院在忌濱還招得到客人，但這裡既是人有錢環境又清潔，感覺也不缺醫生。我們錢還沒賺夠，你就會先變成食鏽！」

「嗯——」

畢斯可望向街道摸了摸脖子，凝視著空氣好一會兒……

接著他彷彿靈光一閃，張大雙眼低吟了一聲。

「你想到什麼了？」

「……嗯，這個做法賈維聽了應該會生氣，但我豁出去了。艾姆莉，妳幫我找間醫院裝潢一下。美祿，你盡量多調一點疫苗……把鞷菇和藍秀珍菇混在一起。」

「我、我知道了！……可是你想做什麼？」

「我去四處繞繞。這裡很快就會有一種疾病流行起來，而且只有你治得好。」

「來～～下一位。」

「喂，你們真的能治好我的病嗎？我全身都好癢，這樣根本沒辦法做生意。」

「看來您得的是孢子性皮膚炎，我們醫院還有疫苗喔……一劑兩千日貨。」

「兩、兩千日貨！搞什麼，太貴了吧！」

「那麼本院無法滿足您的需求，真是抱歉。請您到其他地方看診吧。下一位。」

「哇啊！我付，我付就是了！我會付錢，快點幫我止癢。」

畢斯可等人找到一間廢棄醫院，利用裡頭的設備開了這間「熊貓醫院・六塔分院」。如今金塔的商人們蜂擁而至，他們全身上下奇癢難耐，一群人全擠在等候室中。

櫃檯後方的艾姆莉身穿護士服，頭戴護士帽，露出迷人而諂媚的笑容招呼病患，然而病患們全都癢到想在地上打滾，根本沒有心力多看艾姆莉一眼。

「艾姆莉，剛剛的病患用掉了最後一管疫苗！先關門，等我調好再開！」

「不好意思，疫苗用完了。我們會趕緊生產下一批，請各位在外面抓個癢等一下喔。」

艾姆莉從窗口探頭，笑著對等候室中的病患說道。

「喂，開什麼玩笑啊！」「是要讓我們等到什麼時候？」病患抱怨聲四起，但艾姆莉仍若無其事地關上櫃檯窗戶，興奮地摘下口罩說：

「生意好好喔！不愧是名震天下的赤星貓柳二人組，連點子都是一流的。只要看完剩下的病患，我們今天只花半天，就賺到謁見僧正所需的錢了。」

「嗯，果然行得通。怎麼樣，美祿，你有沒有對我的聰明才智刮目相看了？」

「什麼刮目相看！這種事……我以後都不會再做了！身為醫生，怎麼能自己……製、製造病患呢……！」

現在全金塔正流行一種未知的傳染性皮膚炎，會讓皮膚潰爛呈現橘色，還會產生強烈的搔癢感。

唯有新開的「熊貓醫院」對此開發了疫苗——這件事透過口耳相傳，瞬間廣為人知，全金塔的病患因而紛紛湧入。

這當然是畢斯可的點子，或者該說是歪腦筋。他在金塔上層的空調系統中加入了癢菇的毒素，讓孢子散布出去。

「你不要這麼一板一眼嘛。萬靈寺不是常說『人太愛錢就會長濕疹』嗎？這個皮膚炎兩三天就會好啦……而且搶回我的胃才是最要緊的。」

「所以我才配合你啊，這麼做全是為了你！我知道現在別無選擇……但我為此放棄醫生的堅持，你就不能表現出一點歉意嗎……！」

啵咚！

「咦？嗚喔喔！」

「！」

忙著使用調劑機的美祿忽然聽見一陣轟響，他立刻轉頭看向搭檔，發現畢斯可側腹長出了一朵中型的食鏽。

「畢斯可！你等等，我馬上幫你處理……！」

「哎呀，這可不行。美祿大人的任務是生產疫苗才對。」

「艾姆莉，我現在還顧得了疫苗嗎！」

「你別擔心，由我來醫治畢斯可大人。」

穿著護士服的艾姆莉抬起眼眸，對美祿露出小惡魔般的微笑後，快步奔向畢斯可。

「來吧，畢斯可大人，我來幫你把肚子裡的鏽蝕吸出來，請躺下來……」

「咦！妳還要吸？」

「你要讓我吸還是要死？我看你還是別掙扎了。」

被推倒在病床上的畢斯可皺起了眉頭。艾姆莉一把將他側腹的食鏽拔掉，接著望向他肚子上那個洞。

「……呵呵，好興奮喔……唵，阿姆利塔，釋哆，蘇那巫……」

艾姆莉唸了幾句真言，鏽蝕柱子「轟轟轟轟轟轟」冒了出來，不斷流進她的眼窩當中。

「嗚噁噁噁！好不舒服！」

「……唔咕，噗哈。」

吸完鏽蝕的艾姆莉瞬間全身泛紅，顫抖著身子吐出炙熱的氣息後，將義眼塞好，靠在畢斯可身上。

「你的生命力果然旺盛……每次吸都像要燒起來一樣，我……」

「喂，結束了就快滾！夠了喔，哇啊！把手拿開！嘔噁！」

「讓女孩子吸取這麼強大的力量，卻還拒絕人家，你這男人真是罪過……吶，畢斯可大人，你的未婚妻是個怎樣的人？她配得上你嗎……？」

艾姆莉邊在畢斯可耳邊吐氣，邊用手指攪著他肚子上的洞。美祿在一旁看得臉色發沉，他緊咬下唇，幾乎要咬出血來。

（這傢伙——明明已經有帕烏這個女伴了！）

「啊——！不要再摸了！妳這笨蛋！」畢斯可忍無可忍，起身將艾姆莉推開，喘著粗重的氣息靠向美祿的桌子。

「這、這小鬼太怪了……不過她幫我吸完，我的肚子真的輕鬆不少。」

「畢斯可。」

「嗯？」

「之前的事全都一筆勾銷，但下次你再出軌，我就要跟帕烏說。」

「……啥啊？說、說什麼？咦，什麼，出軌……？」

「艾姆莉，疫苗做好了！讓患者進來！」

「好的～～讓大家久等了，二十五號請進……呀，不要推擠！照順序、照順序來……」

畢斯可聽了美祿的警告有些不知所措，而那貌美的醫師和護理師早已開始看起一個個病患，高價賣出一管管蕈菇疫苗，轉眼間日貨便堆積如山。

「這不是熊手店的老闆嗎……好久不見，後來怎麼樣了？生意還好嗎？」

「喔……是念珠店的老闆啊。唉，別提生意了。我本來想趁昨天那股皮膚炎的勢頭販售止癢的熊手，正在大量進貨，沒想到疫情一下子就消退了。那些做好的庫存到底要怎麼辦呢？真讓我傷透腦筋……」

金塔上層之中，有一棟特別巨大的建築放出耀眼的金光，那是金象信的總本山，金象宮。該神殿正前方聳立著金象信的主神，單眼象神「迦難加」的神像。穿過它腳下的通道進入神殿內部，可以見到純金打造的柱子和牆壁，以及閃亮的各色寶石。其內部裝潢太過絢爛豪華，反而讓人看得有點膩。

金象宮中有個房間。

那是一個被黑色簾幕包圍，僅靠微弱燭火照明的肅穆空間。裡頭有許多穿著華麗的商人……應該說是高僧，他們魚貫而入，小聲聊天。只要是上繳超過一定金額的虔誠信徒，今天就可以進到這個房間，教祖會親自傳授迦難加神的神諭……可說是金象信的定期會議。

十幾個高僧盤腿坐在房裡。看來該會議的成員早已固定，即使有新面孔，也就只是同一個商家換了不同代表而已。

這時……

有個人扯開簾幕，以尖銳的目光掃視房內。高僧們紛紛疑惑地轉頭，那人瞪了每個高僧，接著轉頭對搭檔說了些話，兩人大剌剌地……不，包含另一個小個子同伴在內，一共是三個人，走進了這個房間。

「讓個位子給我。老子整天忙著算錢，都瘦不下來。」

「不、不好意思……可以坐你隔壁嗎？」

那名無禮至極的僧侶，露出傷痕累累的上半身，用繃帶包著腹部，只穿著一件褲裙，以金象信的僧侶而言裝扮相當簡樸……說白了，就是個窮和尚。那裝扮和這個盡是富豪的集會極不相稱。

「這些小鬼是什麼人？衛兵在幹嘛？我去叫他們進來。」

「等一下，他們是傳聞中的……熊貓醫院的醫師和護理師。聽說昨天那場皮膚炎疫情，讓他們賺進了上百萬日貨……」

富豪們話才說到一半，房間正前方講臺上的簾幕便被拉開，一個拖著亮麗長袍的小小身影靜靜地走了出來。

那是個矮個子的女人。她戴著飾有金色刺繡的紫色面紗，遮住了容貌，她的眼睛也呈現金色，長長的睫毛眨了又眨。

「代……代理大人！」

高僧們頓時停止私語，一同跪拜行禮，將頭磕在地毯上。

那名「代理大人」懷裡抱著一隻縞狐，她摸著縞狐黑白相間的毛，滿意地環顧那些跪倒在地的富豪……

她的視線突然停在其中一點，雙眼圓睜，全身僵住。

「喂，畢斯可！」

少年的藍髮同伴連忙要他低頭，然而少年仍懷疑地盯著那名女子。

「畢斯可大人，別看她長得那麼漂亮，她可是金象信的權僧正。要是被她盯上，我們很可能會錯失良機。」

「……哦——？」

女子像要掩飾動搖般清了清喉嚨，在講臺的椅子坐下，翹起腳一面撫著縞狐一面慵懶地說：

「今日教祖大人正忙著與迦難加神相通，因此創金術與神諭就由我以真言傳授。」

「代理大人，請傳授創金術！」

「我貴為迦難加神的血族，每天玩弄創金術這種小把戲，面子實在掛不住……但若能讓各位信仰更堅定，表演一下也無妨。」

女子說完便將縞狐放在腳邊，在那群痴痴望著她的高僧面前低聲唸起咒語。

「唵，嘎烏拿，里毗托列羅。唵，嘎烏拿，托列羅里毗，蘇那巫……」

「……他們全都看呆了。好耶美祿，趁現在……」

「等一下，畢斯可……！你看！」

美祿不禁睜大眼睛，畢斯可循著他的視線看了過去……眼前的奇異景象讓他看傻了眼。

女子閉著眼睛將手舉至額前，她的掌心湧出大量碎金塊，沙沙作響不停散落在講臺上。她腳邊的縞狐像是對黃金雨感到厭煩似的將碎金塊揮開。

「是、是創金術！」

「黃金、黃金雨——！」

黃金如瀑布般不斷湧出，高僧們爭先恐後地搶拾，女子像是覺得時間差不多了，哼笑了一聲……

「那基，蘇那巫！」

她大聲唸出這句咒語，手在空中揮了一下。密閉的房間內忽然刮起一陣風，碎金塊吹到風後像沙子般瓦解，消散在風中。

「好了。」女子得意地拍了拍手，將腳邊的縞狐抱至胸前，對那些悵然若失的高僧訓誡道：

「你們如果像我這般虔誠，就能隨心所欲創造黃金，攫取財富。俗世生意的好壞也不會再影響你們的心情。但是……你們還需要多多修練。只要你們更努力做生意，藉此累積更多的布施，迦難加神就會實現你們的願望。」

「是！」趴倒在地的高僧們應道。美祿也跟著低頭，但他對於剛才的情景百思不得其解，不由得皺起眉頭，用大拇指搔了搔嘴唇。

「……艾姆莉，剛剛那是怎麼回事？她讓大家產生幻覺了嗎？」

「不，先不論她變出的是不是真正的黃金，但她唸的確實是真言。既然是真言，就代表克爾辛哈的內臟……『經典』就在這附近。」

「是嗎？看來還是問她本人比較快。」

「問她本人……？」

畢斯可從尖刺的紅髮中拔出一根針，對著美祿壞笑了一下。

「好，接下來我要開始講神諭了。首先是排名第一的鏡子店……」

女子態度高傲地坐回椅子上，正要呼喚一名高僧時……

畢斯可將針含在嘴裡，對準窩在女子腿上打盹的縞狐屁股，「咻」地吹了出去。那根針正中目標，縞狐發出「喵嘎！」的哀號，望向撫著自己的女子，朝她的手用力咬下去。

「呀——！」

女子突然慘叫著從椅子上跳起，令高僧們開始竊竊私語。女子吹了吹被咬到的手，發現懷裡的縞狐屁股上冒出一株株小蕈菇。她嚇到花容失色，但仍忍住沒有叫出聲。

「代、代理大人，您怎麼了……」

「沒、沒事，我只是有點被神諭嚇到。」

「但您看起來好像受傷了……」

女子流著冷汗，拚命思考對策。要是外面開始謠傳她攜帶蕈菇進入這神聖之地，她的人頭就不保了。

女子趕緊將縞狐藏到自己背後，故作平靜地說：

「今……今日迦難加神似乎在神泉裡沐浴。現在請祂下賜神諭，顯得太過失禮。因此今天的集會就到這邊結束。」

「咦！今天無法聽到神諭嗎？」

「這、這太沒道理了吧！我們可是勒緊褲帶，才繳出這筆稅金……」

「你們安靜點──！神明正在洗澡，你們還問祂『現在方便嗎』，當然不方便啊！好了快退下，退下──！」

高僧們在女子的威嚇下，連滾帶爬地逃出房間……最後房內只剩下女子、狐狸，以及三名少年少女。

「啊啊，畢斯可大人，我的天啊……！」

「畢斯可，這很不妙耶！沒辦法了，我們還是先……」

「喀、喀嘻嘻嘻……你還沒認出來啊？」

畢斯可走向不悅地雙手抱胸的女子，將她的帽子和面紗一把扯了下來。

「啊……啊啊啊！」

長袍下那張臉，因為異國情調的妝容和首飾與平常略顯不同，但她無疑就是兩名少年所熟知的，綁著粉紅色辮子的水母少女。

「滋……滋露！」

「人家費盡千辛萬苦，終──於找到一棵搖錢樹了……」

滋露額頭上浮現青筋，狠狠衝著畢斯可大吼：

「為什麼偏偏在這種地方遇見你們啊！這隻縞狐你要怎麼賠我！教祖很喜歡牠耶，要是牠受傷了……」

滋露話說到此才發現自己嚇到縞狐，連忙將牠抱起，像哄小孩一樣搖了搖牠。

「你……你們彼此認識嗎？竟然認識金象信的權僧正！」

「唉，是孽緣啦。好～～乖乖喔，小貝莉，別怕怕……喂，快幫我處理一下這些蕈菇啦！要是被人看到，我的腦袋就不保了！」

「不要大驚小怪，那只是木耳啦。是說，我才想問妳為什麼在這裡。」在美祿為小貝莉注射抗體安瓶的同時，畢斯可繼續問道：「還有，剛剛那個創金術是怎麼回事？我有很多事想問。」

「滋露，我們正在尋找金象信持有的『經典』。沒有『經典』，畢斯可就會變成蕈菇！」

「……變、變成蕈菇？」

「我遇到一個怪老頭用手捅進我肚子，把我的胃搶走了。我現在肚子超餓……很想早點找到線索，逮住老頭。」

兩名少年滔滔說著莫名其妙的話，還激動到冒汗，令滋露感到有些傻眼，她抓了抓下巴，嘆口氣說：

「剛認識時我就覺得你們很容易被騙。是不是哪個招搖撞騙的宗教家，跟你們說了什麼？真是的，像你們這種四肢發達的笨蛋才會被騙～～」

「啊，妳呀！我們說的是……！」

「好吧好吧，那給我看一下你的肚子啊。反正你們一定是被什麼爛把戲給騙了……」

滋露粗魯地解下畢斯可的繃帶，看見他腹肌上的大洞中有一層孢子薄膜，薄膜下有著跳動的內臟，而胃的位置上，則有一塊跳動的鏽蝕。

「……」

「滋……滋露，妳看出什麼了？」

「如果是騙人的把戲，我們也就不用那麼……」

「嗯喔哇──！」

滋露愣了一會兒後，露出見到怪物的表情，身子後仰，驚慌地向後退開。

「你、你的肚子怎麼變這樣！都、都鏽掉了耶！咦，怎麼會……身體壞成這樣，你怎麼還活著啊？」

「我身上的食鏽孢子好像一直在吞噬無限湧出的鏽蝕，但這樣反而……」

啵咚！

事有湊巧，這時畢斯可的太陽穴冒出一朵中型的食鏽，使他皮開肉綻。生命力旺盛的食鏽還在繼續長大，畢斯可連忙將它拔下，太陽穴流出的血弄髒了他的臉。

「好險，差點就開在眼睛上。可惡，食鏽生長速度變快了……！」

「畢斯可身上每個部位都有可能隨時出現抗體反應。若食鏽開在他的腦袋或心臟上，他就死定了！拜託妳，滋露，請妳救救畢斯可吧！」

美祿眼眶泛淚央求滋露，令她為難地咬緊下唇……

「嗯咿咿咿——————！」滋露發出不成聲的呻吟，猛搔頭髮。最後她將手指舉至嘴邊，「咻」地吹了聲口哨。

講臺後方的簾幕隨即敞開，有兩名強壯的武僧衝了出來。

「什麼人！代理大人，請您退開。」

「不准碰她，卑賤的東西，也不掂掂自己有幾兩重。」

穿著華麗僧袍的武僧們架起大刀擋在滋露面前。

見到這兩名高大壯碩的武僧，畢斯可目露凶光。他轉了轉脖子，像要瞪穿對方眼睛似的盯著他們。

「……正好，你們想打架就儘管——」

畢斯可話還沒說完，就聽見房內響起兩聲「砰！砰！」的低沉撞擊聲。兩名少年張大嘴巴，只見武僧們翻著白眼，強壯身軀癱軟下來，倒在他們面前的地毯上。

「只要換上他們的僧袍和耳環，就算在神殿內走動，應該也不會被發現。」

滋露邊說，邊用那根敲昏武僧們的凶惡鐵撬敲了敲自己的肩膀。其中一人「嗚嗚」掙扎了一下，滋露保險起見又給了他一棍，然後將鐵撬收進懷裡。

「哎、哎呀……！」艾姆莉見這個身高跟自己差不多的小個子女孩竟也能使出暴力，她忍不住掩嘴驚嘆道：「畢斯可大人的朋友各個都很火爆呢……」

「妳不能跟我們一起去。教祖對女生的氣味很敏感，一定很快就會注意到妳……妳在這個房間等著。你們兩個快點換好衣服，去我房間。」

「滋露！」

「只有這次！下不為例！你們幫了我兩次，第一次的恩情我已經在鐵人那時候還掉了，現在還的是第二次。這樣我們就互不相欠了！」

「滋露～～！妳在哪裡？快來陪我啊。妳在哪裡～～滋露！」

「科普羅大人，滋露在這裡……哎呀，真是的，您吃得到處都是。用餐完後記得服藥喔。」

「我不要，藥好苦。」全身肥肉的教祖躺在金色的紗帳下，用力搖晃身體耍著性子，幾乎都要把床腳搖斷了。

「妳餵我嘛，滋露。來，就像平時那樣，靠過來……」

「哎喲，您真會撒嬌……」

滋露皮笑肉不笑地對教祖說完，轉而露出怨恨全世界的表情，喝了一大口瓶中水後，將幾粒藥錠含在嘴裡。接著那雙金色眼睛狠狠瞪向兩名護衛武僧。

藍髮護衛連忙背過身去，又用手肘頂了頂忍笑的紅髮搭檔，要他一同轉身。

「……呼咕。好，這樣就可以了。下一次您要自己吃喔。」

「喔喔～～滋露啊，再苦的藥，經由妳的嘴都會變成甘露，變成蜜液。」

「呵呵呵呵……」

滋露笑著摸了摸教祖的下巴（雖然他胖到看不出下巴在哪裡），她一個轉身使薄紗長袍隨之飄起，在兩名武僧的陪同下走進了更裡頭的房間。

「……噁，嘔噁，糟透了！跟法國蝸牛接吻都比這個好。」

「謝、謝謝妳耶，滋露……！多虧有妳才能讓他吃下睡菇的藥錠。藥錠的效力比箭毒更強，他應該不會那麼容易醒來。」

「兩粒就夠了嗎？他好像還沒睡著。」

「因為他個頭很大，需要一些時間。但如果吃了三粒，他可能就再也醒不來了。」

畢斯可姑且相信美祿的說明。一旁的滋露還在鏡子前漱口，畢斯可就逕自走向她那張配給的豪華大床，一屁股坐了下來。

「是說，妳什麼時候改行當咒術師了？連我們的同伴艾姆莉都嚇了一跳，說妳那個創金術是真的。」

「那法術背後有一些祕密啦，等我想說的時候再說……你們剛繳完稅，身上應該沒錢吧？」

口。

滋露說著說著，露出靈光一現的表情，以那身異國裝束倚靠在美祿身上，用手指搔著他的胸

「把美祿借給我二十四小時怎麼樣？那我就告訴你們。」

「滋露！我們是認真的！現在別開那種玩笑……！」

「有什麼關係，一個晚上而已。你已經習慣了吧？」

「小心我揍你喔，笨蛋蕈菇！」

「啊～～哈哈！算了，報酬就先欠著吧，看來你們好像真的很急。」

滋露從美祿身上退開，在豪華地毯上盤腿坐下。

「看好嘍。」

滋露說著便閉上眼睛，輕聲唸出剛才那句讓信徒們激動不已的真言。

「……唵嘎烏拿，里毗托列羅。唵嘎烏拿，托列羅里毗，蘇那巫……」

隨後，她舉起的右掌心上瞬間湧出大量碎金塊，沙沙作響噴泉似的滿溢至地毯上。兩名少年再次看得睜大了眼，對此目不轉睛。

「真的是黃金耶……！好強，難怪會有那麼多信徒！」

「你壓壓看。」

「什麼意思？」

「憑你的力氣應該做得到吧，把這些碎金塊壓爛……像這樣用手指壓。」

畢斯可一臉狐疑地抓起地上的碎金塊，照滋露說的用指腹壓了一下。結果那些金光閃閃的碎片立刻失去光芒，變成髒髒的茶色粉末，散落在地毯上。

「這、這是……」

「是鏽蝕！」美祿壓低音量說道：「是鏽蝕粉末。那、那這些黃金全都是……」

「全都不過是會發光的鏽蝕塊。」

滋露沒勁地說完，又唸了一句咒語。她的房間立刻刮起一陣風，吹到簾幕都在晃動，接著那些金塊便消失得無影無蹤。

「金象信就是用這種鏽蝕戲法賺取暴利的。他們對外宣稱只要累積德行就能隨心所欲變出黃金，實際上創金術根本不難，就算是毫無信仰……像我這樣的人，只要唸出那句真言，就有同樣的效果。」

「意思是任誰都能操縱真言嗎？」

「也不是毫無條件，首先要知道咒語的內容……我是從痴肥教祖那邊學來的，第二是必須待在你們正在找的那個『經典』附近。我不知道原理是什麼，但那好像是真言的燃料。」

「原來如此，所以……『經典』果然在這附近！」

「我們教祖是個做事很小心的傢伙，這個祕密大概只有我知道。他睡的那張大床底下，其實有一間密室——」

「他睡著了喔。」

站在滋露面前的畢斯可突然朝門的方向說道。滋露疑惑地眨了眨眼，一旁的美祿悄悄窺視門後，回頭對兩人點了點頭。

畢斯可像蛇一樣溜出房門，滋露傻眼地看著他的背影，對美祿低語：

「……他怎麼知道教祖睡著了？直覺那麼敏銳，根本就是動物吧。」

「啊哈哈！他只是聽力好啦。他剛才好像一直隔著門偷聽教祖的呼吸聲。」

「天啊，感覺他比我還適合當咒術師。」

三人連人帶床，抬起教祖沉重的軀體和純金做的床舖。他們將床移開後，見到床下的金色地板上有一些髒髒的手印。

「底下是空的。」畢斯可將耳朵貼在地板上說。

「跟滋露猜的一樣。要藏也只能藏在這裡了。」

「應該有上鎖，還是先找到鑰匙……」

滋露話還沒說完，畢斯可就已蹬地一躍，宛如旋風般快速旋轉，藉著那股勢頭提起大刀往地板用力戳了下去。

砰轟！

純金的暗門在轟響下爆開，鉸鏈和釘子噴飛四散。畢斯可粗暴地將門板踹飛，低頭望向地板上開出的大洞。

「……是滑梯吧？用風鏡看起來有熱源嗎？」

「沒有，應該不是陷阱。誰先下去？啊，猜拳好了。剪刀、石頭……」

美祿無視畢斯可，直接溜下滑梯。畢斯可不悅地看著他的背影，對滋露招了招手。她表情僵硬地幫鼾聲如雷的教祖蓋好毛毯後，連忙跑向畢斯可，跟在他身後。

「……他貴為金象信的教祖，我還以為這裡會有一堆金銀財寶呢。」

美祿打開手腕上的照明手錶，照亮滑梯下的房間後喃喃自語。那是間恍若地下墓穴的石造簡樸房間，房內瀰漫著一股陰濕黏膩的空氣，和金象信絢爛華麗的一面天差地別。

「這是卷軸嗎？房裡都是這種東西。難道他其實是個虔誠的人？」

「你試著待在他身邊看看，大概二十秒就不會這麼想了。」滋露緊黏著畢斯可，有些不安地環視房間說：「找到『經典』就趕緊閃人吧！」

畢斯可和滋露不停往房間深處走去，但美祿卻對卷軸上密密麻麻的文字感到好奇，伸手拿了捲較為顯眼的卷軸看了起來。

上面寫滿像是真言經文的難解文字，內容複雜，一般人無法一看就懂。

（若滋露說得沒錯，只要讀懂這些文獻，任誰都能操縱真言吧……？）

美祿攤開卷軸，皺著眉頭退了幾步……

他的背碰到東西，傳來一陣柔軟觸感。

「啊，抱歉，畢斯可，我馬上就——」

美祿慌張地回頭，只見一雙布滿鮮紅血絲的大眼盯著他看。肥厚脂肪堆積而成的多層下巴之上，有著如月牙般咧開的嘴，口水像汙泥似的從他口中不斷滴出。

（……唔！）

美祿閃過那隻試圖抓住他的粗大手臂，迅速跳開，和那個詭異的男人拉開距離。

男人動作遲緩地轉向美祿，他無疑就是剛才還在呼呼大睡的教祖。但美祿不相信這個渾身肥肉的男人有辦法無聲無息地走到蕈菇守護者背後，而且他散發出的氣場也和之前完全不同。

（我得先發動攻擊，可是我的弓……）

蕈菇守護者的戰術強調先發制人。畢斯可告訴美祿，要注意不能讓敵人開口說話，這是跟人打鬥時的鐵則。然而兩人的必殺武器蕈菇弓卻在神殿入口被衛兵收走了。

「唵，釋哆，濕里毗。唵，釋哆……」

教祖開口，以黏膩的聲音唸出不知名的咒語。他每唸一句就會流下黏稠的唾液，滴滴答答落在石地板上。

「……他是老夫的五號弟子……摩言宗富人科普羅……既不虔誠，也沒有力量，就是隻豬。但正因他毫無才能，我相信他不會造反而重用了他……他那毫不虔誠的態度，吸引了同樣不虔誠的商人們走上信仰之路。這也是這隻豬立下的功德——」

滔滔不絕的教祖露出些微破綻，美祿抓緊機會反射性一跳，拔出藏在腰間的匕首。

（用麻痺菇讓他昏睡好了！）

帶有麻痺菇毒素的匕首泛著灰色光澤，隨著美祿的閃現，而劃出半月形的軌跡，插進教祖鎖骨的位置。

鮮血噗地噴了出來，染髒美祿的臉。

（……咦？毒呢！）

然而，儘管毒素強烈的匕首刺進了教祖的表皮，麻痺菇仍遲遲沒有發芽。美祿定睛一看，發現連那鋒利無比的蜥蜴爪匕首，也在不知不覺間生鏽，威力大減。

（糟了……！他剛剛唸了什麼真言……！）

美祿正要抽身，沒想到教祖卻任憑匕首插在原位，伸手抓住美祿的脖子。他身軀滿是贅肉卻有著驚人的握力，緊緊掐住美祿。

「『經典』在哪裡……？喀哈哈，你說不出話啦？」

「嘎……哈！」

美祿的嘴角流下一道血絲，就在那一瞬間……

側面飛來的紅色身影使出宛如劍豪斬擊般的迴旋踢，以強勁的力道朝教祖身上的匕首狠踢下去。其威力駭人，藉生鏽的匕首將教祖連頭帶胸一起砍斷，他的身體撞上石牆，發出鈍重聲響。

「別逞強，早點叫我啊，笨蛋！」

「咳、咳！畢斯可，後面！」

畢斯可身後那具胸口被砍斷的巨大身軀，舉起手來朝他用力一揮。畢斯可隨即轉身，以大刀的刀背抵擋攻擊。「砰轟！」一陣猛烈的衝擊襲來，畢斯可腳下的石地板被他踩出裂痕。

「……混蛋……！」

「畢斯可！」

美祿看見畢斯可咬緊牙關，牙縫中噴出血來。他身上的食鏽雖然無敵，但力量多已用來抵抗侵蝕內臟的鏽蝕，現在能夠發揮的力量不到兩成。

「喀哈！」

但畢斯可仍用盡全力，驅使他那少了胃的身軀，舉起大刀整個人如龍捲風般旋轉，將教祖的身體一字劈開。

教祖身上噴出大量鮮血，染紅了兩名少年。但儘管人頭落地，開腸破肚，教祖依然沒有停下動作。少年們被濺到臉上的鮮血擋住了視線，而他們面前的身軀，竟將右手伸進敞開的腹中……

「啾嚕！」教祖抽出自己的腸子，如執鞭般甩在畢斯可身上，又將趨前保護畢斯可的美祿捲了起來，「砰咚！砰咚！」地在房內亂甩一通，將無數卷軸掃得滿地都是。

畢斯可大吼一聲，抽出匕首砍斷教祖的右手腕，然後和教祖扭成一團沿著滑梯爬上樓。無法完全發揮實力的畢斯可，最終還是敗在對方源源不盡的蠻力之下。畢斯可的背部重摔在地，那具巨大身軀順勢騎在他身上。

「唔呃……啊……！」

『呵呵……呵哈哈哈哈……』

教祖掐住畢斯可的喉嚨，他脖子斷裂處冒出了鏽蝕塊。鏽蝕塊逐漸成形，形成一張熟悉的蒼老面孔，那鬍鬚下的嘴巴咧成弦月狀，鏽蝕沙沙崩落的聲音中混著他的笑聲。

「老頭……果然是你……！」

『你肚子裡明明已經鏽成一片了，真強啊，赤星。不，強的是食鏽之力才對……該如何是好。本來想照那個狐狸精的提議，放任你繼續逍遙一會兒的。但你那食鏽之力確實顯露了神格，老夫可能會被你整垮。』

「哈！你還想要我的內臟嗎？那就來搶啊，我會從你體內把你啃光。」

『……還是該殺了你，這世上不需要兩個神。』

「克爾辛哈——！」

就在教祖掐斷畢斯可脖子前一瞬間，一把大刀飛來劃破了教祖的側腹，使他失去平衡。

『哼，你還活著啊？』

教祖轉過頭，只見美祿滿臉是血，藍色眼眸中露出凶光，縱身跳了過來。腸鞭如刀劍般三番兩次揮向美祿，但美祿都在千鈞一髮之際閃過，接著他衝向教祖，拿起透著橙色光芒的食鏽安瓶，深深刺進對方胸口。

『不知這是什麼毒，但你無論對傀儡注射什麼，都傷不了我。』

「住手，美祿！離這傢伙遠點！」

教祖毫不在意打在自己身上的安瓶，他以大手一把抓住美祿的臉後，用力將拇指戳進那帶有熊貓胎記的左眼中。

「唔、咕嗚！」

『我剛好也想知道……你們那蕈菇之術的祕密。』

教祖拇指上滋滋冒出鏽蝕漩渦，他將之一點一點壓進美祿的眼睛裡。美祿毫不膽怯地怒吼一聲，將安瓶中最後一滴藥水注入教祖胸口。

『呵哈哈……有了赤星的胃，再加上你的腦……唔？咕喔喔！』

啵咚！啵咚！啵咚！

教祖話還沒說完，背上便長出無數朵帶有太陽色澤的食鏽。

『混帳，這蕈菇是……！』

「果然。我從滋露的法術中看出來了……真言是一種操縱鏽蝕的技術！」

美祿喘著氣，加重語氣強調自己猜得沒錯。

「就算你抓到我們的弱點加以攻擊，只要你的力量來源是鏽蝕，就沒什麼好怕的了。我們是食鏽。螞蟻怎麼敵得過食蟻獸呢！」

『胡說……！』

教祖脖子上那張老臉因憤怒而扭曲，他勉強撐起被食鏽撐破的身體，撿起地上的大刀，朝美祿用力揮了下去——

啵咚！啵咚！啵咚！

這時，太陽色澤的食鏽將他全身穿破，使他說不出話。滿身蕈菇的巨大軀體腳步踉蹌，倒在地上，流出的不是血，而是一堆鏽蝕粉末，而那些鏽蝕仍繼續成為食鏽的苗床。

美祿在旁看了一會兒後，想要查看畢斯可的傷勢……卻晃了一下倒在對方懷中。

「美祿！振作點……！可惡，你眼睛被他弄傷了嗎？」

「沒事，我想應該沒有失明。」

美祿的熊貓胎記中滲出一滴滴血，畢斯可為他注射食鏽安瓶，並為他受傷那隻眼綁上繃帶。眼底殘留著一股鈍重感，令美祿哀號了聲，但他不想讓搭檔操心，便勉強撐起身體。

「克爾辛哈操控了教祖的身體。沒想到真言還能做到這個地步……他老是吹噓自己的能力，但這樣看來，他似乎比想像中還要難纏喔，畢斯可。」

「現在別說這些了，傻瓜！還能動嗎？要我揹你嗎？」

「別說傻話了，我說過不會給你添麻煩的。」

美祿在畢斯可的攙扶下起身，這時滋露踩著滑梯緩緩爬了上來，看見現場的慘況後皺起眉頭。她手裡抱著個巨大的圓筒狀容器，包裹容器的布上寫滿像是真言的文字。

「等等……！你們也打得太過火了吧！這堆蕈菇要怎麼處理啦！」

「老頭用了奇怪的招數跑來攪局。不過妳手上那個就是『經典』吧？看來是我們贏了。」

「贏是贏了！但要怎麼從這裡——」

滋露正想大聲抗議，就聽見腳踩地板的咚咚聲響。似乎是一群護衛武僧注意到這裡的騷動而聚集在房門外。

「教祖大人！您還好嗎？」

滋露將手指放在唇前，對少年們比了個安靜的手勢，接著擦了擦汗，微微打開房門，盡可能以嚴肅的語氣回道：

「你們在吵什麼？教祖大人正在瞑想。」

「大茶釜大人！失禮了……但我們聽見教祖房內的聲響傳到樓下。」

「傳到樓下？」滋露終於找回自己的說話節奏，開始施展她固有的唬人才華。「你的意思是，我和教祖大人在臥室內發出聲響，還吵到樓下？你的想法太下流了……我該請教祖大人砍你的頭了。」

「我、我……！我絕對沒這麼想！」

（我有點同情那個人耶。）畢斯可皺起眉頭，對搭檔低語：（他在那個只會耍嘴皮子的毒水母底下做事，虧他忍得住。如果是我，做個十五分鐘就要血管爆裂而死了。）

（滋露那樣很好啊，可愛就是她的武器嘛。只有你什麼事都靠武力解決。）

（你老姊也是啊。）

美祿正想反駁畢斯可，眼角餘光卻瞄到有一些些鏽蝕粉末從地上飄了起來。房內明明沒風，那些鏽蝕粉末卻像有意識般，穿過滋露腳下飄向門外。

「我原諒你。趕緊帶著部下離開吧。」

「是、是……！那我就告、告、告退……」

「……嗯？你在拖什麼……還不快點回到……」

滋露抬起視線，當場僵住。原本威風凜凜的武僧一張臉發黑抽搐，鏽蝕粉末如飛蟲般聚集在他鼻孔前，被他一點點吸了進去。

「告退……噗嘎！」

武僧的頭在滋露面前像氣球一樣「啪！」地爆開，噴得她滿臉是血。滋露嚇到動彈不得，她看見武僧後方那些僧侶的頭，也「砰！砰！」地接連爆裂。

「……『經典』。還我。」

「……經典還給我。」

上顎以上被炸飛的僧侶們化作屍鬼，嘴裡只剩下舞動的舌頭，他們邊說邊像喪屍似的伸手要抓滋露。這讓她嚇暈過去，翻著白眼往後一倒。畢斯可抱起她和「經典」後敞開房門，以長槍般的足刀一腳踹飛那群屍鬼。

「這也是老頭搞的鬼嗎！」

「一定是！你跑得到弓那邊嗎？」

「我才要問你！」

畢斯可抱著滋露，美祿抱著「經典」，兩人一邊踢開屍鬼，一邊在神殿中狂奔。長廊兩側的房門一扇扇打開，裡頭湧出數量驚人的屍鬼，擋在兩人面前。

「怎麼這麼多！」

「這只是虛張聲勢，他們動作太遲緩了，沒有剛才的教祖可怕！」

湧出的屍鬼已經多如汪洋，兩人跳起來飛越那片屍鬼海，穿過神殿大門，接著合力將那扇門狠狠關上。「嘎吱！」一陣怪響下，好幾隻手被門夾斷，斷肢一落至地面便化作鏽石粉末消散在空氣中。

「喂，衛兵！把弓還我們……不對，你也快逃吧！裡面全是屍鬼！」

神殿入口有個寄物處，畢斯可朝著那裡的衛兵吼道。衛兵僅將脖子以上轉向畢斯可，以黏糊糊的聲音回道：

「您要提取行李，是嗎～～」

「……你、你的脖子……！」

「好的～～讓您久等了～～」

魁梧的衛兵將巨斧高高舉起。他雙眼無神，嘴角散落一片片鏽蝕，種種跡象顯示他早已被克爾辛哈控制了。

「這傢伙也中招了嗎？可惡！」

畢斯可用飛踢抵擋衛兵揮來的巨斧，斧頭從握把處斷開，斧刃在空中轉了幾圈，最後落在衛兵頭上。

「畢斯可大人、美祿大人！你們的弓在這裡！」

「艾姆莉！」

躲在寄物櫃檯底下的艾姆莉，無視一旁倒下的衛兵，揹起弓和箭筒跳了出來，將弓箭拋給兩人。兩人收下弓箭，眼見嘎嘎作響的大門快要撐不住了，便在同一個時間點往後跳開。

大門被「砰！」地撞破，屍鬼們如雪崩般一擁而上，追在三人後頭。見到這地獄般的光景，就連畢斯可也不禁慘叫出來。

「喂，連神佛都沒有，還談什麼信仰啊！」

「總之金象信已經被克爾辛哈攻占了……畢斯可，前面！」

畢斯可在美祿的提醒下看向前方，發現大道上每一間店都湧出成群屍鬼。看來不只神殿，整個金塔上層都已被克爾辛哈的真言之力控制，這才是最恐怖的。

「只好開出一條路了！」

「正好。」

畢斯可眼裡閃著綠光，彷彿已將那強烈的飢餓之苦拋諸腦後。他朝著湧來的屍鬼們拉滿弓，咧嘴一笑，露出閃亮的犬齒。

「被人壓著打，讓我很不爽。我也正想給那老頭一點顏色瞧瞧！」

「畢斯可，別太拚命！小心蕈菇又會長出來！」

「你要我節制，又要我發威是嗎？哈，出這什麼難題。」

畢斯可對著前方，美祿對著後方，兩人各自朝逼近的屍鬼們拉滿弓。

「喝！」

「嘿！」

兩人默契十足地一同放箭。閃光般的箭矢呈一直線貫穿屍鬼們，蕈菇「啵咕！啵咕！」一朵朵炸裂，將屍鬼整群沖散。

「他們很快又會湧上來，我們走吧，畢斯可！」

「好！艾姆莉，這邊！」

兩人重新抱好滋露與「經典」，趁著開出的通路還沒被屍鬼淹沒，就拉起艾姆莉的手，風也似的穿過純金大道飛奔離去。

「肩膀好痠。今天到此為止吧。好了，我們下班了，明天再來。」

入教櫃檯的人妖僧侶轉著脖子說完，衛兵們便亮出大刀擋在櫃檯前。想要入教的信眾怨聲四起，最後各個沮喪地回到六塔下層。

「這些人真～～是每個都帶著一張苦瓜臉，看了都煩。」

「身體也都像乾屍一樣，幫他們烙印一點都不好玩。好想再看到像紅髮男孩那樣的小鮮肉喔。」

「早知道那時候就問他，別當什麼和尚了，來當我的小狼狗好嗎？」

「你的小狼狗～～？哈，我看你還是養豬好了。」

「怎樣，要我養你嗎？」

「誰是豬啊！」

人妖們一如往常地開始鬥嘴，位在他們之間的電梯從上層下來，哐噹一聲停住。人妖們面面相覷，姑且停止爭吵。

「哎呀，電梯來得正是時候。看看今天是哪位要離教呢……」

人妖們還在開玩笑，就看到電梯門「砰！砰！」往外撐開，到了第三聲時電梯門終於被撐破，門板飛向接待大廳，火花四散在地面。同時間十幾隻屍鬼如紙屑般噴飛，一摔至地面便化作鏽沙崩塌消散。

「呀——！這是怎麼回事！」

電梯湧出的屍鬼中，有一隻正要咬向一名人妖僧侶，畢斯可跳出來踹了他脖子一腳，屍鬼的頭便像皮球一樣飛了出去。

「畢斯可大人，打不完耶！」

「我來擋住他們！閃開，你們幾個！想死是不是！」

兩名蕈菇守護者橫掃著剩下的屍鬼，來到廣場中央會合。兩人背對背朝著電梯將弓拉開，不斷蓄力。電梯天花板破裂，又有無數隻屍鬼嘩啦嘩啦落下，人妖和衛兵們見狀不禁尖叫起來，逃離電梯口。

「美祿，用杏鮑菇配合我！」

「了解！」

「二、一！」

「「喝！」」

強弓放出兩道閃光，將那群正要湧出的屍鬼塞回電梯之中。箭頭貫穿鏽蝕發出橙色光芒，下個瞬間……

啵咚！啵咚！

杏鮑菇以驚人之勢發芽，將整台電梯填滿，又將電梯天花板撐破。那棵杏鮑菇仍在繼續長大，將連通至上層的電梯井塞得滿滿的，完全阻斷了屍鬼們的通道。

「好、好厲害……這就是蕈菇的……！」

艾姆莉看著杏鮑菇的雄姿目瞪口呆，一旁的美祿則喃喃嘆道：

「結果還是得用這種手法……！」

「沒辦法。跟老頭的仙術相比，這樣已經很人道了……走吧。」

兩人再次抱起「經典」和暈倒的滋露，以及艾姆莉一起像風一樣跳著下樓，前往下層。

而在他們身後……

「……真是個危險的男人。」

「乾脆別信金象信了，奉他為神吧。」

人妖們陶醉地呢喃，這時僅存的一隻屍鬼從他們背後襲來，他們有默契地向後甩出拳頭，將屍鬼打倒在地。

6

「科普羅死了？他雖然市儈，卻也是個很好拉攏的對象。連他都殺，看來克爾辛哈已經計畫好無論如何都要殺了我們六個人。」

拉斯肯妮聽見前夥伴的死訊時，仍不帶情緒地邊這麼說，邊將到手的「經典」容器喀噔一聲，放在坐在椅子上的新客人面前。

「哦——！這就是『經典』啊！真的是內臟耶……！」

「金象信的權僧正滋露大人，連您也沒見過『經典』的真面目嗎？」

「我只是僧正養的女人罷了……哇，在動耶，好噁心～～！」

拉斯肯妮放在桌上的容器，是個注滿螢光色液體的圓筒狀玻璃瓶，散發著一股冰冷氣息。滋露看見裡頭有個詭異的暗紅色東西不斷脈動，她既好奇又害怕地這麼說。

「可以看見這顆脾臟表面滿滿都是經文刺青吧。」

拉斯肯妮在玻璃瓶的鮮豔綠光下瞇起眼睛，對滋露說道：

「這應該就是克爾辛哈力量的祕密……這些經文本身似乎就是一種真言，可以吸收信徒的祈禱，轉換成力量。」

「他、他在自己的內臟上刺青？咿呀，這老頭是怎樣……！」

「……他為了更接近神，有著超乎尋常的覺悟……這不是一般人可以辦到的……」

拉斯肯妮也將臉湊近「經典」，螢光色映在她美麗的容顏上，她嬌媚地輕輕嘆了一口氣。

「……」

平時端莊的拉斯肯妮，此時卻散發出一股不相襯的豔麗，令滋露感到有些奇怪，但她還是故意裝作不知情的樣子，繼續盯著「經典」看。

一會兒後拉斯肯妮回過神來，望向雙手抱胸站在病房隔簾前的畢斯可。他的搭檔在隔簾另一頭，那好聽的聲音扭曲地慘叫。每當美祿一叫畢斯可就咬緊牙齒，咬得牙齒喀喀作響。

「赤星，讓艾姆莉幫他治療，你休息一下吧。你傷得也很重，還是稍微……」

「拉斯肯妮！他現在狀況到底怎樣？我們一回來他就開始喊痛……是眼珠遭到鏽蝕了嗎？那就用我的血……！」

「冷靜點，赤星。克爾辛哈可能利用了科普羅的屍體企圖入侵貓柳腦中，但他的入侵只停留在表層。貓柳不像你那樣患了致死的重症，可是……」

「可是什麼！」

「他的腦袋現在有一小部分與克爾辛哈相通，克爾辛哈可能是想得到貓柳關於蕈菇招式的知識，同時克爾辛哈的一些想法也會不時流入貓柳腦中。」
「這症狀哪裡輕微了，混蛋！」
畢斯可如猛獸般怒吼，就連拉斯肯妮也嚇到後頸冒出冷汗。她原以為這名少年只是長相凶惡，雖然號稱食人卻意外地可愛，然而當搭檔遇到危難時，他散發出的氣焰就宛如修羅。
拉斯肯妮想要安撫畢斯可而再度開口，病房隔簾後卻傳來美祿的慘叫，掩蓋了她的聲音。
「嗚啊啊、啊、啊，吵死了，別過來！」
「美祿大人！請不要亂動，鏽蝕會擴散的。」
「住手，妳這傢伙別碰我！」
「呀啊！」
小小身軀從隔簾後被推了出來，重摔在地。
眼見平時沉穩溫柔的美祿性情大變，艾姆莉受了不少驚嚇，求救似的望向畢斯可。
「畢斯可大人……」
畢斯可不等艾姆莉說完就大步走進病房，走向被綁在床上的美祿。美祿左眼那迷人的熊貓胎記整個被鏽蝕覆蓋，每當他扭動身體掙扎時，左眼便灑出黏膩的血。
「哇啊！別過來、別過來──！」
畢斯可的臉頰被亂動的美祿抓破而流了點血，但他一點也不在意。他緩緩觸碰美祿生鏽的肌膚，使美祿逐漸平靜下來，停下動作大口喘氣。

「……」

「……」

「畢斯……可……？」

「你認得出我嗎？」

「……對不起，我現在……」

「躺好啦，笨蛋……有沒有哪裡會痛？」

「……嗯……抱歉，我沒事……」

「你現在身體怎樣？看你抓狂成這樣，應該很嚴重吧？」

「……有東西入侵了我……在我腦內。我一直聽到誦經般的……真言，好像要闖進我腦子裡……所以我不得不抵抗……」

「你的意識快要落入他控制中了。」

畢斯可邊對美祿這麼說，邊朝躲在簾後偷看的艾姆莉使了個眼色。艾姆莉聽見他們的對話點了點頭，在隔簾另一頭向拉斯肯妮請教事情。

「……艾姆莉好像有辦法，我去幫她。我們很快就會治好你。」

「畢斯可！」

畢斯可正要起身，美祿卻緊緊抓住他的手臂不讓他離開。

畢斯可愣了一下，再度坐回搭檔身邊，輕撫他那生鏽的熊貓胎記。美祿似乎對自己的行為感到羞愧，不甘地顫抖著身體，靜靜啜泣。

「對不起，畢斯可……我……我明明……應該要保護你的……」

「少自大了，你這笨蛋。我說過搭檔是平等的。」

「……」

「沒事啦。你很聰明，一定很快就能認出恐懼的根源，找回原有的機智。到時候你一定要好好看清腦中的敵人……讓他後悔侵入你的腦袋。」

「……」

「……首先要看清楚，還有呢……」

「……堅定地相信。」

「做得到嗎？」

「嗯，我看得很清楚，而且我也一直……相信著你。相信你和我自己。」

美祿說完吸了吸鼻子，搖頭甩乾眼淚，像要擺脫恐懼般做了一次深呼吸，接著從安瓶腰包中拿出睡菇毒，抵在自己脖子上。

「抱歉，扯了你的後腿。我已經沒事了，你走吧……」

畢斯可點點頭從床上起身，穿過隔簾……本想回頭卻還是作罷。美祿見他離去後為自己注射了睡菇毒，迅速陷入昏睡當中。

「美祿大人是不是討厭我？」

畢斯可和艾姆莉走在塔下層的商業區，閃亮霓虹燈下有著各式攤販，艾姆莉低著頭喃喃自語。她臉上已沒有平時天真爛漫的笑容，反倒心事重重地輕咬下唇。

「真是丟人。我著迷於替畢斯可大人吸出鏽蝕……雖說是治療，但我太踰矩了，所以美祿大人才會生氣。」

「妳想太多了啦，美祿只是被老頭入侵了腦袋，他不是個愛生氣的人。」

「可是當畢斯可大人碰到美祿大人時，他就像痊癒似的平靜了下來……那是為什麼呢？」

「那是因為……」畢斯可好奇地打量六塔那些奇特的攤販，淡淡地回答：「因為我們是搭檔……也只能這麼解釋了吧。」

「因為是搭檔……？」

「這很難說明，但換作是家人妳就能理解了吧？生病時如果有父母照料，任誰都會安心，美祿的狀況就像這樣。」

艾姆莉聽完畢斯可的話，再次低下頭用微弱的聲音說：

「……這我不明白。」

「……嗯？喂，艾姆莉……」

「我已經忘了什麼叫家人了……」

畢斯可不知該對停下腳步的艾姆莉說什麼才好，正當他不知所措時……

「歡迎光臨。你們有想要殺掉的對象嗎？我們的毒蟲很有效喔！」

他們身後的攤販老闆以這樣聳動的話語大聲招攬顧客。艾姆莉忽然抬頭，像是想起什麼似的，拉著畢斯可的手走到那間店前。

「這樣不行，我們是來幫美祿大人買藥材的，不能再拖拖拉拉。我得趕緊買完需要的東西，回去幫他治療。」

艾姆莉站在攤販前睜大眼睛挑選商品，那些詭異的商品讓她身後的畢斯可看得嫌惡地皺起眉頭。

「喂，這些詭異又危險的生物是用來幹嘛的？又是蜈蚣又是蛇的……」

「當然危險啊，不危險就沒效果了。」

「這到底是什麼店啊？」

「是『蠱毒店』。」

畢斯可看見玻璃罐中蠢動的毒蟲，嚇得說不出話來。他這身經百戰的蕈菇守護者對於毒蟲早已見怪不怪，但他還是不太能接受有人將毒蟲當作商品大量販賣。

「小哥，你要買嗎？我看你根本不用下蠱，直接殺了對方比較快。」

「少囉嗦，我又不是要殺人，是要治病啦。那個，呃……」

「請給我們一組白蠱毒，我們在趕時間。」

「好喔。等級低中高？」

「要高級的，錢給你。」

「哦哦～～看來滿嚴重的呢。不知道你們的病人是被誰詛咒了……希望還來得及。那麼……這個罐子裡裝的是特級白蟲。怎麼樣？用手抓的話我可以算你們便宜點喔。」

「你是在耍我們嗎？混蛋！」

「哈哈哈，小哥你好活潑呀，我喜歡。這是肘蟲、鬼團子……店裡進了不錯的蚰蜒球，也一併大放送嘍。」

老闆大笑起來，好心挑了些品質較好的毒蟲後，熟練地將蟲放進有格子的盒子裡以免牠們打成一團。

不知是不是因為手指早已遭到蟲毒腐蝕，老闆戴著鐵製的義手，但他抓蟲的動作卻非常流暢。

「東西還沒買完喔。幫我拿著毒蟲，我們去下一家吧。」

「咦！妳不是說在一間店就能買齊嗎？」

「師父說只要幫美祿大人做緊急處置就好，但我覺得不夠。事已至此我也不願妥協了。」艾姆莉回望畢斯可，挺直小身子激動地說：「我要徹底治好美祿大人，成為你們的……搭檔。」

「嗯？不是，妳好像有很多誤解……啊！喂，等等！」

艾姆莉在大街上蹦蹦跳跳，空中的金魚燈嚇得趕緊閃開。畢斯可沒想到她跑得這麼快，只好護著開洞的肚子拚命跟在她身後。

「這樣道具都買齊了！」

可能因為拉斯肯妮不在的關係，艾姆莉比在醫院時活潑好幾倍，她在街上繞來繞去，買齊了治療所需的施咒用具。然而畢斯可卻揹著巨壺和香爐，脖子上還掛了一些不斷蠢動的毒蟲，一點也提不起勁。

「喂！這些東西真的能把美祿治好嗎？」

「我打算多管齊下，雖然很難治癒，但至少可以讓他保有意識。」

和忌濱鬧區相比，宗教與世俗在六塔下層融合得更加緊密。這裡除了咒術用品店外，還有餐廳在賣好吃的火烤河馬肉，飄散出誘人香氣。這對飽受飢餓之苦的畢斯可而言實在難受，但他生鏽的小胃根本消化不了這些食物，所以他也只能放棄吃飯。

「我想在回去之前吃點東西的……但看樣子你應該不適合和我一起吃吧，我本來還很期待的說。」

「說什麼傻話，我們怎麼能放著美祿，在這邊悠哉地吃飯？」

「我能明白你的心情，但還是要等到蠱蟲養成之後，才能開始治療。」

艾姆莉說完，指了指畢斯可掛在脖子上的毒蟲罐子，裡面的結構簡直就和迷宮一樣。罐內的毒蟲活力十足，真的在瘋狂互咬。

「……而且……我很羨慕你們……畢斯可大人總是和美祿大人聊得那麼開心，所以……我也想……就是……跟你們聊天……」

艾姆莉白皙的臉頰染上一抹櫻紅，她小聲說完後抬眼偷看畢斯可。畢斯可卻沒理會艾姆莉……他低頭看著罐內亂竄的毒蟲，嫌惡地皺起眉頭。

「畢斯可大人！你有在聽嗎？」

「咦？有、有啊。」

「……太過分了，我好不容易才鼓起勇氣。」艾姆莉眼角含著淚珠，鼓起雙頰撇頭背向畢斯可，出氣似的踢了一下路邊的石頭才往前走去。「果然找遍全世界都沒有人想跟我在一起……」

「喂，幹嘛突然跑走啊！妳生氣了嗎？」

「我一丁點都沒生氣。」

「雖然不知道原因但我道歉啦，是我錯了。但妳已經幫了我和美祿很多忙，我覺得我們早就是朋友，也不用特意提這種事吧。」

「……朋友……？」

艾姆莉終於露出笑容回過頭來，卻又連忙斂起高興的表情，再次將視線從畢斯可身上移開。

「是朋友還不夠，朋友很快就會離我而去。」

「什麼意思？那妳想怎麼樣？」

「……你可以……讓我當你們的搭檔嗎？」

「啊？」

「我想跟美祿大人一樣成為畢斯可大人的搭檔，這樣我也會成為美祿大人的搭檔，我們三個人就能一直在一起了！」

艾姆莉雙頰泛紅，笑得宛如花兒一般，當她眼神閃亮地和畢斯可四目相交時……卻見到畢斯可帶著憐憫的複雜表情，她的笑容瞬間消失，又低下頭去。

「……說太多了呢，我們走吧。」

「艾姆莉，蕈菇守護者的搭檔只有一個人，跟妳想的不一樣。」

「再拖下去，你身上的蕈菇又要開了。別再多說……」

艾姆莉話還沒說完，畢斯可就抓住她的腰，抬起那輕盈的身子，扛著愣住的艾姆莉走向路邊的長椅，將她塞在座位上。

「畢、畢斯可大人……？」

艾姆莉還在發楞，那對翡翠色的眼睛便湊了過來。畢斯可一句話也沒說，他的眼神卻讓艾姆莉覺得自己內心深處被看透似的，她不禁別開視線，主動開口說道：

「……對不起，我太得意忘形了……我沒有家人，所以很高興能夠認識畢斯可大人和美祿大人，就像多了兩個哥哥一樣……」

「妳沒有家人？拉斯肯妮不是妳的家人嗎？」

「……師父愛的不是我……而是我的真言資質。她為了讓我好好修行而將我與外界隔絕，我在那裡一直都是……」

艾姆莉將「一個人」幾字吞了回去，她抬眼看向畢斯可，有些懊惱地笑了一下後，想改變陰暗的氣氛而故作開朗地說：

「……可是，其實我並不孤單喔，父親大人很快就要來接我了。」

「妳老爸要來接妳？」

「我連他的長相都不知道，只聽說他是一位德高望重的僧侶。等我變強，六塔中無人能與我匹敵時，父親大人一定會來接我，而且母親大人也會回來。師父是這麼說的……」

「……」

「……就算父親不德高望重，只是個普通人也沒關係。我要的只是一個家……一個幸福的家……雖然我明白，在現在這個世道中……這是個奢侈的願望……」

艾姆莉按著自己的小胸口說。畢斯可看了她一會兒，從他貧瘠的詞彙庫中選出一些中聽的話，斷斷續續地對艾姆莉說：

「如果真的有神……」

「……」

「像妳這種，謙卑地懷著某種信念……默默等待的人，神一定不會虧待妳的。所以妳一定會等到很好的……很溫柔的家人，回到妳身邊。」

「……你真的這麼想嗎？」

「美祿說我說謊的時候，一句話會講錯三次以上。」

艾姆莉用手指擦去眼角的淚水，對畢斯可露出溫和的笑容說：

「我好高興。畢斯可大人，你人真的好好……好奇怪喔，跟你的外表完全相反。」

「哼！……拉斯肯妮就算了，妳雖然是跟著情勢走卻也冒著生命危險幫助我們，我一定會報答妳。有什麼我們能為妳做的，儘管說吧。」

艾姆莉眨著眼睛愣了一會兒，當她理解畢斯可的意思後調皮地勾起嘴角，將臉湊近畢斯可，近到鼻尖幾乎要碰在一起。

「只要是你能做的，什麼事都可以吧？」

「嗯……嗯嗯？怎麼好像突然想起一些不好的回憶……！喂，我不能當妳的搭檔喔！剛剛也說了，搭檔只有一個人……」

「那你就當我的家人吧，畢斯可大人！」

艾姆莉一說完，便用她細長的雙手摟住畢斯可的脖子，小小身子意外湧現強大力量，用力抱緊畢斯可的頭。

「當我的哥哥吧！好開心喔……我第一次遇到有人對我這麼、這麼好……像老鷹一樣孤高……卻又溫柔……你是我最棒的哥哥……」

「別說傻話了，妳知道自己在說什麼……嗚哇啊啊啊！很、很痛耶，快、快放開！我答應就是了——！」

「好了哥哥大人，我們快點回去吧。我也想和美祿大人變成兄妹……真是太棒了，強悍的哥哥和溫柔的哥哥，我一天就多了兩個家人！」

艾姆莉笑容滿面，也不知道她瘦小的身體哪來這麼大力氣，拉著身上大包小包的畢斯可輕快地走著。畢斯可揉了揉被緊緊壓過的太陽穴，不禁眼冒金星，好不容易才跟上艾姆莉的腳步。

「……唔、嗚……！」

「美祿！」

「別勉強他坐起來。美祿大人，你聽得見嗎？」

美祿腦內彷彿蒙上了一層霧，無法順利思考。他左眼上貼著一張像符紙的東西，睜都睜不開。一陣鈍重的疼痛感在他腦內迴盪。

「畢、斯可……在哪裡……？」

「我在這裡，美祿。艾姆莉，他這樣真的痊癒了嗎？」

「不算痊癒，但我已經阻止真言繼續入侵。美祿大人，站得起來嗎？」

美祿聽話地從床上站起身，甩了甩沉重的腦袋，確認自己除了頭痛外身體上沒有其他問題。

「能動嗎？還是別逞強，再躺一下吧。」

「沒事，身體都能動……但腦子裡面好像還是有人在說話……！」

「看來還是要打倒克爾辛哈，他才能痊癒……但我們要做的都一樣，不管怎樣都要搶回畢斯可哥哥的胃。」

「畢斯可的……胃。」

美祿搖搖晃晃地走向畢斯可，揪住他的衣領。那張臉因慢性頭痛而泛白，怎麼看都不像平時的他。

「畢斯可搶回胃了嗎？為什麼還在這裡……！」

「冷靜點，笨蛋！你這副樣子，我怎麼還能做其他事情！」

「你不用管我！要是畢斯可，你的胃沒搶回來……」

「畢斯可哥哥他……」艾姆莉看見變了個人似的美祿感到有些害怕，但她仍擠出笑容對美祿說：「他是為了你才陪我買這些東西的。你看，這麼大的香爐……」

「畢斯可……哥哥……？」

美祿的藍眸中燃起黑暗的火焰，他一步步走向膽怯的艾姆莉，冷不防地抓起她的脖子。

「嘎、啊……？美祿、大人……！」

「少裝熟了，什麼哥哥……！妳的目的是什麼……畢斯可的食鏽之力嗎？妳一開始就是為了這個才接近我們的吧！」

「混帳！」

畢斯可狠狠揍向美祿的側臉，將他揍倒在床上，艾姆莉則摔在地上，不斷咳嗽。

「……不是……不是的……怎麼會……我只是……」

艾姆莉抱著自己纖瘦的肩膀縮成一團，淚水從雙眼湧出。拉斯肯妮跑過來扶起艾姆莉，對畢斯可點了點頭。

「貓柳的身體是治好了……但精神方面尚未恢復。看來他受到克爾辛哈影響，變得極不信任他人。」

「我知道了。我去跟他談談。」

「拜託你了，他現在應該也只願意聽你的話。」

畢斯可對拉斯肯妮點頭，要她帶著艾姆莉離開病房，只剩下搭檔二人留在房內。

「……」

「……」

「……美祿。」

「……抱歉，現在不該吵這些的……」

「別勉強自己。你不是會對小孩動手的人……一定是被老頭弄到神智不清了。我去把胃搶回來，順便幫你打趴老頭。你再忍耐一下。」

「不行，我要跟你一起去……！」

「美祿！」

「我的腦子很正常！雖然頭很痛，還會聽到雜音……但我認為艾姆莉不值得信任。她想要乘虛而入，因為你人太好了……」

「艾姆莉是個單純的孩子，她是真的想要治好你。你為什麼會懷疑她？」

「我解釋不了，但她的波長……還是該說給人的感覺呢，跟克爾辛哈傳到我腦中的很像，非常像……克爾辛哈這個人相當奸詐。隨便想想都知道，他是要利用你的感情……」

美祿眼神空洞地盯著空氣，咬牙切齒地說。他臉色蒼白，看起來正與腦內的敵人戰鬥，拚命整理自己的想法。畢斯可至今都是一個直來直往，判斷迅速的人，但是這次連他也雙手抱胸苦思起來。

他與艾姆莉雖然只有短暫的心靈交流，但他可以感覺到艾姆莉是個無邪又單純的小孩。畢斯可看人的眼光絕不會錯。另一方面，搭檔是他可以絕對信任的對象，對他而言也是獨一無二而且勝過一切的人。然而美祿被克爾辛哈入侵了腦袋，他的樣子也和平常天差地別。

「噢～～噢～～你看起來滿臉愁容呢～～」

這時有人大剌剌地拉開床外的隔簾走了進來，那人正是水母辮少女滋露。

「我當然發愁啊，我可靠的搭檔發瘋了！」

「我才沒有發瘋！」

「好了好了，我知道了。總之，美祿的頭也好，赤星的肚子也好，都必須動點腦筋才能治好。」滋露把玩著她的招牌辮子繼續說道：「若我們不趕緊立定下一波作戰計畫，克爾辛哈那老頭就會節節進攻。蕈菇守護者最重視速度，你們這樣拖拖拉拉好嗎？」

滋露輕鬆又不失智慧的低語，令美祿聽完冷靜了些，他靜靜地點了點頭後踉蹌地從床上起身，視線如箭矢般掃向桌邊的拉斯肯妮和有些畏縮的艾姆莉，接著一屁股坐在桌上。

「我搭檔變流氓了。滋露，我該怎麼辦？」

「是他平常人太好了，我倒不覺得美祿有什麼不正常的地方啊。」

「什麼意思？連妳也懷疑艾姆莉？」

「比起她，我更懷疑那個叫拉斯肯妮的女人，她太可疑了。」

滋露微微瞇起眼睛，以只有畢斯可聽得到的音量這麼說道。

「唉，以你的腦袋是想不出解決辦法的，還是交給我和美祿吧。」

「哼！」

滋露的說法雖然令人生氣但也是事實，因此畢斯可只哼了一聲沒有反駁，於是兩人一同走向拉斯肯妮等人所在的那張桌子。

拉斯肯妮攤開六塔地圖，美祿則像刺蝟一樣不許他人靠近，艾姆莉則對他散發出的氣場感到畏怯。氣氛雖然尷尬，但他們還是一起坐下來開會。

「抱歉，剛完成任務又有事要拜託你們。但若不借用你們的力量，我們真的沒轍了。麻煩協助我們立定下一步作戰計畫。」

拉斯肯妮將視線從地圖上抬起，環視在座眾人，沉思似的摸著下巴。

「老實說，我真沒想到克爾辛哈恢復得那麼快。不要說解決他了，我自己的部下都少了快一半。」

「金象信那群鏽蝕殭屍是怎麼回事？那也是老爺爺做的嗎？」

出雲六塔

▶鑄塔＝舊 摩鑄天言宗總本山
▶木塔＝巨隆堂［僧正：窟古諸滋］
▶火塔＝纏火黨［僧正：究魯蒙］
▶土塔＝明智宗［僧正：坎德里］
▶金塔＝金象信［僧正：科普羅］
▶水塔＝水皇殿［僧正：希爾瑪雷歐］

「屍鬼術的確是克爾辛哈擅長的真言……但我不曾見過他造出那麼大規模的屍鬼。他的力量看不見極限，這才是最恐怖的。」

「我們不是來這裡聽妳講喪氣話的。沒有其他對付老頭的辦法了嗎？」

「有。」拉斯肯妮望向畢斯可完全恢復血色的那張臉，輕笑起來。

「讓我意外的不只是克爾辛哈。老實說，我沒想過你們蕈菇守護者也能將那些屍鬼擊退。」

艾姆莉在拉斯肯妮的眼神指示下，開心地從懷裡拿出幾個長得像西洋棋的小神像，放在地圖上。拉斯肯妮從中挑出背後冒火的紅色猴神像，以及藍色人魚像，將它們放在土塔的位置。

「先請兩位蕈菇守護者……」

「等等，拉斯肯妮，我一個人去就好，讓美祿在這裡休息。」

「畢斯可！」

美祿似乎再也忍無可忍，他抓起畢斯可，勒著他的脖子問：

「為什麼……！你為什麼要說那種話？我一直以來不都守在你身後嗎？」

「我一開始就說過！蕈菇守護者要是一個死了，另一個就得跟著上路。現在你腦子不正常，隨時可能做出傻事。你還是留在這裡吧，我很快就回來。」

「比起我……」

美祿嘎吱一聲咬緊牙齒，蔚藍而陰鬱的眼眸中，燃起嫉妒和屈辱的火焰。

「比起身為搭檔的我，你更相信這些來路不明的女人是嗎……！」

「你說夠了沒……！」

「你們兩個不要吵了！」

兩人差點打了起來，拉斯肯妮趕緊用那高大的身軀擋住他們。美祿不悅地甩開她的手，一屁股坐在椅子上，低頭不語。

「……赤星，很抱歉，戰力不能再減了。蕈菇守護者二人組是我們最強的棋子，我希望你們能分開行動。還剩下三個『經典』，這一輪必須搶回兩個，不然我們很可能會輸。」

「我要一個人行動。」

美祿粗聲粗氣地打斷拉斯肯妮的話。

「我不想跟任何人搭檔。我不信任妳們……但如果沒有其他方法可以治好畢斯可，我也只好跟妳們合作。我去哪裡都行，妳快點決定。」

畢斯可正要開口，滋露便在他耳邊說：

「讓他去吧。他身體還能動吧？一個人行動的話，再怎麼不信任他人也沒關係。」

「…………」

「……那麼，首先是土塔。」

拉斯肯妮清了清喉嚨，拿起紅色猴神像和水母神像放在土塔上。

「這是什麼？猴子……？」

「是猴神阿谷南，我用它來代表你，不喜歡嗎？另外這顆是……」

「水母神烏芭，這是我吧？」

「什麼……？我竟然跟妳一組？」

「不跟我一組，難道你要餓死嗎？嗯？」

「土塔的明智宗是尊崇智慧的教派。但赤星腦袋似乎不太……」拉斯肯妮看了眼擺著臭臉的畢斯可，笑著說道：「不好意思，不過（如果讓我或艾姆莉跟你一組，現在可能會刺激到貓柳……）還是需要有智慧的人從旁協助你。這座塔唯有具備力量和智慧的人才能攻陷。」

「智慧喔。這傢伙只有小聰明，這樣也行嗎？」

「總比連小聰明都沒有，只會拉弓的猴子強吧。」滋露熟練地反擊畢斯可的毒舌，接著詢問拉斯肯妮：「土塔的明智宗由我們負責，這我明白了。剩下兩座塔呢？」

「老實說，我們必須放棄一座塔，因為我和艾姆莉要在這裡守著從克爾辛哈手中搶到的『經典』。要請貓柳在木塔和火塔之中挑一座了……」

「……啊，師父。答案已經很明顯了啊……」

艾姆莉拿起熊貓外型的神像，咚地放在火塔上，略帶笑意望向美祿……見美祿回以冷冷的目光，她有些膽怯地解釋道：

「因為木塔的巨隆堂完全是以年資來決定僧位，外人根本無法混進去……相對地，火塔的纏火黨則將美麗和堅強視為德行。美祿大人長得漂亮，又有獵人直覺，由他負責再適合不過了。」

「哈哈，原來如此啊～～」

「等等，滋露大人，艾姆莉雖然說得沒錯，但纏火黨……就是……」

「纏火黨的女僧正究魯蒙愛好女色對吧？」

拉斯肯妮欲言又止，托著臉頰的滋露替她把話接了下去。

「所以那裡現在只有尼姑才能爬到高位。我在金塔當僧正的女人，這些事我當然知道。」

「妳有什麼妙計可以讓貓柳混進去嗎？」

「不需要妙計啊。」

滋露賊笑看著滿臉疑惑的美祿，對拉斯肯妮耳語道：

「看他長這麼漂亮，妳還不知道怎麼做，想法是不是太死板啦？」

滋露惡作劇似的擠眉弄眼，美祿接收到她的視線，大概知道該怎麼做了，便輕輕點頭，從座位上起身。

「等等，美祿！」

聽見搭檔的聲音，美祿呆滯地停下腳步。

他看都沒看畢斯可一眼。藍色秀髮晃了一下，撫過他發青的嘴唇。可能因為一直在忍耐頭痛的關係，他的黑眼圈看起來很重，平時那抹純真的微笑早已消失。

「你真的要去嗎……你只有一個人，腦袋還……！」

「至少比你的胃好，現在的我比你強。」

這番冷言冷語根本不像平常美祿會說的話，畢斯可聽來很是刺耳。

「別和滋露走散。那些女人不知道會用什麼手段誘騙你。要騙到你太容易了，因為你根本沒在思考……」

美祿每講一句話，聲音裡就多一些偏執的情緒，眼中也逐漸顯露出凶惡的光芒。

「……不行，太令人擔心了，還是……現在就在這裡……！」

「你要幹什麼，混帳！」

「放開我！」

畢斯可從美祿眼中明確感受到一股殺意，伸手拉住他，卻被美祿狠狠揮開。美祿自己似乎也察覺到這股殺意太過火了，他鼻尖落下滴滴汗水，深深地喘氣。

「……對不起。我要走了，不要攔我。」

「美祿！就算見到克爾辛哈，也千萬別單打獨鬥。要兩個人一起上才有辦法對付他！」

「不要命令我。你如果要為所欲為，我也可以這麼做。」

美祿連回嘴的機會都沒給畢斯可，逕自從陽臺跳了出去。畢斯可望著他的背影咬緊下唇，嘴角流下一道血絲。

「你相信美祿吧？」

「……嗯，但是……」

「他也相信渾身是傷的你，他現在的心情應該跟你差不多。你終於體會到為搭檔擔心的心情了吧？如何？」

「……」

「你覺得美祿會把事情搞砸嗎？」

「不，他會成功的。一定會……」

「那就好啦。真是的，你們有時候很像小孩子耶。」

畢斯可仍舊望著空蕩蕩的陽臺，滋露拍了拍他的背安慰他……接著轉頭望向不安地盯著他們的艾姆莉，對她咧嘴一笑。

7

那是個八角形的大講堂，每個角落都擺著熊熊燃燒的篝火，照亮黑暗的空間。偶有大飛蟲受光吸引而來，遭火舌捲入後變成一團小火球不斷掙扎，最後落在木地板上漸變焦黑。

火塔上層住的幾乎都是尼姑——這是一般人對於纏火黨的印象。但纏火黨還有另一項特色在於，現代宗教一般都會將科學融入其中，但他們卻極力排斥先進文明。這也是為什麼這麼大的講堂內連一盞螢光燈都沒有，只用火光照明的原因。

不過事實上，這種乍看守舊的信仰風格，卻增添了纏火黨的神祕感，讓啟蒙信眾一事變得更加神聖。

講堂內全是尼姑，她們裹著造型有如烈火的薄紗，低聲唸誦著經文。這些尼姑不下百人，清一色貌美而性感，一看就知道是挑選過的。

（……她們是在燒大麻吧……）

美祿在講堂內飄散的花香中，嗅到了一絲迷幻人心的藥物氣息。身為醫生的美祿習慣為自己施打抗毒品的疫苗，因此大麻對他效果有限。但他環顧四周，看見那些美麗的尼姑臉上冒著汗珠，還有人雙唇顫抖。

「咚！」一聲，美祿身旁的尼姑倒在地上。美祿連忙將她扶起，發現她睜著眼睛昏了過去。

「停。」

僧正穿著絢麗僧袍，在護衛武僧（一樣是尼姑）的陪同下站上講壇。美祿跟著周圍的人一起低下頭，偷偷觀察她的樣子。

他看見纏火黨女僧正究魯蒙的臉。她頭髮削得很短，兩耳上的大圓圈耳環閃閃發亮。那冷澈而有力的目光，為她妖豔的美貌更添一絲丰采。

但最引人注目的，還是繞著她的頭打轉的三張「面具」。那三張面具似乎分別代表了喜、怒、哀，像是變魔術般浮在空中，每隔一段時間就會飄過僧正面前。

『終止集靈呼吸法。』其中一張應是代表「怒」的面具，以低沉的男聲說道。

『將蜈蚣撒在死者身上，日後再由下級僧侶運往東京。』

武僧們走下講壇，一一抱起氣絕的尼姑。一名武僧正要抱起美祿身旁昏厥的尼姑時，美祿制止道：

「請等一下，她還有一口氣在。我可以救活她。」

「在集靈呼吸法中，昏厥就和死了沒有兩樣。讓她光榮赴死，別多管閒事。」

「她若活下來，一定會更加虔誠。剝奪他人做功德的機會，不也是種罪過嗎？」

「少廢話，臭小鬼……」

美祿與武僧間的衝突一觸即發，這時……

一聲轟然巨響，有東西撞破四周牆壁，湧進講堂。

講堂內響起尼姑們的慘叫。人影一個個湧入，她們渾身鏽蝕，但仍看得出原是纏火黨的武僧。

她們柔韌而美麗的身體變得坑坑洞洞，洞中冒出鏽蝕細煙。

（……是屍鬼術！）

「……我方刺客被反將一軍了嗎？那個死老頭哪來的力量？」

究魯蒙本人憤恨地這麼說，印證了美祿的想法。

她原來的部下如今化作張牙舞爪的鏽蝕殭屍，從四面八方直直朝她撲來。這一定是克爾辛哈的真言所為，曾經擊退過這種屍鬼的美祿一看就知道。

尼姑們用肉身擋在究魯蒙身前保護她，屍鬼卻使出超乎尋常的臂力，撕裂她們姣好的身體。

一隻屍鬼跳了起來，正要抓住究魯蒙的脖子，就在這時……

「唵，釋哆，里毗，巴魯拉，窟那屋……」

究魯蒙塗著藍色口紅的嘴動了下，輕聲唸出真言。與此同時，剛才被撕裂的尼姑身上噴出道道鮮血，宛如長槍般插遍屍鬼全身，使之停在半空中。

『……看來也不怎麼樣。那種鏽爛的老頭，傷不了妾身。』

「哀」面具以冷酷的聲音說。究魯蒙面不改色，伸出一隻手以指頭畫圈，結了個手印。接著浮在她臉旁的一張面具，咻地沿著半月形的軌道飛了出去，像鐮刀一樣將那隻狂吠的屍鬼斬首。

究魯蒙的真言法術讓眾尼姑為之懾服，但屍鬼並非只有一隻。究魯蒙周圍的武僧一個個被打倒，人數越來越少。

『不可饒恕……』

「怒」面具低吼。究魯蒙一一解決湧上來的屍鬼，那張沒有表情的臉上漸漸浮現怒意，一隻屍鬼抓準這個空隙揍向她心口。挨了一拳的究魯蒙無法唱誦真言，遭到屍鬼用雙手抓住頭部。

「嘎……嗚啊……！」

屍鬼的手臂青筋暴露，眼看就要將究魯蒙的頭捏碎時，側面飛來一個藍髮尼姑，手裡刀光一閃，以無比鋒利的匕首砍下屍鬼的手。

「僧正大人，快下手！」

「唵，釋咧哆，巴魯拉，窟那屋！」

聽見尼姑的提醒，究魯蒙趕緊用沙啞的喉嚨擠出聲音，唸出必殺真言。死去的尼姑和武僧身上噴出多道血槍，刺向現場所有屍鬼。

『……可恨的東西，害妾身浪費這麼多力氣……！』

「喜」面具低語的同時，究魯蒙悻悻然結了個手印，三張面具便動了起來飛向目標，宛若環刃般使屍鬼各個身首異處。

「僧正大人，您有沒有受傷？」

僧正除掉所有屍鬼，使場面稍微恢復平靜後，武僧連忙跑到她身邊。

『沒有大礙。被殺的有幾個？』

「應該有十幾個……但那些變成屍鬼的，都是我們之中最傑出的刺客。克爾辛哈沒了臟腑，怎麼還有這般力量……」

『……一定有人幫他。』究魯蒙邊說邊瞪向半空，用拇指撫過塗著藍色口紅的嘴唇。「或是那隻狐狸精……」

「僧正大人？」

『沒事，你們再怎麼想也沒用。還是做好萬全準備，以防他隨時來襲……「站住，那邊的。」

話說到最後，究魯蒙不再藉由面具發聲，而是親口用那嫵媚卻犀利的聲音喊道。剛剛從屍鬼魔爪中救下僧正的尼姑正想悄悄逃離現場，卻被僧正叫住。

「竟敢將刀劍帶進修行之地，妳不懂戒律是吧？」

「……真的很抱歉，僧正大人。」

回話的聲音以女性而言有些低沉，但柔和好聽。究魯蒙走向低著頭的尼姑扯下她的面紗，勾起她的下巴，讓她抬起頭來。

那名尼姑一頭藍髮，皮膚白皙，長相惹人憐愛。她年紀尚輕，眉宇間帶有女孩的稚氣，也含有少年般的強韌與正氣。

她左眼有道化妝掩蓋不了的鏽痕，周圍還有黑色胎記，反而散發出一股說不出的魅力，讓看慣美女的究魯蒙心癢難耐。

「這人違反清規，讓我來懲罰她。」

「不必。她雖然有點多管閒事，但也算救了我一命。不用罰她。」

「是。」

「……我反倒該給她些獎勵。」

究魯蒙宛若冰霜的嘴角微微勾起，露出淺笑。

「從剛才的反應看來，這人身手應該不錯……就讓她當我今晚的房內侍衛吧。」

「僧正大人，萬萬不可！怎麼能讓剛入教的人待在您……」

武僧話說到一半，一隻從暗處竄出的屍鬼發出吼叫，朝他頭頂襲來。武僧連慘叫都來不及，脖子整個被咬開。究魯蒙細長的手指發出微光射向武僧。

「唵，釋咧哆，巴烏，蘇那巫……」

她一唸完真言，便有一道強烈的衝擊劃破空氣將屍鬼沖飛，轟地撞破火塔的牆壁，直直地朝遠方的土塔飛去。

「這樣護衛隊剛好少一個人。」

究魯蒙吹了一下使出真言的手指，俯視斃命武僧蒼白的臉。她勾起冷酷的嘴唇淺淺一笑。

「任命儀式通常都在我房裡舉行，收拾完尼姑們的遺體就過來。」

「……遵命……」

美祿趴在地上，旁人無法窺見他的表情。六塔的經聲不斷在他腦中迴響，他一面與之抗衡，一面為這天上掉下來的好機會暗自竊喜，眼中閃露興奮。

「比賽開始……」

土塔上層的底部（也就是入教者的檢查哨）有座巨大的圓形表演廳，中央的舞臺上正在進行入教者的篩選考試。

舞臺周圍設有許多觀眾席，即使是商人或沒有僧籍的人，只要布施金錢就能觀賽，今天觀眾席也坐了不少人。

至於這些人究竟是來看什麼的……

「夜叉國……」

「喝！」

讀手才低語了一聲，便有人反射性跳了起來，抓起三公尺遠但較靠近自己的牌。對面的僧侶看得目瞪口呆，那名紅髮的年輕僧侶對他咧嘴一笑，舉起手中的牌向讀手展示道：

「你唸的是『夜叉國惡鬼，吾來打趴踐踏』對吧？來，炎彌天的牌。」

「很好，回到你的位置上。」

他們玩的是歌牌。

規則很簡單，只要根據讀手唸的內容找出相應的神佛牌即可。明智宗將益智遊戲當作累積功德的方法，對他們而言，這場入教考試可以同時鍛鍊反射神經和宗教知識，一石二鳥。

然而一向平靜的考試，這次氣氛卻不太一樣。

因為有個長得像流氓的紅髮年輕僧侶，憑著過人的反應力和雜技般的身手拿下了一張又一張牌。他的對手臉色發青，觀眾卻興奮不已，紅髮僧侶一有動作全場就為之歡呼。

（哦～～！這項挑戰有夠難，我還以為我們完蛋了。沒想到你竟然會玩神佛歌牌，你懂的東西還滿多的嘛！）

藏在畢斯可耳裡的小型通訊機中傳來滋露的聲音，滋露正躲在觀眾席透過畢斯可的貓眼風鏡接收狀況並進行通訊。他們參賽前早已準備萬全，畢斯可只要戴上風鏡就能得到滋露協助。

（我只會玩這個，小時候我們常玩……蕈菇守護者也沒別的遊戲了。可是玩起來好沒勁，他們每個人都乖乖坐著，都不起來打人踹人。）

（你以為歌牌比的是格鬥嗎？）

（不是嗎？）

（……）

「好了，下一張牌……星星碎裂……」

讀手開始唸牌那一瞬間，忽然一陣轟然巨響，使觀眾驚惶失措。

一個人影般的物體撞破土塔外牆，捲起一堆瓦礫，直直朝中央的競技舞台飛來。

畢斯可下意識地跳了起來，閃開人影後使出有如大槌的迴旋踢。人影像被打中的棒球般，避開四處逃竄的觀眾，一頭栽進觀眾席中。

（天、天啊，那是什麼？）

（跟金塔那些一樣，叫屍鬼是吧？）畢斯可小聲回應嚇到的滋露。（我們已經被老頭盯上了嗎……？不過我踢他之前，他好像就已經掛了。）

「大僧都大人，這是怎麼回事？那名死者是纏火黨的刺客。難道那傢伙……」

「對，那是屍鬼術，也是克爾辛哈的拿手絕活。若他動了真格，我們就得挺身保護僧正。」

主考官身旁的助手高僧各個手足無措。擔任主考官的老僧摸了摸鬍子，對身旁的人大吼：

「慌張什麼！你們好歹也是明智宗的信徒。絕不能為這種小事中止考試……謝謝你保住了歌牌，我們就從剛剛那張牌重來……」

「不用重來。那張是『星星碎裂，下起一片砂海』對吧？」

「什麼……？」

「我拿到了。」畢斯可在剛才那陣混亂中抓到一瞬空檔，以光腳夾起「砂哭天」牌，他拿起那張牌揮了揮說：「唸下一張吧。情況有點緊急，我們趕快玩一玩。」

這時主考官和高僧們對看一眼，相互點了點頭，高僧們隨即開始收拾場上剩下的牌。

「……喂喂，幹嘛啊！我哪裡惹到你們了嗎？」

「沒有啊。」主考老僧搔了搔他的禿頭回道：「只是認為沒有繼續下去的必要。這次過關的只有一人……我看看……赤星畢斯可，只有你而已。其他人下次再來吧。」

「真的嗎，老爺爺！」

「你拿著這個符到樓上來。只要你願意，下一場考試可以立刻開始。」

老僧交給畢斯可一只木符，接著以眼神向剩下兩名高僧示意。高僧微微點了點頭，以矯健的身手爬上觀眾席，打開窗戶朝塔外跳了出去。

「老爺爺，發生什麼事了？」

「沒什麼。有志求智之人，心裡不應有雜念……你不必想太多，只要專心學習就好。」

老僧說完，便以寶刀未老的身手跳至塔外。

（……哦——原來六塔裡也不是只有壞人嘛。）

（你老是這樣容易相信陌生人……所以我才說你們像小孩子。好了，該去下一站了！）

畢斯可迎向歡呼的觀眾，邊在席間跳躍，邊將躲起來的滋露撈進大衣中，繼而沿著階梯奔向樓上。

（所謂的房內侍衛……）

不同於金象信教祖科普羅的奢華風格，究魯蒙的房間簡樸而有品味，配色以黑為基調，給人一種沉穩的感覺。

究魯蒙從剛才起就坐在全黑的床上，抽著細長的菸斗。她的衣服換成了透明的薄紗，原本環繞在她臉部周圍的三張面具，也變成暖爐上的裝飾，受爐火照耀。

（也就是要我侍寢的意思嗎……！）

美祿聽滋露說過，纏火黨的僧正究魯蒙是個愛好女色的人。她會讓貌美的尼姑服侍她，還會寵幸她中意的尼姑……諸如此類的傳聞，美祿也從拉斯肯妮那裡聽說過。

（……這雖然……是個……好機會，可是我要怎麼脫身……）

「妳愣在那裡做什麼？」

究魯蒙愉悅地望著站在門前冷汗直流的美祿，她大步走了過來，將臉湊向美祿。一股難以言喻的異香竄進美祿的鼻腔。

（糟了……！）

滋露之前稱讚過他的女裝，說連女生看了都覺得很成功。但究魯蒙現在離他這麼近，他沒有信心能騙得過她。

究魯蒙的手指沿著他的脖子一路慢慢往下滑，美祿抓住她的手說：

「……僧正大人……別弄髒您的玉手，像我這種卑賤之人……」

「呵呵呵……妳怕我嗎？」

究魯蒙輕輕退離開美祿，開始玩起她的耳環。爐火忽明忽暗地照出她薄紗下的完美曲線。

「呵呵，不用擔心。我很快就會讓妳置身快活的天堂之中……」

究魯蒙的呢喃掠過美祿耳際，使他冒出滴滴汗珠，就在這時。

砰轟！

轟聲響起，整座塔像在顫抖般劇烈搖晃起來。究魯蒙隨即一個轉身，披上火焰造型的僧正長袍，冷冷看向房間窗戶。

「那是……！」

美祿跑了過去，看見木塔在業火中熊熊燃燒。

木塔建在自然的大樹洞中，原以其自然構造為特徵，現已看不出哪兒是樹枝、哪兒是樹幹，全被業火啃噬殆盡。裡頭的僧侶燙到受不了，紛紛從塔上跳下，落進又深又黑的下層之中，景象十分悽慘。

「木塔淪陷了。窟古諾滋那傢伙也敗給克爾辛哈了嗎？」

究魯蒙咂了下舌，冷冰冰地說道。她唸了句短短的真言，爐火照耀下的三張面具便咻地飛了起來，飄在她那張美麗臉龐的周圍，開始緩緩繞著她轉。

「……僧正大人！」

美祿連忙擋在究魯蒙身前，接著便有一具僧侶屍體撞破窗戶飛了進來。屍體渾身是洞，美祿一看那手法就知道是克爾辛哈做的。

「究魯蒙大人，打擾了。」兩名僧侶接在屍體後頭從窗戶闖進房間。一個和屍體一樣都是年輕僧侶，另一個則是老僧。

「事態有些棘手，繼金塔、水塔之後，木塔也淪陷了。」

『看也知道。』究魯蒙似乎難以忍受房內出現醜陋的事物，以「怒」面具惡狠狠地說：『渾身土臭的俗僧，真無禮，竟敢用髒腳踏進妾身房間。』

「究魯蒙大人，木塔雖然淪陷了，但僧正窟古諾滋大人還活著。何不讓我們盡釋前嫌，三教派合為一體，一同打倒克爾辛哈？」

「……」

究魯蒙不耐煩地搔了搔嘴唇後，似乎想到了什麼計畫，恢復冷酷的表情哼了一聲笑道：

『窟古諾滋就算了，坎德里在幹嘛？一定又沉迷於花牌遊戲，絲毫沒發現克爾辛哈現身了吧？』

「沒那種事，我們僧正大人等會兒就來。」

『哼，三教派合為一體，別說笑了……你們這些弱小教派，沒有纏火黨的幫助連個老頭也殺不死。記住別扯妾身後腿。』

「喜」面具譏諷幾句後，究魯蒙彈了個響指，護衛武僧便從暗處現身，跪在她左右兩側。

「……妳保護妾身免於被波及，做得很好。妳就在此看守房間……好好準備一下，待妾身回來再繼續剛剛的事。」

美祿無措地愣在原地，究魯蒙對他意味深長地一笑，在他耳邊低聲問道：

「還沒問妳的名字呢，叫什麼？」

「……我叫……貓柳美祿，僧正大人……」

「呵呵呵，美祿，這裡就交給妳了，好好守著房間……」

究魯蒙一說完就突然躍至空中，踩著滿布於塔與塔間的細電線，朝燃燒的木塔奔去。護衛隊和土塔僧侶也隨即追了上去。

（她要去打倒克爾辛哈嗎……怎麼辦？我該不該追上去……？）

美祿猶豫了一下接下來該怎麼做……

（……不能被六塔的規則牽著鼻子走。我要的不是「經典」，是畢斯可的胃。現在該去搶他的胃才對！）

究魯蒙命令美祿看守房間，現在是搜索「經典」的大好時機，但美祿再次認清自己來這裡的目的，決定趁亂像影子一樣偷偷跟在究魯蒙身後。

砰轟！

轟聲響起，整座塔被震得晃動不已，棋盤上的將棋喀噠喀噠隨之起舞。

僧正坎德里雙眼圓睜，吼了聲「喀！」，跳動的棋子立刻乖乖站好。現場只剩一陣令人屏息的寂靜，火光從窗戶外忽明忽暗地照在將棋盤上。

「……不是啊，你怎麼還有心情下棋！」畢斯可坐在那名宛若磐石的壯漢僧正對面，他忍不住指著窗外說：「你看，起火了！起火了喔！木塔燒起來了耶！」

「不必在意那種小事！你該在意的只有這場比賽跟這一手棋！請絞盡腦汁下出完美的一手棋吧！」

明智宗僧正那張方臉上青筋暴露，他低沉的怒吼大到連畢斯可也嚇得睜大眼睛。

「僧正大人，打擾了！」

樓下的僧侶來到房間通知僧正六塔的異狀，但他們一看見怒目瞪著將棋盤的僧正，立刻像明白什麼似的臉色發白。

終於有個僧侶鼓起勇起，對僧正說道：

「坎德里大人！如您所見，木塔燒燬了。看來攻陷金塔的一定是克爾辛哈。」

「……」

「現、現在巨隆堂的窟古諾滋大人，以及纏火黨的究魯蒙大人都正在追捕克爾辛哈！懇請坎德里大人也出一份力……」

「我知道了。你跟他們說我比完這局就去。」

「可、可是……」

「你沒看到我正在比賽嗎——————！」

僧正坎德里怒不可遏，使出驚人力氣將步兵狠狠下在畢斯可的角行前面，霜吹桂製成的頂級將棋盤「啪！」地出現蜘蛛網般的裂痕。

「這裡是神聖的知識激盪場所，不准你們說這些掃興的話！給我滾！」

「遵、遵命！」

僧侶們趴在地上行完禮後，立刻飛也似的離開。畢斯可將視線移回坎德里身上，不禁皺起眉頭。

（這……這傢伙怎麼搞的！）

初見坎德里時，他那壯碩的肌肉配上柔和的表情給人一種善良的印象，他也是畢斯可在六塔之中少數抱有好感的人。畢斯可剛通過考試就對他下了戰帖，他不顧周圍反對欣然接受，這種作風也讓人覺得他很大氣。

然而……

當他知道畢斯可的棋藝不同凡響後，就像變了個人似的。他身上隆起暗紅色的血管，肌肉綳成塊狀，一張臉凶神惡煞，鼻息如蒸氣般噴出。

「抱歉，為了無聊的事中斷比賽。來，換你了。」

「我、我知道啦……」

坎德里的氣勢讓畢斯可有些嚇到，他重新戴上貓眼風鏡，凝視將棋盤。

（……喂，滋露。我現在占上風嗎？怎麼覺得棋子有點少。）

（你安靜聽我指示就好。嗯，既然他這麼下，那我們就……）

畢斯可當然沒有什麼棋藝，他是用貓眼風鏡即時將戰況傳給滋露，再透過右耳內的小型通訊機聽取滋露的指示。

（好，角就讓他吃吧。4三步，吃掉銀再升變。）

（步……步？哪個是步？）

（你怎麼還不記得！你真的很不會認漢字耶！）

畢斯可也很拚命。滋露雖然幫他上過將棋課，但他並不認得棋子上的字。他汗如雨下，總算按照滋露的指示下了一手。

成金「啪」地落在棋盤上。（註：步升變後的棋子稱為成金）

「嗚喔喔喔！」

空氣傳來隆隆波動，坎德里迸散出嚇人的氣場。

畢斯可被他嚇得「哇」地瞠目大叫一聲，食鏽因而「啵！啵！」從他身上冒了出來。畢斯可連忙將食鏽拔掉，坎德里看都沒看他一眼，仍詫異地瞪大眼睛緊盯將棋盤。

「竟然還有這手……天、天才啊……！」

（喂，滋露，他好恐怖！我被他嚇得食鏽都冒出來了。我才不要當第一個被將棋殺死的人！換妳來幫我下！）

「不行啦，因為我在出千啊。」

畢斯可他們正在僧正房間激烈交戰，而滋露則躺在他們樓下的地板上操作著一台小型機器。她正將畢斯可傳來的棋局輸進機器中，藉此推出下一手該怎麼下。

「我有一台叫Bonanza的電腦，將棋百戰百勝。我挖到這東西後想說哪天可以賣給需要的人，就把它留了下來……唉，東西什麼時候派得上用場真的很難說呢～～」

（總之快點讓這局結束啦！那傢伙的臉已經紅到要發紫了……）

「好啦好啦，下一手就結束了。你把飛車下在王將右邊就贏嘍！」

（飛、飛車……）

「就是最大的棋子！」

（把、把這個下在王將的？右、右邊？右邊是……）

「你的右邊！受不了，本來是穩贏的，你卻害我狂冒冷汗。」

畢斯可聽著滋露的怒吼，以汗濕的手抓起飛車，力氣大到快把棋子壓爛。「砰嗡嗡嗡！」房內迴盪起放下棋子的清脆聲響。

寂靜持續了……五秒。十秒。

（呃……喂，奇怪，我、我弄錯什麼了嗎？）

（咦咦？沒有啊，這樣就贏……）

砰、轟！

巨響傳來，原來是坎德里突然甩頭，用額頭把方形的將棋盤撞成了兩半。四散噴飛的棋子中有一顆彈到畢斯可的鼻尖，他隨即向後跳開，準備拔出腰際匕首。

「你幹嘛啦！搞半天還是要打架嗎！」

「僧正大人……」

「……什、什麼？」

「我一直在等這一天……」

坎德里抬起頭來，臉上的怒意早已消失，他神情恍惚，雙眼瀑布似的湧出淚水。這判若兩人的模樣反而讓畢斯可嚇傻，張大嘴巴說不出話。

「我老想將僧位……將『經典』傳給才智過人的人。今天這場比賽一定是明智神的旨意。」

坎德里邊說邊在裂成兩半的將棋盤中翻找……竟從裡面翻出一個用經文布包裹的小圓筒狀物體。那外觀和金塔的「經典」一樣，畢斯可一看就知道那是什麼。

坎德里用粗糙如岩石的手，將「經典」交給張口結舌的畢斯可，要他雙手捧好之後，爽快地宣布：

「從現在起，請您引導我們吧……赤星僧正大人。」

8

「喔喔……木、木塔……木塔燒燬了！」

「太不祥了……唵，究嚕尾伊羅，契盧婆遮……」

這時在六塔外。

水塔爆裂後六塔接連出現各種異相，周邊宗教都市的居民人心惶惶，全都專心唱誦經文。

從某間飯館的窗戶望出去，可以看見逐漸崩毀的木塔。

「喂，幾位大叔，我能明白你們的心情，但能不能先別唸經，趕快出菜給客人啊！我們已經等三十分鐘了耶！」

在這間可以看見六塔的飯館裡。

有個眼神凶惡，戴著大蠑螺頭盔的少年，正在對老闆怒吼。飯館員工雖然拚命道歉但仍心不在焉，菜切一切就膜拜高塔，食物煮一煮也膜拜高塔，根本沒在好好做菜。

「嘖，虔誠是好事，但也要有個限度吧。」

「篤信宗教是島根縣民的天性吧，就像你剛剛想抓金魚燈一樣，你不也說那是漁夫的天性？那樣會差點引發外交問題耶。」

「妳扯太遠了吧，普拉姆。」

那茲不悅地摸了摸空空的肚子，朝他對面戴著角貝頭盔的可愛女孩沒好氣地說道。

「要拜拜就該把店關起來，像這樣要開不開的是怎樣？我們好不容易來到島根，連頓好料的都沒辦法好好吃到。」

這兩個小孩年紀尚輕，眼中卻充滿了生命力。

他們正是忌濱自衛團的新銳團長那茲，以及副團長普拉姆。兩人穿著自衛團的制服看起來相當威武，但他們的表情卻略顯無聊，同時打了個呵欠。

「話說回來，自衛團要待命到什麼時候啊？知事在做什麼？島根縣廳的會議明明已經結束了。好想趕快回去吃忌濱的鱷魚包喔。」

「還以為可以吃到島根大餐就跟來了。結果島根變成這樣，根本……」

「啊，等等！有電話！喂，知事？」

普拉姆懷裡的青蛙電話呱呱響起，她立刻將耳朵抵在青蛙肚子上接聽。

「您事情辦完了嗎？……咦，要我們調動鬣蜥，準備作戰？」

「什麼！她要跟島根打仗嗎？」

「知事，您現在在哪裡……啊，等、等等！」

普拉姆慌張不已，青蛙電話卻再也沒傳來聲音。她一臉茫然，接著困惑地皺起眉頭。

「啥，怎麼啦？知事現在人在哪裡？」

「……那裡。」那茲順著普拉姆指的方向望了過去，不禁張大嘴巴。「她說裡面發生了宗教戰爭，根本出不來。她為什麼會跑去那裡啊……」

「她……她在六塔裡面？她一個護衛也沒帶耶！」

「是我們太大意了。島根人或漁夫的天性或許都算不上麻煩。」

普拉姆放棄似的一屁股坐在椅子上，用手托著臉頰說：

「麻煩的是知事這種喜歡深入險境的個性……算了，反正她也不會聽進我們的勸告。」

9

六塔亂成一團不斷震動，每當上層傳來爆炸聲，就有一些塔的殘骸散落至下層。不，掉下來的不只建築碎片，還有一個又一個慘叫的人們，在旁人看來簡直慘絕人寰。

「可惡，這肯定是老頭搞的……！我很擔心美祿，我要走了！」

「不行！你肚子裡積了很多鏽蝕，如果不趕快吸出來，你走到半路就會被蕈菇撐破身體。」

攻下土塔的畢斯可和滋露（還有坎德里，他不知為何已經自稱是畢斯可的左右手）先回到仙醫甘露，讓艾姆莉幫畢斯可吸出腹中快要超量的鏽蝕。

食鏽隨時可能撐破畢斯可的身體，必須趕緊將之抑制下來，但現在情勢越來越危急，畢斯可也因為擔心搭檔而越來越焦躁。

「妳們要我躺著等死嗎！外面打成那樣……」

畢斯可吼到一半，肩膀上「啵！」地又有一株閃亮的食鏽，穿破他的皮肉綻放出來。畢斯可見狀嚇了一跳，滋露趕緊壓住他的上半身，強迫他平躺在醫院的陽臺上。

「我們只是要你控制血壓。現在放你走，我絕對會被美祿殺掉。」

「滋露大人，謝謝妳的幫忙！好了，哥哥大人，你乖乖讓我吸吧。」

「要我幫忙是可以，但衛生上沒問題嗎？要病人在這種細菌超多的地方把胃露出來，會不會太隨便了？」

「因為他不肯躺上病床嘛……沒問題，其他人我不能保證，但畢斯可大人不會有事的。」

「也對，他是赤星嘛。」

「妳們怎麼知道我一定沒事？說啊，喂！」

畢斯可不滿地扭動身體，艾姆莉向壓著他的滋露點了點頭後拿下義眼。

「太好了，我剛好肚子餓了……唵，釋哆，阿姆利塔。唵，釋哆，阿姆利塔，蘇那巫……」

「轟轟轟轟」的巨響傳來，畢斯可腹中第三度冒出鏽蝕柱子，注入艾姆莉的眼窩當中。第三次做這種事畢斯可也習慣了，他有些無力地睜開眼睛，卻和他面前含笑不語的滋露視線交會，令他吃了一驚。

「妳、妳幹嘛！有什麼好笑的！」

「沒有啊～～只是想說天下無敵的食人赤星被人翻攪內臟時，也會露出這種表情啊～～我平時太常被你整了，好不容易看到你被整，怎麼能不仔細看一看呢？」

「妳、妳這傢伙……我看肚子有問題的人是妳吧，妳一肚子壞水！」

畢斯可聽了滋露的話滿臉通紅，試圖扭動身體，但吸出鏽蝕時無法隨意亂動，而且他的頭部也被滋露的大腿夾住，連轉頭都辦不到。

「好了～～別亂動啦。嗯～～？會痛嗎？會怕怕是不是？嗯？」

「混、混帳，等一下我一定……滋露！滾開，上面！」

「呀哈哈！你想在上面啊？好啦，你就乖乖地……」

這時畢斯可突然將吸鏽中的艾姆莉推開，一把抱起滋露將她丟進屋內。

「呀！畢、畢斯可大人……？」

艾姆莉吸收了畢斯可的生命力而精神恍惚，畢斯可將她抱起，在千鈞一髮之際往後跳開，「轟隆隆！」一陣巨響後有個物體掉落下來砸在陽臺上，大量鮮血濺得到處都是。

「……哇，天啊……！畢斯可大人，謝謝你救了我。」

「噁、噁嘔嘔嘔……」

「糟了，剩下的鏽蝕……畢斯可大人，你快將剩下的鏽蝕往樓下吐。雖然有點沒禮貌，但也只能這樣了。」

畢斯可不斷狂吐時，頭上腫了個包的滋露從他身後探頭，小心翼翼地望向陽臺，仔細觀察掉下來的那個人。

「嗚哇啊，這是啥？是、是屍體……而且還是剛死的人。」

「赤星大人！您有沒有怎麼樣！」

「等等，坎德里！我話還沒……天啊！這、這傢伙是！」

「──窟古諾滋！──」

拉斯肯妮和坎德里剛剛還在屋內吵得不可開交，這時異口同聲大叫起來。雖然那具屍體已經變得有如血淋淋的爛抹布，他們仍認出了他的身分。

「你認識他嗎，坎德里？這個人是誰？」

「他是過去和我們並肩打倒克爾辛哈的僧侶，也就是木塔巨隆堂的僧正，窟古諾滋。他雖然年事已高，但仙力高強，我原以為他不會敗給缺了臟腑的克爾辛哈……嗯，看來那老頭的力量已經恢復到這般程度了。」

「我不就說了嗎，死腦筋！」拉斯肯妮罕見地用強烈語氣對坎德里吼道：「繼科普羅之後，窟古諾滋也死了，所以現在是克爾辛哈和究魯蒙在對決。要是克爾辛哈獲勝就完了，但就算是究魯蒙獲勝，那個野心勃勃的女人一定也會變成下一個克爾辛哈，登上六塔統治者寶座。所以我們得趕緊出動，將他們的『經典』都搶過來才行！」

「『下一個克爾辛哈』啊。」坎德里雙手環抱自己岩石般的身體，回瞪拉斯肯妮。「那妳呢？就算妳是真心想治好赤星大人的胃……之後妳要怎麼處理『經典』？妳把究魯蒙說得那麼

出雲六塔

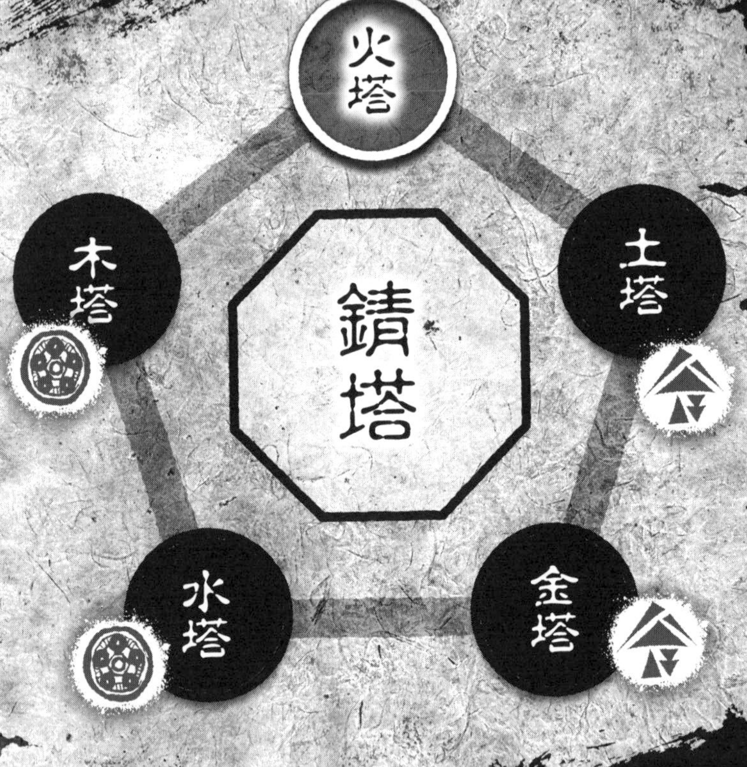

▶錆塔＝舊 摩錆天言宗總本山
▶木塔＝巨隆堂［僧正：窟古諾滋］
▶火塔＝纏火黨［僧正：究魯蒙］
▶土塔＝明智宗［僧正：坎德里］
▶金塔＝金象信［僧正：科普羅］
▶水塔＝水皇殿［僧正：希爾瑪雷歐］

壞，但在我看來妳也跟她差不多。誰能保證妳想要的不是不死僧正的寶座呢？」

「……我才沒有。你這混帳……！」

「別吵了，都是大人還吵成這樣。就是因為這樣，你們才會被壓著打。」

陽臺傳來咬牙切齒的斥責聲。畢斯可吐出大量鏽蝕後總算恢復正常，混濁的眼眸閃爍起綠光。他的皮膚也恢復血色，看得出他正逐漸找回原本的實力。

「算了，反正克爾辛哈由我來對付。我會把『經典』搶回來給你們，之後你們愛怎麼吵就怎麼吵。」

「赤星大人，克爾辛哈已找回兩種『經典』，變得相當強大。請帶我一起去吧，我會用生命保護您。」

「不用，我自己去就好。」

「赤星大人！」

「畢斯可哥哥說得沒錯，坎德里。」坎德里被畢斯可的氣勢嚇得無法回話，艾姆莉有些自豪地對他說：「在六塔的法術範圍中，已經沒人敵得過克爾辛哈的真言了。現在只有六塔外的力量……蕈菇守護者的力量，可以破解克爾辛哈的法術。」

見艾姆莉開心談論畢斯可的事，平時表情變化不大的拉斯肯妮，這時臉上卻浮現一絲怒意。畢斯可完全沒發覺她的變化，他穿上大衣，一邊揹起弓就抬頭瞪著上層的窟古諾滋墜落處。

「我會和美祿會合，一起解決老頭。坎德里和拉斯肯妮就留在這裡保護『經典』。老頭可能會從遠處用法術偷襲你們。」

「赤星，你真的要一個人去？你能動了嗎？」

「剛剛清完鏽蝕，力量也恢復了。食鏽正在蠢蠢欲動。」

畢斯可拉弓連續射了幾支杏鮑菇箭，塔外牆上冒出一株株杏鮑菇穿破牆壁橫向生長，形成一道階梯。

「這樣不行，請帶我去吧！萬一出事怎麼辦！」

「搭檔以外的人對我來說都很礙事！不懂蕈菇的人，很可能會被波及。」

「畢斯可哥哥……！」艾姆莉露出興奮神色，抱住畢斯可的腰說：「你、你會需要我的！你很可能會需要有人替你治療。請帶我去吧……我一定能幫得上忙！」

「不行，艾姆莉！妳留下來！」

艾姆莉全然不顧師父的命令，那隻真眼閃亮地望著畢斯可。畢斯可望著她的眼睛猶豫了兩秒，最後讓她抱住自己的脖子。接著他朝最近的杏鮑菇射出一支錨箭。

「掉下去就死定嘍，艾姆莉！」

「耶——！」

艾姆莉欣喜的叫聲在畢斯可耳邊響起，他收起錨箭的線往上跳，以驚人的速度朝上層跳去。

「究魯蒙大人！剛剛接到訊息，巨隆堂的窟古諾滋戰死了！」

『窟古諾滋死了……？那「經典」呢？』

「應該也被奪走了……他體內已有兩種『經典』，這樣一來他的力量更強了。您還是先回火塔，集結完塔內所有資源再出戰吧。」

究魯蒙站在塔間的木板橋上不甘地咬著下唇。「混帳……」她小聲地罵了一句後，怒面具提高音量對她手下的刺客吼道：

『妾身先回火塔一趟，召集剩下的刺客。你們繼續去追克爾辛哈。誰帶回他的首級，我就賜予誰權僧正的位置！』

「「是！」」

刺客們邊回話邊向高塔四處散開。究魯蒙怒目橫眉，踩著滿布於塔間的電線，跳回火塔的臥室。

「這是怎麼回事……！」

究魯蒙在兩名護衛的陪同下回到房間，看見房內遭人翻箱倒櫃，呈現一片慘狀。

「怎麼會變成這樣？美祿！美祿在做什麼！」

「究、究魯蒙……大人……」

究魯蒙原想大聲斥責看守房間的美祿，卻發現美祿渾身是傷跪在地上，她趕緊跑了過去。

「怎麼回事？怎麼傷成這樣……」

「克爾辛哈趁您不在時前來偷襲……護衛隊也有來幫忙，但在克爾辛哈的長槍下，他們全都……」

「那傢伙居然跑來這裡！……不過還好妳活下來了，美祿。」

「他雖然逃了，但已被我打成重傷。傷得那麼重應該一時半刻沒辦法動。不要說『經典』，這房內就連一粒灰塵……我都沒讓他拿走。」

「做得好，我究魯蒙絕不會忘記妳這份忠心。」

「您……言重……了……」

美祿身上的傷口汩汩冒血，究魯蒙將他抱到床上，在他蒼白的耳邊寵溺地呢喃道：

「妾身只會將堅強……又美麗的人留在身邊。美祿……妳的美貌、剛毅、忠誠……無一不符合妾身的標準……」

究魯蒙忘了剛才的憤怒，有些陶醉地低聲說完……

「唵，里毗，阿噘叭嚕，釋哆，嘎盧那……」

她稍微提高音量，唸起真言。一會兒後兩名護衛隊員壓著脖子發出哀號，接著便吐出大量鮮血。鮮血像是被吸收似的進到美祿的嘴和傷口裡，使他全身的傷在一瞬間痊癒，蒼白的臉也微微恢復血色。

「這是奇蹟治癒術。是克爾辛哈那老頭在寢室裡向妾身透露的真言……」

究魯蒙以食指畫了個圈，三張面具便飛向倒地的護衛隊員，飄在他們身體上方。

護衛隊員就在那一眨眼間變成了乾屍，明顯已經死亡。三張面具合力拉起他們的僧袍，將那兩具遺體扔進熊熊燃燒的爐火之中。

「這就是治癒術……！」

美祿上下看了看自己完好如初的身體，驚訝地說。究魯蒙露出淺笑，將那豐滿的身體壓到美祿身上。

「究、究魯蒙大人！這、這樣不好吧……」

「今天用太多真言了……美祿，恭敬過頭反而不禮貌。撫慰並取悅妾身，也是護衛隊的職責之一。妳懂嗎？」

「我、我……！」

究魯蒙的紅舌從藍唇中舞動而出，舔上了美祿的脖子。美祿咬緊牙關忍住聲音，究魯蒙露出妖豔地笑容注視著他。

「可、可是，克爾辛哈隨時有可能回來……」

「呵呵呵。我們就是在這間寢室奪走了他的五臟……就在他沉迷於妾身的身體時，科普羅從他裂開的腹中取走脾臟，窟古諾滋取走肝臟……」

「……」

「他將不死之力賜予六名弟子又被弟子背叛，是個沒用的老東西。就算他現在來襲……也敵不過妾身的真言。」

究魯蒙對美祿的忠告充耳不聞，輕輕含住美祿的耳朵，吐出熱氣低語道：

「美祿，妳拚命守住房間確實是件大功。但即使克爾辛哈翻遍了整座火塔也沒用，因為『經典』早已藏在他猜不到的地方。」

「……您的……意思是……！」

「妾身從他身上奪走的，是『肺』。」

這時究魯蒙在昏暗火光中坐起身來，敞開長袍，向美祿袒露豐滿的胸部。她的雙乳中間有一道直直的縫合痕跡，令人看了怵目驚心。

「他的肺已移植到妾身體內，與妾身融為一體……這東西不可能再回到他手裡了。不只他，任何人都搶不走……」

「……竟將『經典』藏在體內！」

「妾身的氣息，就是真言的氣息……能將永恆之美賜予渴望美的人。」

究魯蒙和美祿鼻尖相抵，耳環發出叮鈴聲響。

「此後妳就成為妾身的人吧，美祿……如此妳便能得到永恆之美。」

美祿正想抗議，究魯蒙就用嘴唇啃咬似的封住了他的嘴。究魯蒙的舌頭像蛇一樣扭動，捕捉到稚嫩「少女」的舌頭，一點一點蹂躪。

究魯蒙的吻技曾擄獲眾多尼姑，將她們變成自己的傀儡。她透過體內「經典」吐出迷人氣息，將氣息完全吹進美祿肺中後，正想將嘴移開時……

卻發現美祿環抱住她，牢牢固定住她的身體。究魯蒙在接吻姿勢下以舌頭向對方抗議但毫無效果，她只好用力坐直身體。

這時舌尖傳來一陣劇痛，她伸得長長的舌頭被對方緊緊咬住。究魯蒙為此感到困惑不已時，她眼前的少女逐漸散發出一股黑暗混濁氣息。

「呵、呵、呵呵呵……哈哈哈……」

即使咬著究魯蒙的舌尖，眼前這個人仍自在地笑了起來。

「混……混漢……！難號……！」

「妳這女人總是這麼小心謹慎，竟將老夫的內臟藏在自己體內……」

少女用手扯起究魯蒙的舌頭，臉上露出邪惡的笑容。

「不過，這樣正好。老夫早已決定要讓妳，唯有妳，嘗到跟老夫一樣的痛苦……」

「唵！巴烏！蘇……！」

究魯蒙唸出真言的速度遠遠不及少女的動作。少女再度深深吻上究魯蒙的嘴唇，以超乎常人的力氣抱緊她豐滿的身體。究魯蒙的骨頭嘎嘎碎裂，內臟紛紛噴血，口中也吐出大量鮮血，染紅了她美麗的肌膚。

「嗚、咳嗚嗚——！」

「唵，夏穆達，姆德辛哈，蘇那巫。為妳的背信付出代價吧……究魯蒙，妳這個齷齪的賤人。」

少女低聲唸完真言後，對著究魯蒙的口腔深處用力一吸……接著便從她口中吸出一團暗紅而濕潤的臟器。

那只布滿刺青的臟器油亮亮地反射出火光，那就是「經典」之一……克爾辛哈的「肺」。

「這樣，肺也回來了……」

「咳、哈……！」

鮮血從究魯蒙口中噴濺而出，她全身癱軟趴在床上，但仍憑著驚人的執念將顫抖的右手伸向少女。

「到、到了地獄……」

「嗯嗯？」

「到了地獄，我一定會……洗刷這份怨恨……克爾……辛哈……！」

究魯蒙張開手指抓住少女的臉，用力刮下她的皮膚……那層假皮隨之剝落，美麗容顏中冒出一張咧嘴微笑的老臉。

「死到臨頭妳還是這麼愚蠢。老夫正是地獄之神啊。」

真面目曝光後，原本纖瘦美麗的少女身軀瞬間化作鏽粉剝落，露出克爾辛哈本人的肉體。已收回兩種「經典」的他身上長滿強健肌肉，完全看不出是個老人。

究魯蒙眼含灼人恨意，抬頭瞪著洋洋得意的克爾辛哈……最後維持著憤怒的表情趴倒下來，這時才終於斷氣。

「……老夫原以為妳和窟古諾滋那老頭不同，對付起來比較來勁。沒想到妳連變身真言都看不穿，看來妳那毒蛇般的嗅覺也不中用了。」

克爾辛哈低頭看著倒在他腳邊的究魯蒙遺體。「殺死自己的前妻……其實也沒什麼特別的感覺呢。」他自言自語完便將食指插進脖子底部，劃開自己的胸口。

他那脈動著的暗紅色體腔中，有著布滿鏽蝕的臟腑，以及一顆閃閃發亮的胃。

「有肝臟、胰臟，又取回了肺臟……剩下兩種臟器無論落到誰手中，都已敵不過老夫的真言之力了……」

克爾辛哈將搶到的肺舉至眼前，正準備唸誦真言。

忽然響起「砰！」的一聲。

一支箭射進他嘴裡，直直貫穿喉嚨，插在他背後的牆壁上。克爾辛哈整張臉皺了起來，「經典」也從他手中滑落。

「嗚唔！」

克爾辛哈背後的牆上「啵！啵！」開出仙人掌菇，他避開仙人掌菇的刺，跳出究魯蒙的臥室，落在連接塔與塔的電線上。

「……唔，你是！」

克爾辛哈氣得咬牙，而他眼前那藍髮飄逸的人，正是食人熊貓，貓柳美祿本人。他早已脫下女裝，換回優美精悍的蕈菇守護者裝扮。即使頭痛不斷，他那鏽了一半的藍眸中仍炯炯有神。

「……想說六塔中還有誰敢對老夫開弓，原來是你啊，小子。」

「……來遲了……！」

美祿不理會克爾辛哈，瞄了眼究魯蒙遺體的慘狀，不忍地閉上眼睛。接著他犀利地睜開閃亮藍眸，躍至克爾辛哈面前的電線上。

「你腦子被老夫胡攪成這樣竟然還能動，真該好好稱讚一番。但你竟敢對神開弓，看來低等的夜叉鬼果然無可救藥。」

「無可救藥的是你，克爾辛哈。」

美祿用手臂擦拭眼睛滴下的鮮血，以氣到顫抖的目光狠瞪克爾辛哈。

「竟然還假扮成我，真是卑劣至極……你用……這雙救人的醫生之手，殺了那個人對吧！」

「呵呵哈哈……究魯蒙從未像那樣在寢室裡向老夫求愛，你這乾癟的身子哪裡好了……但對老夫而言，確實是個有趣的經驗。」

「……你太小看我了吧……」

美祿的藍眸蒙上一層陰影，唇中吐露出一股帶著笑意的低沉嗓音。

「你一定覺得我只是赤星的嘍囉，算什麼東西對吧……隨你怎麼鄙視我。但我告訴你，比起快死的搭檔，還是我比較強。」

美祿從背上抽出綠色的弓，朝克爾辛哈舉了起來。

那熟練的執弓姿勢，即使不知道蕈菇守護者的人看了也會覺得威風凜凜。他的動作充滿自信，像在展現自己是個一流的蕈菇守護者。

（……這傢伙……！）

克爾辛哈似乎對美祿有所改觀，他的身體瞬間如蛇一般扭動，舉起長槍似的鐵管，朝美祿直直扔了過去。

「唵，釋哆……嗚呃！」

老人以鐵管為障眼法開始唱誦真言，這時一道閃光穿過他的鼻尖。

那是美祿射出的蕈菇箭，那支箭削鐵如泥地劈開飛來的鐵管，接著貫穿了克爾辛哈的臉。

克爾辛哈的頭像氣球一樣爆開，他勉強站穩搖搖晃晃的身體，讓體內湧出的鏽蝕噴泉凝固下來，試圖恢復成原本的形狀。

「唔喔！……你這個……死小鬼！」

「唵／釋哆／叭究拉／蘇那巫……這是『禁錮任意對象』的真言吧？」

「唔？混帳，這怎麼可能，你怎麼知道真言的組成方式！」

「你問我怎麼知道？」

美祿敲了敲自己生鏽的左眼，望著克爾辛哈露出淺笑。

「是你入侵我腦袋的。你以為只有你在觀察我嗎？……我也『好好拜見』了一番，真言的前置動作、法則……還有詞彙的意義。」

克爾辛哈聽了整個人僵住，渾身冷汗直流。他原想萬一發生什麼事，他還可以透過腦袋操縱這名弱小少年，沒想到反被對方竊走真言的祕密。

「……你之前那些反常的舉動也是裝的嗎？只為了欺騙蟄伏於你腦中的老夫！」

「對蕈菇守護者來說有兩件事最重要。要看清楚，還有堅定地相信。」美祿眼神冷峻，微啟的雙唇中吐出火焰般的氣息，朝克爾辛哈架起第二支箭。「現在的我兩樣都有。即使你再怎麼重生都無所謂，我會一直揍你，揍到你筋疲力盡為止，克爾辛哈。」

「混、混帳東西……明明是個丫頭般的夜叉鬼……！」

「不死僧正克爾辛哈，接下來……就要被我這個長得像女人的小鬼揍到爬不起來了。」

美祿就像畢斯可常做的那樣，對眼前的敵人露出猛獸般的微笑。

「今晚別想睡了喔，臭老頭。」

畢斯可利用杏鮑菇和繩箭，宛如天狗般走螺旋狀的路線跳上高塔。艾姆莉緊緊抓住他的脖子，蓬鬆短髮隨風搖曳，眼神閃亮地望著不斷變換的景色。

「畢斯可哥哥動作跟老鷹一樣快！這樣看五塔一座座從眼前閃過，好像在看表演一樣……」

「六塔之中已經有三座塔被摧毀了耶。哈，感覺也沒什麼好看的。」

「畢斯可大人和美祿大人正在日本各地旅行對吧？」艾姆莉在畢斯可耳邊出神地低聲說道：

「真羨慕你們……我也希望有一天能離開陰暗的六塔……見識到更寬廣的世界……」

艾姆莉天真的語氣中帶了點無奈。畢斯可裝作毫不在意的樣子，碰巧看到高塔一隅有間飯館窗口掛了煙燻河馬肉，便搶了一塊過來，又跳向下一座塔。

「啊！哥哥大人，這可不行。」艾姆莉回望那個衝到窗口大罵畢斯可的飯館老闆，驚恐地叫出聲來。「你拿了人家的商品……必須付錢才行。」

「我免費幫他們清除六塔的毒瘤耶，吃塊河馬肉應該不為過吧。」

畢斯可邊跳邊啃煙燻肉，三兩下就吃完了。

「而且我覺得從剛剛起，我的胃好像就已經好得差不多了，吃得越多越有力氣。」

「……真不可思議，你明明還沒接受充分的治療。或許是克爾辛哈本身的力量減弱了吧……啊，你又搶！」

眼見畢斯可手裡提著五個一串的牛肝包子，艾姆莉不禁出聲斥責。畢斯可一下子就吃掉四個包子，然後將剩下那個遞給艾姆莉。艾姆莉儘管不悅地鼓起臉頰，仍收下包子小口吃了起來。

「妳不也吃了嗎？」

「搶東西的是畢斯可哥哥，我是清白的。」

「哈！」

聽了艾姆莉的回答，畢斯可仍回以笑容。

這時他頭上傳來「唰！」的風聲。一個斷了氣，穿著薄紗的纏火黨女刺客掉了下來。

畢斯可隨即避開屍體，大衣在空中一甩，斂起放鬆下來的表情。

「那是纏火黨的護衛隊，她們的僧正究魯蒙可能已經……！」

「那美祿應該已經和老頭開戰了，我們要快點。」

畢斯可驅使著逐漸恢復力量的身體，連續朝塔壁射出杏鮑菇箭，加快腳步前往高塔上層。

「……我們必須小心那傢伙不可思議的再生能力。」畢斯可維持著一定的速度，微微皺起眉頭回想起胃被搶走的那一晚。「他就算手斷腳斷，也能完好地長回來……我也有類似的能力，但那老頭比我強多了。他就算頭被揍飛也還活得好好的。」

「畢斯可哥哥體內具備的是『再生』的能力，和克爾辛哈的『復原』能力不同。克爾辛哈若肉體受到損傷，可以將『經典』中保存的鏽蝕進行轉換後，達到復原效果。若其大腦判斷肉體損傷過重，便會自動開始修復，可說是真言的巨集。」

「？？？」

艾姆莉說了些令人費解的話，畢斯可因而疑惑地睜大眼睛沉默下來，但仍努力維持向上跳躍的速度。

「若用你能理解的方式來說明……意思就是，即使克爾辛哈的頭被砍斷，只要『經典』中的鏽蝕之力還在，他就是個徹徹底底的不死之身。」

畢斯可聽完艾姆莉的話，開始擔心搭檔的安危，腳步又加快了些。

「呃，這樣聽來他確實是個怪物，但這世上不可能有源源不絕的力量……他『經典』中的鏽蝕是從哪來的？」

「畢斯可哥哥，你並不像美祿大人說的那麼笨呢。」

「那傢伙是怎麼說我的啊！」

「我聽說將鏽蝕填充至『經典』內的，是人們的信仰。」

艾姆莉沉下原本充滿喜色的聲音，在畢斯可耳邊低語道：

「就我所學，人的生存能力、追求或相信事物的能力……全都是『進化的意志』。據說正是生命想要存活的意志，為這個世界帶來了鏽蝕。」

「進化的意志……？」

「對。六塔在這之中挑選了『信仰之力』。六塔中所有追求永生的居民的祈禱、欲望……乃至他們唸出的一句經文……都會傳至『經典』中，化作鏽蝕累積下來……我是這麼聽說的。」

「……嘖，他們本來是在為自己祈求永生，那些祈禱卻全被老頭拿來利用了是吧？還蓋了這麼高大的塔，真是諷刺。」

畢斯可傻眼地歸結道。艾姆莉好奇地盯著他的側臉……接著輕聲問他：

「畢斯可哥哥這趟旅行的目的，是為了捨棄食鏽的不死之力對吧？」

「怎麼突然問這個？妳是聽拉斯肯妮說的嗎？」

「你真特別。人們因為害怕鏽蝕、害怕死亡，紛紛來到六塔。你已經擁有不死之身，為什麼……要放棄這個機會呢？」

艾姆莉眼神發亮地盯著畢斯可。畢斯可轉頭瞥了眼她的眼睛，吸了下鼻子說：

「因為我和人做了一個約定。」

「約定……？」

「之前和搭檔做了約定，但不曉得他還記不記得就是了。」

畢斯可稍微緩下速度，微微瞇起眼睛回憶兩人的種種。

「當時他問我，搭檔是不是連死的時候也會死在一起。然後我……」畢斯可瞥見艾姆莉正屏住呼吸等他說下去，他有些難為情但仍清楚地說：「我說，對……但其實蕈菇守護者並沒有這個規定。」

「……死、死在一起？」艾姆莉聲音中透著詫異，她小心翼翼地問：「你為了和美祿大人一起死，不惜拋棄不死之身嗎……！」

「我有次打破了約定，自己先走一步……結果那傢伙哭得好傷心。」

畢斯可聽了艾姆莉的疑問，不好意思地皺起眉頭，像在找藉口般結結巴巴繼續說道：

「他哭了，而且很生氣……叫我別再丟下他，所以我……」

畢斯可盡他所能思索接下來該說什麼，但想了一會兒後，這木訥的食人蕈菇似乎仍找不到適當的措辭，因而沉默下來。

艾姆莉眨了眨紫眸，無言地注視著食人赤星傷痕累累的側臉和他的刺青。

（……赤星畢斯可。）

（你是隻溫柔的老鷹。）

（那直率的羽翼和心靈，讓你顯得崇高而威武。）

畢斯可因意志而閃耀的眼眸，令艾姆莉看得著迷。

嘶啵！嘶啵！

「呀啊！畢斯可大人！」

「……！隨著體力恢復……食鏽也越來越強了。」

畢斯可咬著牙，將開在右胸的大食鏽連根拔起。食鏽扯破皮肉脫落下來，上頭還沾著畢斯可濕滑的血液。

「我的肋骨斷了，下次應該會開在肺上。」

「畢斯可大人！我再幫你吸出鏽蝕吧，你的傷也得處理一下……！」

「不，不必了，美祿在叫我。」畢斯可即使看見死亡逼近，眼中依舊燃著翡翠色光彩。

「……走吧，要死也要先打倒老頭。」

畢斯可的力量在瀕死之際越發強大，他身上慢慢湧出亮橘色孢子，將周圍照得無比溫暖。這幕看在艾姆莉眼裡美麗而莊嚴，像在看一齣無名的神話。

（見你孤高的模樣……）

（誰都無法在你腳上套上枷鎖。）

（我也想像你一樣……）

（不，任誰看了一定都會這麼想。）

艾姆莉抓著急速跳躍的畢斯可的脖子，眼神因激動而搖曳……她將手臂環上畢斯可的脖子，加強力道緊緊抱住他。

砰鏘！砰鏘！砰鏘！

克爾辛哈手持鐵管，對美祿窮追不捨。美祿嘲笑似的在電線上往後跳開，並朝他射箭。

美祿在力氣上雖然略輸畢斯可，卻能猜中克爾辛哈接下來兩三步的動作，因而能夠準確擊中對方的手腳。

啵！啵咚！

「唔喔喔——！」

克爾辛哈發出一聲混合痛苦與憤怒的咆哮，將身上綻放的一朵朵蕈菇連肉一起挖出，憑著駭人的執念朝美祿高高舉起長槍。

「喝！」

「嘶！」

美祿以匕首擋下長槍的槍刃，接著拉滿弓，在千鈞一髮之際射出一箭擦過克爾辛哈的脖子。箭在他身後的高塔炸裂，開出紅秀珍菇。克爾辛哈將快要長出蕈菇的脖子肉親手挖下，他額上浮現青筋，氣得咬牙切齒。

「你在想該用哪句真言是吧？我都聽見了，克爾辛哈！」

「唵，釋哆，巴魯拉，窟那屋！」

克爾辛哈向後大步跳開，怒氣沖沖地唸了句真言。原本空無一物的空中突然出現無數支鏽蝕苦無，一股腦朝美祿襲來。

「嘶！」

美祿將自己的大衣扔了出去，朝之射了一箭。繩箭的箭頭刺破大衣，形成一大片蜘蛛網狀的白網，將鏽蝕苦無全部包覆在內。

「『撕裂任意對象』，我剛剛就看穿了。」

「該死的──！臭小鬼──！」

事出突然，克爾辛哈還來不及反應，就被鋼蜘蛛的毒網包住了身體。美祿那纖細的身子使盡所有力氣，拉著纜繩將蜘蛛網甩至高空。

「喝欸欸欸呀啊啊啊──！」

「砰轟！」一聲巨響傳來，克爾辛哈連同網子一起被砸在火塔上層，他的身體摩擦著牆壁一路下滑，最後落在火塔的開口，究魯蒙臥室的陽臺。

「呼啊！呼啊！呼啊……！」

美祿確定自己攻擊到克爾辛哈後，原先壓抑下來的汗水瞬間噴出。

（……有驚無險，幸好我的挑釁有效……！）

美祿知道若論力量，自己絕對敵不過克爾辛哈……

所以他才會耍詐。他接受艾姆莉的治療後已逐漸恢復，但還是假裝神智不清，又利用克爾辛哈自尊心強的特點，故意表現出輕視對方的樣子，更一一指出對方使用的真言，才能在這場戰鬥中從頭到尾都占有優勢。

（不，還沒結束。我得搶回畢斯可的胃……！）

克爾辛哈自行掙破鋼蜘蛛網，溜進了究魯蒙房裡。美祿追在他後頭，擦拭完額上汗水後，從電線上快步往臥室跳去。

「肺……只要……只要……把肺吞了……」

克爾辛哈全身骨頭碎裂，在地上爬行。遭美祿折磨過的身體，已喪失方才那種驚人的再生能力。不僅如此，他壯碩的肉體也在短時間內衰弱下來，變成一個平凡的老人。

他趴在地上尋找剛才被美祿的箭震掉的「經典」。

「該……死的……小鬼……竟將老夫……四分五裂……」

克爾辛哈話說到一半，便在究魯蒙的床下找到躺在血泊中的「經典」，他瞬間面露喜色。

「啊。有了，找到了！」

他扭動削瘦身體在血泊中滑行，伸出細手想要抓起「經典」……

啵、咚！

射入床底縫隙的鴻喜菇箭，將瘦弱的克爾辛哈連同床鋪一同彈飛。

「咿咿，哇啊啊——！」

老人被釘在牆上不斷掙扎，他面前「叩」地響起蕈菇守護者的跫音。

「這就是『經典』啊？真言之力的祕密就藏在這裡。」

美祿將克爾辛哈的肺舉至他本人面前，興致盎然地看著那只布滿真言刺青的臟器。

「我腦中不斷迴響的……就是這個吧？」

美祿從肺上的刺青中觀察到一些法則，他瞇起眼睛說：

「……這不是經文……據我推測，這上面寫著某種程式。也就是說你們的信仰中，藏有操縱鏽蝕的技術。」

「……呵、呵呵，你真聰明……」克爾辛哈衰弱的眼眸中忽然露出知性的目光，他抬眼瞪著美祿說：「……真是個腦袋靈光的小鬼。就像你說的，這是一種透過特定聲音組合，來操縱鏽蝕的技術……這就是真言。至今搞懂這項發明的只有老夫……」

一支箭「咻」地劃破空氣，擦過克爾辛哈的臉頰，使之微微滲血。美祿邊將「經典」收進懷裡，邊架起下一支箭。

「我不想讓你說太多話，你說不定會在話語中偷藏真言。」

（而且講話很像黑革，很討人厭。）美祿喃喃自語完後繼續說道：

「你只要回答我的問題就好。這種操縱鏽蝕的技術，你是從哪得到的？」

「是老夫解讀出來的。」克爾辛哈自下方瞪著美祿，仍自豪地說：「一百多年以前……『經典』只是一種奉獻給神的經文，唯有老夫發覺其中的法則。六塔這地方，就像是人類向神奉獻鏽蝕之力的……一座牧場。所以老夫就改寫了力量的指向……從神，改為老夫……」

（將人們信仰的對象改為自己……？他所用的方式，就是將經文刺在內臟上嗎……！）

美祿盡量讓表情保持不變，但心裡對這老人的驚人才華和執念有些感慨。對於世上蔓延的鏽蝕，這個邪惡的僧正肯定是最了解其祕密的人之一。

「為什麼信仰會衍生出鏽蝕？鏽蝕不是一種讓生物生病的死亡因子嗎？」

「不是，鏽蝕是一種進化因子。只是有些事物跟不上進化，才會承受不住而死去。」

「……」

「只要操控得了鏽蝕，它就會成為助力，促使生物進化。你見過散布於世上的異形生物吧？那才是新世代的生命，牠們吸取鏽蝕之力進化成更好的型態，跟操控不了鏽蝕的人類們相比高尚多了。」

「人類們？你想說自己是不一樣的？」

「對，不一樣。真言是種操縱鏽蝕的技術，象徵了人類的進化。老夫已經捨棄身為人類的過去，逐漸向神邁進。」

（……這傢伙說的如果是真的，只要我參透真言，懂得如何操縱鏽蝕，或許就能讓鏽蝕病從日本絕跡……！）

美祿知道在這個情況下思考這些事情實在太過危險，然而醫生的天性勝過一切，使他拉滿弓卻遲遲未能放箭。

「真言也能清除人身上的鏽蝕，使人痊癒嗎？」

「不殺人而清除其鏽蝕？應該可以，但老夫不知道那種真言。」

「你不是每種真言都會嗎？」

「只要知道真言的聲音就能操縱，但老夫對你說的真言沒興趣。與其知道那種無聊東西，不如去找排泄後用來擦屁股的真言。」

美祿氣得咬牙切齒，表情因不甘而扭曲。克爾辛哈發現情勢有些逆轉，那汗濕的臉微微咧嘴露出白牙。

「那畢斯可的不死之身是……！」

「赤星不是不死之身。」克爾辛哈猜出美祿想問的問題，喘著氣回答道：「他的能力和鏽蝕進化完全無關，只是再生能力極強，老化得很慢而已。若頭被砍掉應該就沒命了，肉體消失就是結束……不過……」

一談到畢斯可，克爾辛哈便冷靜了些，他眼中燃起陰暗火光，像是忘記美祿在自己面前似的，壓低聲音喃喃說道：

「不過……不過，這食鏽之力雖和鏽蝕完全相反，卻能源源不絕地湧出，真教人害怕……光是一個胃，不到一天！生產出的力量就相當於上萬信眾一年的祈禱……赤星果然……具備了唯有老夫才能擁有的神格。要是不解決他……一定……」

「少自大了，克爾辛哈！」美祿聲音中帶著憤怒與焦躁叫道。

「若你不能讓畢斯可復原，那就沒什麼好談的了。快把他的胃還來！」
「你得用『經典』跟老夫換。交出你懷裡的肺。」
「你不要得寸進尺。」
美祿的藍眸露出凶光，無情地瞪著奄奄一息的克爾辛哈。
「我也可以先殺了你，再割開你的肚子……這是沾有麻醉菇毒的匕首，不會痛的。」
美祿從腰際拔出紫色匕首，丟在克爾辛哈面前。克爾辛哈喘著氣抬眼瞪著美祿，美祿拉著弓冷冷回望著他。
一會兒後克爾辛哈低頭以示服從，然後將匕首抵在肚子上，嘆了口氣……
「喝呀！」
轉眼間，克爾辛哈因為料到美祿會放箭而向側邊跳開。美祿當下射出的箭刺中了他的大腿，中箭處「啵！」地開出蕈菇，但他並未因此停下動作。
「唵！釋哆，里毗，巴……」
砰！
一支更強的箭將正要詠唱真言的克爾辛哈舌頭射斷，刺穿他的喉嚨，並將他釘在房間牆壁上。
「我警告過你了……！」
啵咕！啵咕！波咕！

美祿看著老人身上開出一朵朵紅秀珍菇，表情中帶了點悔恨。老人的身體在蕈菇綻放的衝擊下彈跳了幾次，幾秒之後變得動也不動。

美祿抱緊懷中濕滑的「經典」，為自己沒能問出鏽蝕的祕密與治癒鏽蝕病的方法感到可惜……更對自己蓄意殺人一事感到自責，他垂下眼眸咬著嘴唇。

（……沒辦法，我也只能殺了他……這樣畢斯可就……）

「里毗，巴魯拉。」

有道溫熱的氣息吐在美祿耳邊。美祿瞬間愣了一下，隨即電到似的跳開。

他懷裡傳來「啪！」的一聲。

鏽蝕長槍向四面八方延伸，刺穿美祿的身體。他來不及抵抗而摔倒在地，在自己噴出的血泊中滑行。

克爾辛哈藉由「經典」攻擊了美祿。

美祿收在懷裡的「肺」像海膽一樣，伸出一根根銳利的鏽蝕長槍，刺穿他柔軟的肌膚。美祿在劇痛中掙扎著想起身，這時克爾辛哈對他使出迴旋踢，無情地踢中他白皙的頸項，使他撞在房間牆壁上，激起一陣白煙。

（是替身……從一開始就是……！）

美祿看了一眼剛才射死的克爾辛哈屍體，口中湧出鮮血。那具被他用箭釘在牆上的屍體已不再是個老人，而是女僧正究魯蒙。

「那女人和你……你們這些夜叉鬼，怎麼都栽在同一招上呢？」

美祿感覺到克爾辛哈走近，拚命想要起身，卻踩到自己流出的大量鮮血而滑倒。克爾辛哈在他面前停下腳步，「嘎吱」一聲咬響牙齒。

「死蟲子。」

克爾辛哈朝美祿的心窩「咚！」地重重踹了一腳。美祿在這陣劇痛之下連呼吸都沒辦法，只能捏緊自己的手，咬緊牙關。

克爾辛哈抓起美祿的脖子，將那美麗的熊貓臉舉至自己面前，發出「嘻嘻嘻」極其邪惡的笑聲，接著抓著貫穿美祿全身的「經典」，粗暴地攪動起來。

「嗚啊啊啊啊！唔啊、啊啊啊——！」

「不死僧正……不，摩錆天克爾辛哈大人有大量。你表現得那麼無禮，還對老夫拉弓，老夫仍願意給你一個屈服的機會。快跪下稱頌吾名，宣誓你永世效忠。」

「誰要、誰要向你效忠！」

「呵哈哈……無所謂，若你太快屈服也很無聊……這樣如何？這樣呢？哪樣比較痛……你一直叫的話，老夫可不懂喔。」

「嘎啊啊啊啊！嘎啊啊啊，咿啊啊啊——！」

每當美祿那好聽的嗓音淒厲大叫時，鮮血便從喉頭冒出，使叫聲中混雜著咕嘟咕嘟的水聲，血也不斷從他口中湧出。

一陣刑求後美祿逐漸失去意識，克爾辛哈這才將「經典」從他身上拔下，上頭沾滿濕亮的暗紅色血液。

美祿漸漸變得兩眼無神，克爾辛哈在他面前唸了句真言，清除「經典」上的鏽蝕針。接著他將嘴張到下巴都快脫臼，緩緩吞下「經典」將之收回體內。

「……這樣總算收回三樣『經典』了。」

克爾辛哈滿意地摸著自己的胸口，陶醉於全身充滿力量的感覺之中。美祿無能為力地看著這一切，克爾辛哈再度將他的臉拉到自己面前。

「你的臟腑已經被刺得破破爛爛，不堪使用。這樣下去你很快就會死……除非你有摩錆天克爾辛哈的不死能力。」

「…………」

「六塔裡的人以為只要祈禱就能獲得永生……整天合掌敬拜，為『經典』增添鏽蝕。他們全是些蠢貨，是隸屬於老夫的家畜。但你不一樣，你在老夫的控制下仍窺視了老夫的想法，試圖自行找出真言之謎。你有活下去的價值。」

「…………」

「你走運了……老夫復位後，將賜予你鏽蝕的不死之身，並讓你成為新的僧正。你已經沒辦法跪了吧？若你還想活命，只要說一句話……說摩錆天克爾辛哈是神，宣誓你永世效忠……」

美祿表情空洞地聽著克爾辛哈說話，讓他煩躁起來，這時美祿終於開口：

「神……」

「很好，說吧……神是摩錆天克爾辛哈……」

「神在……我心裡。」

美祿的聲音忽然清晰起來，令克爾辛哈聽得瞠目結舌。

「他能力超強，絕不認輸。雖然有點笨，但比誰都溫柔……我心裡有這樣一位神。我沒有餘力去相信其他東西，因為我的心全都獻給那個人了。」

「……竟敢無視老夫，竟敢無視此時此刻想要救你的老夫！那傢伙救都救不了你，你還把他當作神！」

「如果祈求救贖就是信仰……那我不需要那種東西。」

美祿已經泛白的臉上竟露出些許笑容，他篤定地說：

「我什麼都不想要，我活著只是為了奉獻，就算犧牲生命也無所謂，只要能為他奮戰到死就好了……」

少年如此純真，毫不畏懼死亡，那充滿尊嚴的模樣令克爾辛哈說不出話來。原以為任誰都會趴在自己面前乞求不死，這名少年卻只靜靜注視著自己即將消逝的生命，以及最後這段路。

克爾辛哈在這漫長的一生中，可能是第一次見到這樣的人。

「蠢貨……！你知道自己會死，所以就放棄了嗎？你肯定會在地獄底層的火海中，不斷為自己這些話感到後悔！」

「知道自己會死……？」

美祿淡淡地說完，笑了一下。

「你錯了，克爾辛哈。時間到了，贏的人是我。」

克爾辛哈無法理解美祿說的話，疑惑地微微偏頭。

這時……

嘶咚！

一支箭穿破房間牆壁，閃電似的擊中他的側腹，將他牢牢釘在牆上。

鴻喜菇隨即乘勢從牆上炸開，將克爾辛哈彈至反方向，以粉身碎骨的力道使他再度撞上對面的牆。

「唔！咕啊啊啊！」

克爾辛哈在這波劇烈衝擊下全身骨頭碎裂，悶聲哀號又死命掙扎。他面前站了個俯視他並以影子覆蓋住他的人，他望著對方微微顫抖。

「別以為會記仇的只有你，老頭。」

「赤……星……！」

「在殺你之前，我要讓你嘗嘗你對我搭檔做過的事。站起來，老頭……說說看你想在身上哪裡開洞？」

「咯啊——————！」

克爾辛哈跳起來，在向後跳開時舉起手中的鐵管槍，往自己肚子狠狠刺了下去。眼見血從畢斯可嘴角冒出，克爾辛哈汗濕的臉上露出了邪惡笑容。

啵咚！啵咚！

畢斯可後背和側腹長出前所未有的大食鏽，穿破他的皮肉綻放。胃部遭受攻擊的抗體反應，使食鏽像匹脫韁野馬，不顧宿主畢斯可而開始隨意生長。

然而……

儘管畢斯可被震得腳步踉蹌，口吐鮮血，他仍睜大那雙炯炯有神的翡翠色眼睛，未發出一聲痛苦呻吟。克爾辛哈見他一步步縮短與自己的距離，被那副鬼神般的雄姿嚇到發抖，喉中發出小聲的哀號。

「要開在這裡是吧？」

「嗚、嗚唔唔、嗚唔。」

每當克爾辛哈用長槍翻攪食鏽胃，畢斯可口中就冒出鮮血。又一朵大食鏽「啵！」地開在他胸口。但畢斯可連眉毛都沒動一下，他平靜地盯著克爾辛哈的臉，步步向前逼近。

「別、別過來，別過來……嘎、嘎啊！」

到最後，就連持槍攻擊的克爾辛哈口中也噴出血來。克爾辛哈痛苦掙扎，畢斯可緊緊抓住他持槍的右手，用力往上一挖。

「唔呀啊——————！」

「長槍啊，可是這樣用的，老頭……你閃躲個屁啊。」

「你、你瘋了嗎！這可是……你的胃啊，赤星——！」

「所以才方便啊，你有多痛我都知道……美祿可是叫得比你更大聲……我聽到耳朵都要流血了……」

「住、住手，住手，唔哇啊啊！咕喔喔啊啊——！」

畢斯可抓住克爾辛哈的後頸不讓他逃走，將自己的額頭抵在他額頭上。

嘶咚！嘶咚！嘶咚！

畢斯可全身不斷長出食鏽，撐破他的內臟，折斷他的骨頭，但他的力氣仍在增強。兩人噴濺出的血染紅了他們胸口，景象十分慘烈。

眼神是兩人唯一的不同之處。嚇得顫抖的克爾辛哈眼睛陰暗混濁，畢斯可則狠狠瞪著傷害他搭檔的人，綠眸中滿是堅定光芒，就連肉體上的痛苦也能讓他的眼睛更加閃耀。

「你要跟我比耐力啊，老頭？如果能撐到我死，你就贏了。」

「喔……唵！伽魯哆，烏嚕辛哈——！」

「？」

痛苦不堪的克爾辛哈含血唸出真言後，刺在他肚子上的長槍倏地鬆脫，落在畢斯可手中。

槍刃上插著畢斯可太陽色的胃，它飄散出一些橙色孢子，使周圍亮起微光。

「啊，我的胃！」

「去死吧，赤星！」

畢斯可分神的瞬間，狡猾的克爾辛哈趁機朝他後頸使出迴旋踢。克爾辛哈的踢技本來能像刀刃一樣砍進肉裡，使人血流如注，此刻卻斬不斷畢斯可鋼鐵般的肌肉。

克爾辛哈見畢斯可用脖子擋住踢擊，又被那彷彿能貫穿鋼鐵的視線盯住，他全身冒出冷汗。

「你……你應該會死的……只要、只要砍下你的頭……」

「你用這種鏽爛的踢技就想叫我死？」

畢斯可的雙眼忽然拉出兩道綠色殘影，原來是那布滿食鏽，發出太陽光輝的身體旋風似的在空中旋轉，使出大斧般的翻滾踢。畢斯可一樣也朝克爾辛哈的脖子踢去，他的腳跟正中目標，將克爾辛哈以猛烈力道甩向地面。

不死僧正的肉體撞破地板，使之出現大片裂痕，又因為反作用力而像皮球一樣高高彈起，身體有一半卡在天花板上，動彈不得。

（骨、骨頭……復、復原速度太慢了。）

「食鏽」畢斯可擁有超乎常人的力氣，克爾辛哈受了他的致命一擊，掛在天花板上連聲哀號。

「畢斯可大人！現在適合搶回他的『經典』！」

比畢斯可晚一步跳進房內的艾姆莉這麼喊道。

「請在他心窩開個洞！我會從洞裡把『經典』吸出來！」

「知道了！」

「！你、你們……難道要……以下犯上嗎！」

咚咻！

畢斯可射出一支劃破空氣的錨菇箭，聲音大到掩蓋了克爾辛哈的怒吼，而箭本身也貫穿了他的腹部和他身後的天花板。

「唵．夏穆達．空．千．姆德辛哈．蘇那巫！」

錨菇「砰！」地使克爾辛哈的心窩鼓起，並對艾姆莉的真言起了反應，將他體內的三種「經典」吸了出來。力量來源全被人拔出，使他憤恨地嚎叫。

「嗚嗚喔喔喔——！混帳、混帳——！」

「你又弄丟臟腑了呢，老頭。」

「把『經典』還來！老夫會用你當左右手的，赤星！」

「哈！不要臉到這種程度，我反而有點尊敬你。」

畢斯可罵完後射出一支錨菇箭，這次射中克爾辛哈的胸口。克爾辛哈全身隨即「砰！砰！」地開出巨型鉛塊。他受這個突然增加的負重牽引，摔落地板……

轟！轟！轟！轟！

他在巨響中撞破房間地板，冒著白煙以其重量繼續貫穿下一層的地板，就這樣一層層往下墜落。照這勢頭看來，他應該會貫穿整座火塔直達地面。

「赤　星　嚶　嚶　嚶　嚶──！」

「你就在地獄裡等著蜘蛛之絲吧。」

聽見克爾辛哈的怒吼聲越來越遠，畢斯可扭了一下脖子，伸手拔掉後頸上的食鏽……又低頭看了看自己長滿食鏽的身體，輕輕嘆了口氣。

（……快不行了吧。）

遍布他全身的食鏽中，有一株開在他左胸，畢斯可感覺得到它深深扎根在自己的心臟上。為了修復撐破的皮肉，食鏽應該會越來越活躍。畢斯可明白自己即將死在這裡，又扭了下脖子後，突然回過神來，跑向倒在牆邊的搭檔。

一旁的艾姆莉眼中噙著淚水，察看渾身是血的美祿。

「……艾姆莉。」

「畢斯可大人……！」

艾姆莉情緒潰堤，撲上畢斯可的胸口，淚水沾濕了他的衣服。

染血的美祿身邊倒著許多空的安瓶，可以看出美祿到了將死之際仍未放棄活下去的希望。

但換個角度來說……這個希望也落空了。

畢斯可一眼就認清美祿傷得有多重。他將所有情緒收進心底，緩緩蹲下，將靜靜閉著眼睛的美祿扶坐起來。

「……美祿。」

「……」

「你聽得見嗎？」

畢斯可感覺到搭檔溫熱的血流到自己手臂上。美祿的傷口還在汩汩冒血，任由畢斯可抱住他鮮紅的身子，他臉色蒼白，眼皮微張，和畢斯可四目相交。

美祿認出那抹綠光後眨了眨眼，像躺在父親懷裡的小孩一樣安穩地笑了。

「……我聽得見……喔，畢斯可……」

「……撐不下去了嗎？」

「……嗯……抱歉，我、我努力過了……」

「……」

「……啊，畢斯可，我、我快要……」

「我們已經救了世界一次……這樣就夠了。這裡就是我們的終點，美祿。」

「畢斯可……對不起，對不起……唯有你，我……」

「別擔心，我們是弓箭……雖然我食言過一次，但我不會再食言了。我們會一直在一起的，美祿。」

「……」

「……」

「……我們一定……」

「……」

「……我們一定會下地獄的……」

「那我們就一起翻越針山吧。我們什麼都能克服，只要我們在一起……」

「……嗯，畢斯可……」

美祿的嘴角持續湧出鮮血，他露出既困擾又高興的複雜表情，將頭靠進畢斯可懷裡，用力回握他的手。

畢斯可讓搭檔盡情靠著他，轉頭望向屏息看著他們的艾姆莉，心平氣和地說：

「就是這樣，我們就走到這了。不用替我們收屍，不過我們的屍體棄置在這也有點危險。我們若變成苗床，應該會開出超大一片蕈菇田。」

「別、別這樣，別這麼說！」

艾姆莉慌張到連淚珠都灑落在地，她抓著畢斯可說：

「你、你太快放棄了！一定、一定還有其他辦法……！」

「我也快不行了，這時間正好。」

畢斯可說著才注意到艾姆莉拿著自己的胃，他指了指那個胃說：

「對了，那個也給妳，我已經不需要了。」

「畢、畢斯可……大人……！」

與其說畢斯可生死觀豁達，不如說是搭檔間的羈絆讓他毅然決定與搭檔共赴黃泉，這點深深觸動艾姆莉內心最柔軟的部分，令她潸然淚下。

（搭檔是獨一無二的……）

（是這世上唯一生死與共的對象。）

（你稱這樣的關係為搭檔。）

（這樣很美，很專一，可是……）

（這樣也太傻了，畢斯可大人……！）

大顆淚珠從艾姆莉臉頰滑落，化作水滴落下……落在她手中的胃上，使得橙色孢子輕輕飄散。

艾姆莉出神地看著那些食鏽孢子紛飛四散……

（畢斯可大人的胃……胃……？）

艾姆莉腦海中雷擊似的閃過一個念頭，她愣了一下，連忙擦乾眼淚，迅速收集完克爾辛哈吐出的「經典」，轉向畢斯可他們。

「畢斯可大人，我想到一個方……啊，妳在做什麼！停下來，快停下來！」

畢斯可正拿著匕首抵住腹部，艾姆莉慌張地拉住他的手臂，氣喘吁吁地問他。

「做什麼？我在遵循傳統啊，這種時候不是要切腹嗎？」

「你也太乾脆了吧！畢斯可大人，現在放棄還太早了！我想到了一個方法，一個超棒的方法。」

「事到如今還想什麼方法。已經夠了，妳也快逃吧，食鏽不知道什麼時候會爆開。」

「畢斯可大人。」畢斯可不理會艾姆莉的提議，艾姆莉強行扳過他的臉，認真盯著那雙翡翠色眼睛。「我知道一種祕術，只要將鏽蝕之力和你的力量……食鏽之力注入美祿大人體內，就能讓他活過來。你是治癒力過剩，美祿大人則是治癒力不足。若能調和一下，說不定你們兩人都能繼續活下去。」

「把我的性命分給美祿……？」

「把你的食鏽之力注入他體內。」艾姆莉神情嚴肅，一字一句清楚說道：「一旦成功，他很可能會像你一樣……擁有半不死之身。儘管如此，你還是要試嗎？」

畢斯可聽完艾姆莉的說明後有些語塞，他將視線移向呼吸漸弱的搭擋，再看向艾姆莉，對她點了點頭。艾姆莉早已預料到他會同意，已開始詠唱真言。

「烏嚕．釋咧哆．岫耆。」艾姆莉露出極為專注的表情，滿身大汗，不停唸道：「岫耆．阿得．空．千．姆德．艾姆莉．畢斯可……」

艾姆莉一唸出真言單字，從克爾辛哈體內取出的三只「經典」便略帶紫光輕輕飄浮。就連艾姆莉和畢斯可兩人，以及畢斯可的胃周圍，也各自浮現一圈神祕的紫色氣場。

「……真言對食鏽出現了排斥反應……！只能來硬的了……！就差這麼一點……！」

「呃……喂！怎麼回事？為什麼我的身體……！」

「本來要湊齊五種『經典』才能執行再臨真言，因為這種真言需要大量的鏽蝕。」艾姆莉皺著一張臉，一唸真言就痛苦地緊壓胸口。「但現在我們手上只有三種『經典』，所以我用你和我來代替剩下那兩個『經典』……！」

「我和……妳？艾姆莉，妳瘋了嗎！」

「畢斯可大人，快握住美祿大人的手！我們只能賭一把了！」

畢斯可照她說的緊緊握住搭檔的手後，艾姆莉便露出女修羅般視死如歸的表情，義眼像瀑布一樣流出血淚，唸出最後一段真言：

「岫耆・釋哆！空・千・姆德・艾姆莉……」

「別再唸了，艾姆莉！妳會死的！」

「阿得・畢斯可・蘇那巫！」

就在艾姆莉即將唸完真言之際。

以畢斯可為中心「轟！」地刮起一陣大風，他的血管沸騰似的不停脈動，他的心臟撲通狂跳，將沸騰的血液送至全身，接著他的皮膚便像太陽一樣發出深淺不一的橙光。

「這是怎……怎麼回事！」

畢斯可大叫的同時，他的頭髮宛如火焰熊熊燃起。這正是他之前從死亡深淵爬回來時，食鏽所展現的復活奇蹟。

畢斯可的皮膚化為太陽後，使他身上開出的食鏽分解為孢子，並將他長滿蕈菇的身體修復如初。由之而生的燦爛孢子透過相繫的手流至美祿身上。起初食鏽孢子探索似的一點一點觸碰美祿，隨後它們認知到美祿是宿主的一部分，便像潰堤般迅速覆蓋住美祿的身體。孢子吞噬了美祿身上流出的血，瞬間潛入他體內，三兩下就修復好他破損的內臟。

「……好、好厲害！美祿，你聽得見嗎？喂！」

「……」

「不行，他暈過去了……喂，艾姆莉！夠了，真言可以停了！」

艾姆莉的眼睛和鼻子噴出血來，嘴裡仍唸唸有詞。

「艾姆莉……妳、妳……！」

令人訝異的是，艾姆莉即使失去了意識，仍持續唱誦真言。她那超乎一般女孩的執念使畢斯可驚嘆不已，他拖著美祿到她身邊，抱著她在她耳邊叫道：

「艾姆莉，別死啊！快醒來，艾姆莉！」

「……！」

艾姆莉的眼睛倏地亮了起來，房內的風也在這時停止了。他們周圍的瓦礫被吹飛出去，房內空無一物，只剩下兩人的喘息聲。

「艾、艾姆莉！妳眼睛在流血……！不妙，妳的腦袋！」

「……畢斯可……大人，美祿……大人就……拜託你了……」

「混帳東西！我們死了就算了，怎麼能讓妳死……妳年紀還這麼小！」

「是啊，艾姆莉！沒事的，我現在就幫妳注射鸚菇安瓶。妳腦部好像有點受損，我再幫妳注射鵝膏菇安瓶。義眼那裡有點裂開，我待會兒幫妳縫起來。」

「對，美祿馬上就為妳……」

畢斯可邊說邊歪著頭「嗯？」了一聲，看見搭檔在旁匆匆忙忙地替艾姆莉治療，頓時愣住了。

「嘴巴張開，啊——好了……抱歉，艾姆莉，那時候對妳那麼凶。因為我得做做樣子給克爾辛哈看……好，這樣暫時沒問題了！」

美祿轉眼間就完成治療，他轉頭發現畢斯可呆呆地望著自己，先是不解地回望對方，而後咧嘴一笑。

啪！

「好痛————！你、你幹嘛打我！」

「誰教你一聲不吭地活過來，白痴！是要嚇死誰啊！」

「你、你講話很沒邏輯耶！不就是你把我救回來的嗎！」

「等一下，你的頭髮……！」

令人驚訝的事太多了，但首先吸引畢斯可注意的卻是一項視覺上的變化，那就是美祿的髮色。他的頭髮幾分鐘前還呈現天藍色，現在卻完全變成了帶有光澤的祖母綠。

「我的頭髮怎麼了？……哇啊啊，怎麼會這樣！」

畢斯可將究魯蒙房內破掉的鏡子舉至搭檔面前，美祿嚇得渾身發顫，用力搓揉自己的頭。

「應該是混到了食鏽的橙色色素，雖然有點看不習慣……但也還好吧？幹嘛大驚小怪的。」

「可、可是我不喜歡啊！這、這樣好像流氓！」

「你的標準在哪裡啊？藍色就可以嗎？喂！」

「咳、咳……！兩位感情好是好事，但我們動作要快。」艾姆莉因美祿的治療而恢復意識，她見蕈菇二人組那麼有精神便鬆了口氣，但也催促他們說：「我雖然布了陷阱，但纏火黨的武僧很快就會追來。」

「對了，還得把胃搶回來才行！抱歉，我本來想打倒克爾辛哈的……」

「你不記得啦？我打贏克爾辛哈了，胃也在這裡。」

「贏……咦咦咦？你贏了？」

美祿聞言跳了起來，祖母綠色的頭髮隨之搖晃，他見到長槍上閃閃發亮的胃後大大鬆了一口氣。

「太、太好了，要是只有我復活，你卻死了的話……」

「不可能啦。你放心吧，連你都跟他勢均力敵了，我怎麼可能輸給他？」

「……畢斯可，你的胃借我。」

「？」

「我掐──！」

「唔喔喔───────！」

「別鬧了！沒時間卿卿我我了啦……！」

生性溫和的艾姆莉面紅耳赤地大吼，而她身後……

有個高大的人「咚」地落下，影子覆蓋住艾姆莉。她回頭一看，立刻臉色發白，雙唇顫抖。

「師、師父……！」

「喔，是拉斯肯妮啊！妳來得正好。」畢斯可好不容易從美祿手中搶回他的胃，將之舉至眼前，對那高大的女人笑道：「我的胃搶回來了，老頭的『經典』也到手了。我們差點就要死了，幸好艾姆莉冒著生命危險……」

「妳將再臨真言……」

拉斯肯妮低沉的嗓音使全場安靜下來。畢斯可一臉狐疑，美祿則是向前走了幾步將畢斯可護在身後。

「用在那些傢伙身上了嗎，艾姆莉……？妳竟然用了摩錆天大人專享的『經典』之力……」

「師、師父，如果我不救他們……」

「妳知道自己在做什麼嗎？蠢貨！」

拉斯肯妮毫不留情地反手揍向艾姆莉的臉，使驚恐的她重重摔在牆上。

「喂！拉斯肯妮！妳在做什麼！」

「當妳對夜叉鬼伸出援手時，我就覺得奇怪。沒想到妳真的和他們交心，甚至動用了應當獻給摩錆天大人的『經典』之力……」

拉斯肯妮從腰際拔出短槍指著畢斯可等人，另一隻手則伸向流著鼻血不停發抖的艾姆莉，抓起她的下巴，強迫她看著自己。

「……喔，這麼害怕啊。我明白，艾姆莉，妳只是一時沖昏了頭。我們的一切都屬於摩錆天大人，不能被其他事物所迷惑，妳懂吧？」

「嗚……對不、起……對不起，原諒我、原諒我，師父……」

「可憐的艾姆莉，別哭了……妳只是受到俗世的幻影蒙騙，不小心走偏了而已。好了，別叫得那麼生疏，快叫我母親吧……」

「母、母親大人……我不會再相信別人了，請別拋棄我，母親大人……」

「……拉斯肯妮！妳果然是……！」

美祿聽得咬牙切齒，往前走了幾步。而他身後則燃起一股火焰般的氣場。

畢斯可的翡翠色眼睛閃耀如寶石，他似阿修羅般怒目瞪著拉斯肯妮。

「妳是艾姆莉的母親……？」他嘴角冒火似的吐出憤怒的氣息，步步逼近拉斯肯妮。「這是母親該對女兒做的事嗎……！一直以來，妳都是這樣踐踏女兒的心嗎！」

「憑你一個蕈菇夜叉鬼，也想對我說教？」

拉斯肯妮不屑地勾起嘴角，以短槍指著畢斯可的鼻尖。

「我們不只是母女，更是神的所有物。要是做了不合摩錆天大人心意的事自當受罰……不用你提醒，我們之間當然有愛。快說啊，艾姆莉。」

「嗚、嗚……我、我愛您，母親大人、摩錆天大人……」

「混帳！」

畢斯可身體一閃，以弓柄朝拉斯肯妮頸部敲了下去，卻被敏捷的拉斯肯妮用短槍擋了兩下、三下，她抓到空隙回以一記迴旋踢，將畢斯可踢飛出去。

「唔啊！」

「唵．釋哆．巴羅烏……」

「糟了，畢斯可！」

美祿護著畢斯可向旁邊跳開，他們在緊要關頭避開畢斯可腳下冒出的無數鏽蝕長槍，斗篷被劃破了些。

「可惡，為什麼我一點也使不上力！」

「因為你把食鏽分給我了啊！讓我來，你退開！」

「笨蛋，你才剛活過來，還不是一樣沒力。」

蹬音響起，拉斯肯妮悠哉地走向兩人，臉上露出淺笑。

她面前出現一個個穿著長袍的壯碩部下，包圍渾身是傷的兩名少年，步步朝他們逼近。

「我要向你們道謝。多虧兩位，究魯蒙他們死了，『經典』也都回到我手中……說順便好像有點失禮……」短槍刃光一閃。「但你的食鏽之胃，還有全部的臟腑我就收下了，摩錆天大人一定會很開心。」

「妳從一開始就算計好了嗎！」

「當然啊，我還以為俗世的人疑心會重一點呢。」

「蕈菇守護者不過是俗世的野人。」

「他們的腦袋肯定也被孢子侵蝕了吧。」

拉斯肯妮說完，她的長袍部下紛紛接話，發出粗獷的笑聲。

「這些傢伙講話太放肆了……！」

「說得也有道理，你們就是人太好了，才會每次都像這樣被人陷害。」

「不要講得好像你很了解我們……嗯嗯？」

畢斯可正要露出犬齒，對拉斯肯妮等人咆哮……卻發現剛才說話的人不是拉斯肯妮，而且那人的聲音異常耳熟，令他頓時說不出話。

「但我要糾正一點，那個紅髮的就算了，我弟可不是笨蛋。」

一名長袍人的聲音，引起其他鬆懈下來的長袍人一陣騷動，他們全都轉向那個乍看是他們同夥的人。

「……你！你是什麼人！」

「現在才注意到我……看來你們比赤星還笨呢。」

「你們在發什麼呆，是奸細，快殺了他！」

拉斯肯妮一聲令下，她的部下們立刻持槍刺向那個人。他跳了起來，黑色長髮從長袍間飄出，在他的旋轉下像龍捲風一樣甩動。

「女……女人？」

「喝呀啊啊！」

黑色龍捲風輕鬆操縱手中的六角鐵棍，將棍子橫掃過去，一棍敲飛聚集在她四周的拉斯肯妮部下。部下們體重都不輕，卻被那充滿神力的一擊揍得飛向四面八方，連慘叫都來不及。有人撞破牆壁，有人直接從高塔墜落。

拉斯肯妮恢復嚴肅神情，將艾姆莉和「經典」藏到身後，朝空中那道人影唸出必殺真言：

「唵．釋哆．巴魯拉．蘇那巫！」

房內牆壁全都「咚砰！」地冒出鏽蝕長槍，刺向人影。她的黑色長髮在崩落的瓦礫中舞動，手中的鐵棍發出黝黑光芒，劈開落下的瓦礫。

「嗚喔喔喔！」

黑色龍捲風大吼一聲，再次轉了一圈，打斷所有朝自己襲來的鏽蝕長槍。

接著一反手，將鐵棍朝震驚的拉斯肯妮用力掃去。

「什麼！」

眼見鐵棍呈一字型朝自己掃來，拉斯肯妮勉強用短槍擋下攻擊，但鐵棍深深卡進短槍裡，將拉斯肯妮連人帶槍像皮球一樣彈飛，在牆上轟然開了個洞。

「嘎哈！……妳……妳是誰……！」

拉斯肯妮盯著白煙後方那個站得直挺挺的人影問道。對方不耐煩地將長袍隨手一丟，像要甩掉棍上的血般「霍！」地揮了一下鐵棍。

那是一名奇特的女子，她穿著一點也不像戰士的高級套裝（領口卻大開到胸部），打扮和剛才的英姿毫不搭調，旁人難以看出其身分。

「我是前忌濱自衛團長，現任忌濱縣知事，貓柳帕烏。」

鐵棍「霍！」地劃破空氣，指著拉斯肯妮的鼻子。

「妳膽敢再用那爛法術碰我弟弟……我就把妳下巴打爛。」

「帕烏——！」

「咕呃！」

見到姊姊如英雄般現身，美祿又驚又喜，大力搖晃搭檔的肩膀。畢斯可卻皺著眉頭對帕烏喊道：

「妳……妳為什麼會來這裡啊！妳不是該在忌濱當知事嗎？」

「我還是知事啊，不然……」帕烏說到這時看了看自己身上的套裝，嘆了口氣。「我也不會穿成這樣。下屬要我有點知事的樣子，所以我選了沒那麼暴露的衣服。」

「重點不是那個……！重點是妳怎麼知道我們在這裡！」
「我之前就說過了吧，我在美祿的戒指上裝了追蹤器。」
「就是這個。」
「你快把這東西給我拿掉！」
拉斯肯妮趁少年們吵吵鬧鬧時用短槍攻擊他們，貌美的縣知事鐵棍一揮，輕輕鬆鬆擋下短槍。
「唔嗚……！一個女人力氣竟然這麼大……！」
「這在忌濱縣廳屬於性別歧視言論，妳講話小心一點。」
每次揮動都像要撕裂空氣的鐵棍，遠比拉斯肯妮的短槍更重更堅硬。兩人交手還不到四下，短槍的槍刃就被敲飛出去。
「還要打嗎？若妳投降我就不殺妳，快把女孩交出來。」
「可、可惡……明明只差一步。妳到底是誰……！」
「剛剛說了，我是縣知事。妳認為我不夠格嗎？」
（人家不是那個意思，笨猩猩。）
（畢斯可，她聽得見啦！）
「我聽到了！之後再跟你算帳！」
帕烏以女修羅的凶狠神情回過頭來，但當她看向畢斯可身旁的美祿，臉色隨即柔和下來……

沒多久，她便驚覺美祿的髮色變成了祖母綠，張大嘴巴叫了起來。

「美……美祿！你、你的頭髮！怎麼變色了！」

「帕、帕烏，現在不是說這個的時候……」

「不、不行不行！是赤星叫你染的嗎？我不准你染這種流氓髮色……！」

拉斯肯妮趁著帕烏分心之際，迅速將艾姆莉夾在身側，帶著五樣「經典」逃出究魯蒙的臥室，沿著電線往六塔暗處跳去，逐漸消失蹤影。

「啊！妳讓她逃了啦！」

「冷靜點，赤星。我早就料到她會逃，現在也只能這樣了。」

帕烏「霍！」地揮了下鐵棍後將之收回背上，開始觀察起畢斯可手中發亮的食鏽胃。

「她表面上看起來是被我嚇跑的，但如果她想殺我應該也辦得到。她只是不想使用那個『經典』之力而已。現在還是先讓美祿把你的胃……這實在太扯了！總之，在胃塞回去之前，我們必須保護你不被刺客襲擊。」

「我沒事，把艾姆莉從那傢伙手上帶回來比較要緊……」

「能救她的人只有你，赤星。你冷靜一下，我們先回據點吧。」

「什麼據點，帕烏？妳有找到理想的據點嗎？」

「不是我，是滋露找的。」

帕烏望著美祿的綠色頭髮，有些不悅地皺起眉頭，接著說道：

「滋露做事也滿謹慎的。她發現你們中了計謀，就跟我聯絡。芥川也在據點那裡。她說她費了一番工夫，才在六塔內找到可以容納大螃蟹的地方。我們走吧……來，赤星，抓著我。」

「誰要妳幫……唔啊，可惡……！」

「你要是再任性……」畢斯可渾身是傷而痛得皺眉，帕烏將臉湊到他面前，漂亮的臉蛋上浮現惡作劇般的笑容。「我就要強迫你聽話嘍，赤星……你身上的傷痕變多了，看起來……更成熟了……」

「嗚、嗚哇！」

帕烏停在幾乎與畢斯可鼻尖相抵的位置低語完，畢斯可便紅著臉轉過頭，用力閉上雙眼。帕烏高聲笑了起來，輕鬆扛起畢斯可後，對弟弟使了個眼色便躍入六塔的黑暗之中。

「……他總是凶得像老虎，唯有在帕烏面前乖得像倉鼠。」

這兩人間的強弱關係逗得美祿一直想笑，但他忍住笑意，緊跟在姊姊的飄逸黑髮之後，同樣蹬了一下房內地板，躍至空中。

10

「也就是說。」畢斯可不到十秒就吃完了第六盤鱷魚炒飯，將空盤放在大盤子堆上。「那個叫克爾辛哈的老頭，根本沒辦法治好我的不死之身喔。」

「對，畢斯可的食鏽之力可以吞噬鏽蝕，轉換為生命力。克爾辛哈的真言則可操縱鏽蝕，讓鏽蝕變成某種物體。兩種力量的原理完全相反。」

「喂，大叔，再來一盤鱷魚炒飯。」

「我說畢斯可，你有在聽嗎？」

「他聽了也不懂啦。不過你也吃太多了吧，赤星。你的胃才剛接回去耶……老闆，你們有賣包子嗎？有沒有更有飽足感的料理？」

「你們真會吃！今天有熊包子和鮪魚包子喔。」

「喔，好耶！我超愛吃鮪魚包子！」

「那就點鮪魚包子吧，來四個。」

「咦咦，我吃不下了啦！肚子很飽了……」

「我知道，是我要吃兩個。」

「我也要吃兩個。老闆，來五個。」

一行人來到六塔下層一間吵雜的島根飯館。畢斯可、帕烏和滋露像餓死鬼一樣大啖一道又一道美食，剛為畢斯可做完胃部縫合手術的美祿心力交瘁，見到他們的吃相驚恐萬分。

「別這樣看我，我一直在跟島根縣廳協商，都沒時間吃飯。」

「帕烏剛好帶著自衛團來島根協商同盟事宜，我才能打通她的電話。還好有她在，不然我又不會打架，怎麼救你們。」

「哈！母猩猩也會協商啊。妳是不是把人家手指一一折斷，直到對方聽話為止啊？」

「呵呵，對啊，就像這樣……」

「哇啊！不要折我手指！好痛痛痛，不、不能握弓了！」

他們的互動令美祿傻眼，他想起停（？）在店外的芥川，有些在意包圍牠的人潮便轉頭看了一下。芥川在店外吃著飼料，周圍聚集了許多好奇的群眾，小孩嘻嘻哈哈靠在牠身上，撫摸牠光滑的甲殼。

「好，胃接好了，飯也吃了……感覺力量全都回來了。喂，滋露，還沒找到拉斯肯妮嗎？她該不會已經逃出六塔了吧？」

「不可能，六塔外有自衛團守著。接替我的那茲和普拉姆現在已經是優秀的戰士，不會輕易放過可疑的人。」

「坎德里已經派他的手下在六塔內搜查了。你們又不熟悉六塔，出去亂逛也找不到人好嗎？還不如睡個午覺。」

「說什麼鬼話，艾姆莉冒著生命危險救了我們，我們怎麼能在這裡坐等消息！」

「哼！講得好聽，一開始還不是你同情心氾濫救了那個老頭，事情才……唔咕！」

「吵死了！吃包子啦！」

「嗚啊呃呃啊！」

美祿無視眼前這場廉價漫才，回想起自己與克爾辛哈的戰鬥，以及對方說的那些費解的話。

『透過特定聲音組合，來操縱鏽蝕的技術……這就是真言。』

『鏽蝕是一種進化因子。有些事物跟不上進化，才會承受不住而死去。』

『只要操控得了鏽蝕，它就會成為助力，促使生物進化。』

（……克爾辛哈能用鏽蝕修復自己的肉體……因而成為了不死僧正。他一定是藉由真言，解開了古日本的某種先進技術。）

（……鏽蝕若是進化因子……會不會是古代人利用東京爆炸，散播到日本各地的？強迫生物進化，以面對浩劫……）

美祿陷入沉思，即使克爾辛哈的聲音已從腦內消失，他仍從殘留的記憶中找到一句真言，輕聲唸了出來。

（……won（嗡）／shad（釋得）／kshmd（謝姆）／snew（蘇內巫）……）

隨後。

美祿眼前出現一些灰塵般的物體聚集在一起，逐漸膨脹……最後形成一個小小的鏽蝕方塊。

「啊……啊啊！」

「嗯？怎麼了，美祿？」

「沒、沒事，抱、抱歉，什麼事都沒有……！」

美祿連忙將手中的鏽蝕方塊捏碎，捏了把冷汗。

（真、真言……！為什麼我能操縱真言？附近明明沒有「經典」……！）

這時歡樂的飯館氣氛為之一變，客人紛紛慘叫著指向飯館門口，打斷美祿的思緒。有個高大壯碩的男人踉蹌走進飯館，他踩到自己流的血而慘摔一跤，撞倒了周圍的桌椅。

「坎德里！」

三人連忙衝了過去，他們眼前那個渾身是血的男人正是明智宗的前僧正，坎德里。美祿迅速脫下他的僧袍，發現他胸口有幾處被長槍刺傷的痕跡。美祿從安瓶腰包中抽出蘑菇安瓶，注射在傷口附近。

「對不起，赤星……大人……」

「別說話。你肌肉厚實，傷口都不深……很快就會好。」

「不，請你們別管我了……趕緊行動吧。拉斯肯妮那傢伙已經找到了克爾辛哈的遺體，也取得了所有『經典』。」

兩人沒想到他會提起這個名字，不禁對看一眼。

「我誤判了形勢，那女人打從一開始就是克爾辛哈的心腹。她之所以利用兩位，不是為了實現自己的野心，而是想讓克爾辛哈復活。她一定是想讓克爾辛哈徹底復活，完成我們之前阻止過的『支配真言』。」

「支配真言？」

「那是克爾辛哈發現的邪惡真言，它可以奪去他人思想，將對方強制變成自己的信徒……若信徒們一起唸誦真言，散播力更會提高好幾倍。這樣要不了多久，不只六塔，全日本都會……」

「全日本都會淪為克爾辛哈的信徒嗎！」

「可惡，這傢伙壞透了。」

帕烏和畢斯可吼完，一旁的美祿替坎德里包好繃帶，對畢斯可嚴聲低語：

「走吧，畢斯可。艾姆莉一定也在那裡！」

「坎德里，你是在哪邊見到她的？她現在在哪裡？」

「應該在鏽塔頂端。請小心，那女人得到『經典』後力量更強了……！」

「再怎麼強，也沒有現在的我強。走吧，美祿、帕烏！」

「嗯！」「好！」

滋露傻眼地看著三名戰士躍至空中，愣了一下才叫道：

「等等，喂——！我該怎麼辦，別拋下我啊！」

「妳留在芥川身邊絕對安全！幫忙照顧一下坎德里！」

「為什麼我要聽你……啊，飯錢呢！難道要我付嗎——！」

滋露在芥川身上急得跳腳，辮子甩來甩去。三人背過滋露在電線上穿梭，跳向聳立在城中央的鏽塔。

11

六塔中央。

木、火、土、金、水等五塔中心有座尤為高聳的塔，名叫錆塔。

錆塔的奇特外觀與其他五塔迥異，仔細一看，塔的外牆上布滿了結構複雜的精密機械。據說錆塔的建造時間遠比周圍五塔更早，從外觀也可以看出它是以古日本的技術建成的某種設施。

然而現在的錆塔正如其名早已鏽蝕殆盡，遠看只會覺得它像一座又大又醜的蟻丘。

而就在錆塔的……

頂端。

那裡躺著一具以經文布包裹的乾屍，兩道人影佇足在乾屍前。身穿紅袍的高個子將手放在白袍的小個子肩上，輕聲說道：

「不死僧正被奪去五臟，又歷經涅槃，克服了無數試煉。現在，艾姆莉，經妳之手……他將成為世上唯一的神，摩錆天神。」

「……」

「艾姆莉，妳是神之子，六塔的一切任妳宰割。我們之前累積的功德總算開花結果……得償夙願的一刻終於來了。」

「……我從來……就不想當什麼神之子。」

白袍……艾姆莉抱著自己顫慄的身體，以虛弱的聲音說：

「我只想……見父親大人一面……跟他說說話……更重要的是……」艾姆莉長袍下的紫眸亮了起來，緊緊盯著拉斯肯妮的眼睛。「因為……妳會開心。我想看到母親大人開心的臉。只有這些，我要的只有這些……」

「艾姆莉……不能再說了，妳怎麼能在御神體前喊我母親……」

「夠了！」

艾姆莉甩開兜帽，激動地放聲大喊：

「我受夠了。妳為什麼不像以前那樣抱著我，溫柔地喊我的名字呢？我要的只有這個，我只要妳變回從前的妳……其他的我什麼都不需要！」

「艾姆……莉……」

拉斯肯妮看著從未如此狂亂的艾姆莉，不知道該說些什麼。最後她伸出顫抖的手，想要抱住那淚濕的嬌小身軀。

這時傳來一陣空氣震動的轟響，令她停下動作。擺在乾屍周圍的五樣「經典」透著紫光飄了起來，開始繞著乾屍旋轉。

拉斯肯妮臉色一沉，像被催促似的對艾姆莉說：

「糟了，摩錆天大人等不及了。快點唸出再臨真言……要是惹祂不高興，妳可能會受罰。」

「……」

「拆散我們的五塔僧正都已經不在了。只要妳的父親大人找回原本的力量，我們三個……一定能重拾幸福的家庭。」

「真的嗎……？」

「真的，我向妳保證。我們會一直在一起的，艾姆莉……」

「……以家人身分……一直在一起……」

拉斯肯妮的話直擊了艾姆莉內心最深的渴望，她終於點了點頭，拋開自己心裡的迷惘。

艾姆莉在震動的空氣中，一步步走向「經典」的中心……

她一度不安地回頭，見拉斯肯妮點頭後，便開始唱誦經文。

「烏嚕．釋哆．岫耆。岫耆．阿得．空．千．姆德．雷毗．帕達……」

艾姆莉一唸出真言，便傳來「嗡嗡嗡嗡」的轟響，就像整座錆塔都在震動似的。

五樣「經典」中湧出大量帶著紫光的鏽蝕，盤旋於經文布之上。那道鏽蝕龍捲風隨著艾姆莉的真言逐漸膨脹，往上一看，其紫光幾乎要直通天際。

「呼！呼……！烏嚕，釋哆，岫耆，蘇那巫！」

艾姆莉大汗淋漓地唸完真言，鏽蝕龍捲風便將五樣「經典」連同經文布包裹的乾屍捲了起來，集中至一處……

最後凝聚成一道人形。

『噗咻咻咻！』

煉鐵般的白煙竄起，該物體終於成形。

「……！啊……」

「摩錆天……大人……！」

漫天的白煙一點點散去，白煙中逐漸浮現一名極為高大……周身長滿精壯肌肉的男人跪在地上。

「……嘶哈——……」

男人像蛇一樣長長吐氣，挺起胸膛站了起來。這人本應是不死僧正克爾辛哈……然而他身上卻遍布著前所未有的剛硬肌肉，一點也不像之前那個瘦到皮包骨的老人。唯有白髮和白鬚能讓人辨認出他就是那衰老的克爾辛哈。

克爾辛哈嘎吱嘎吱地轉動全身關節，檢查完這副新身體後，他滿意地吁了口氣，高溫氣息宛若蒸氣「咻咻咻咻」從他嘴裡噴出。他在錆塔頂端站直身體，像要誇耀自己的威武姿態一般。

「衣服……」

「……什、什麼？」

「老夫沒有衣服穿。」

「是、是我考慮不周！我馬上……」

克爾辛哈的氣勢令拉斯肯妮為之震懾，她愣了一下才回過神來，急忙想找僧袍……克爾辛哈將手伸向她的背，低聲唸了句：

「唵，修盧……」

「嗯？啊啊！」

克爾辛哈的手掌恍若磁鐵，將拉斯肯妮高大的身子吸了過去，剝下她身上的紅袍。她露出健美而布滿刺青的上半身，羞赧地趴伏在地，克爾辛哈則在她面前將紅袍纏在腰上。

「拉斯肯妮，妳立了大功。」

「……等您好久了……您看起來真威風。」

「嗯。」

克爾辛哈找回全盛時期的肉體，整張臉自信滿滿，絲毫沒有之前那種畏縮神情。他看向趴在自己腳邊的拉斯肯妮，揪住她的金髮將她強拉到自己面前。

「啊……！」

「妳要在那裡趴到什麼時候？讓老夫看看妳的臉，拉斯肯妮。」

「不、不妥……我長得如此醜陋，只怕傷了您的眼睛，請您……」

「究魯蒙死了，今後老夫的正妻就是妳，不許妳再遮遮掩掩。妳要努力為老夫維持美貌。」

「摩、摩錆天……大人……」

克爾辛哈伸出一隻壯臂抱住高大的拉斯肯妮，端莊而美豔的她睫毛微顫，露出陶醉表情。克爾辛哈吻上她的嘴唇，她痴痴閉上雙眼，倒在對方懷中……

「唔！」

嘴唇忽然傳來一陣劇痛，令她睜大眼睛。原來是克爾辛哈將她下唇咬掉了一塊肉。

「老夫還會在妳身上留下各種傷痕。臣服吧，如此才能獲得幸福……」

「啊，嗚嗚……！」

拉斯肯妮嘴唇流血，恐懼而著迷地望著克爾辛哈壯碩的背影，那無疑是心悅誠服的眼神。

另一方面……

在旁目擊這幕的艾姆莉屏氣到幾乎要窒息，她忽而與克爾辛哈四目相交，嘴巴開開合合奮力擠出話語。

「父……父親大人，我是……拉斯肯妮之女……艾姆莉……」

「老夫記得。妳是個明珠般可愛的孩子。」

聽見父親的讚美，艾姆莉的表情一下子明亮起來。克爾辛哈彎下巨大身軀與艾姆莉平視，仔細端詳她的臉。艾姆莉像花一樣紅著臉，微微低頭。

「嗯。」

克爾辛哈緩緩起身，摸著鬍鬚說：

「身子有些虛弱，但也還好，至少具備了真言素養。」

「摩錆天大人。艾姆莉一直盡心盡力迎接您今日的歸來。」拉斯肯妮跪在克爾辛哈腳邊，瞄

著他的臉說：「求您大發慈悲……將不死奇蹟賜予艾姆莉。」

「……」

克爾辛哈動也不動地站了會兒，就在冷汗從拉斯肯妮下巴滑落時，他終於開口說道：

「好吧。」

克爾辛哈背過鬆了口氣的拉斯肯妮，走向惶恐的艾姆莉，將手輕輕伸向她的臉……

唔咿咿！

下一秒卻使勁掐住她的脖子，將她高舉過頭。

「唔？嘎……啊！」

艾姆莉驚恐地瞪大眼睛，義眼隨之滑落，掉落在地。

「唵，釋哆，阿姆利塔。是吧……呵呵，呀哈哈哈！」

「摩、摩鏽天大人！」

這突如其來的狀況令拉斯肯妮驚慌失措，她拉著克爾辛哈的腳問：

「為什麼，為什麼這麼做！這孩子……這孩子出生至今，將她所有的時間都給了您，一直為您的歸來盡心盡力！」

「所以她更該殉死。老夫授予她吸鏽真言，讓她吸飽了六塔內的鏽蝕……換言之，她就是老夫培育出的第六樣『經典』。現在輪到她獻出性命……在老夫體內享受永生。」

「怎、怎麼可以……！艾姆莉繼承了您的血脈！她是您的孩子！」

「那又怎樣？孩子再生就有，要幾個都行。」
克爾辛哈齜牙咧嘴地笑道。
拉斯肯妮潮紅的臉龐瞬間沒了血色，睫毛下的眸子顯露殺意。
「母……親……大人……」
艾姆莉痛苦呻吟，她的眼窩湧出漩渦狀的鏽蝕粒子，注入克爾辛哈體內。克爾辛哈全身充滿鏽蝕之力，高興地咧嘴大笑。
「呀哈哈哈！這小鬼瘦小的身體，竟能承載如此強大的鏽蝕之力。還是說這些力量全都來自那個赤星呢……？」
「母親……大人……救……救……我……！」
「唵·釋哆·巴魯拉·窟那屋！」
拉斯肯妮一閃身，伸出手臂，掌心冒出鏽蝕長槍，刺穿克爾辛哈的身體。她用鏽蝕長槍將克爾辛哈甩飛出去，使他呈大字形倒在鏽塔屋頂上。
「咳！咳！」
「啊啊，艾姆莉……！」
「……呵呵，哈哈哈，呀哈哈哈哈哈哈——！」
克爾辛哈放聲嘲笑抱著愛女，淚流滿面的拉斯肯妮。被鏽蝕刺穿對他而言根本連擦傷都算不上，他悠哉地起身，咧嘴露出邪惡笑容。

「果然啊，拉斯肯妮。為了保護自己的孩子，連神妳也敢冒犯……看來妳也只是這六棟巨型豬圈裡的一頭豬罷了。」

「……是我……是我太愚蠢，請您原諒艾姆莉……請您……原諒她……」

「老夫也不是沒想過女兒的力量可能發展到這個地步。本是想在妳眼前將她的內臟挖出……但若妳想先死，老夫也成全妳，納命來。」

拉斯肯妮氣得咬牙，牙齒在陽光下閃閃發亮，隨著旋風般迴旋的身體拉出一道白色殘影。

「嗚嗚嗚喔喔喔喔！」

拉斯肯妮的鏽蝕長槍確實貫穿了克爾辛哈的心臟，鮮血從他背後噴泉似的湧出。

然而……

克爾辛哈仍文風不動。

他維持著羅神般的笑容，將手伸向嚇得發抖的拉斯肯妮，張開五指狠狠抓住她的頭。

「這等攻擊以女人來說還不錯。老夫改變心意了，妳去當屍鬼吧。」

「啊啊。啊，不要，我不要，請您殺了我吧……」

「反正妳很快就會忘記原來的痛苦，忘記剛萌芽的私情……還有妳那個叫艾姆莉的女兒。」

「不要啊啊啊啊啊——————！」

克爾辛哈使出怪力，有如鉗子一點一點掐緊她的頭。

嘎吱、嘎吱、嘎吱……他手中傳來人頭鏽腐的聲音，令人不忍卒聽。克爾辛哈「呀哈哈哈哈！」地大笑起來，這時艾姆莉用盡全力，持槍往他腳上一刺，使他晃了幾下。

拉斯肯妮「砰」地掉落地面，抱著自己的身子不斷顫抖。

「不要——！母親大人、母親大人！振作點，母親大人！」

「艾姆……莉，艾姆莉，對不起，對不起……相信我，我對妳……」

拉斯肯妮搖曳金髮下的雙眸流出血淚，她伸手想摸愛女的臉。

克爾辛哈卻殘暴地踢向她側腹，一腳將她踢飛，使她重摔在遠處的地面。拉斯肯妮身心受盡折磨，無聲地吐了口血後，就此一動也不動。

「不許用妳的髒手碰神子，賤人。」

他用看待破布的眼神，看著曾是自己側室的女人……

這時他的後頸忽而一顫。

「……你這種人……」

克爾辛哈感覺到危險，因而回過頭去。

「你這惡魔——！」

只見艾姆莉大吼著將手伸進自己的眼窩。藉由真言之力，帶著紫光的鏽蝕在她眼窩中成形，

艾姆莉直接將那團鏽蝕從中拔出，鏽蝕變成一支與她那幼小身體極不相襯的凶惡長槍。

「哦，滿厲害的嘛。不愧是老夫的孩子。」

「去死吧啊啊——！」

艾姆莉小小的身軀彷彿戰神附身似的快速移動，將那紫光長槍朝克爾辛哈掃去。克爾辛哈將自己的身體變為堅硬的鏽蝕，接了艾姆莉兩三招後，「呀哈哈哈！」地樂得大笑。

「這就是所謂的親子互動吧，呀哈哈……不錯，很強很強。」

「閉嘴！閉嘴、閉嘴——！」

艾姆莉氣到雙眼如瀑布般流出血淚，她滿懷著殺意將長槍刺向克爾辛哈，那快速的一擊終於刺穿了克爾辛哈的脖子……

「嗯～～真有活力，太棒了……」

「……唔！」

克爾辛哈儘管脖子被刺穿，鮮血濺滿地，依舊面不改色活了過來。他咧嘴微笑，直直盯著拚命想拔出長槍的艾姆莉……隨後便朝艾姆莉伸手，「嘎吱！」一聲掐住她的細頸。

「妳表現得很好，年紀輕輕卻身手矯健。雖然是女孩，但從妳的身手也可看出妳確實是老夫的血脈。」

「……你才不是……我的父親……！」

「哦，搞叛逆嗎？別這麼說，我們是彼此在這世上僅存的血親，也是彼此無法割捨的家人……」

「你才不是我的家人！我的家人只有母親大人！」

「喔，母親啊。妳有母親嗎？那妳母親在哪裡呢？在哪裡，在哪裡呢？」

克爾辛哈故意東張西望了一會兒，加深那邪惡的笑意，回過頭來對艾姆莉說：

「吾兒啊，妳說的母親，該不會……」

克爾辛哈吹了聲口哨，滿身鏽蝕的拉斯肯妮便像機器人一樣僵硬地起身，但她鏽爛的右腳卻啪地裂開，當場倒下。

「是那個鏽爛的人偶吧？妳好好看看，老夫有老花……」

「啊啊……不要……不要啊啊啊啊啊——！母親大人——！」

「嘎——哈、哈哈哈哈——！」

親生女兒口吐鮮血，絕望地慘叫，克爾辛哈卻像在欣賞美妙音樂似的豎耳傾聽，愉快地放聲大笑。

「叫得好！吾兒，妳叫艾姆莉是吧？妳就跟那低賤的鏽蝕人偶一起，變成老夫的不死奴僕吧。請務必盡情哭號，取悅妳的神老爸。」

「嗚嗚……誰來……救救我。誰來……救救我……」

「救妳，竟然要人救妳，呀哈哈哈……妳為了老夫拋棄一切，還指望誰能救妳？能救妳的人只有老夫啊，艾姆莉！快跪下，宣誓妳永世忠誠！」

「拜託！救救我！誰來救救我——！」

艾姆莉叫破喉嚨的絕望吶喊，似乎引來了什麼。

一道摩擦空氣而起火的灼熱箭矢宛若流星般飛來，將克爾辛哈掐住艾姆莉的那隻手臂射斷。

「唔！……呵呵，你來啦……赤星！」

掙脫束縛的艾姆莉差點從鏽塔屋頂摔落，一支鋼蜘蛛箭呈降落傘狀綻放並拉住了她。臉上有著熊貓胎記的蕈菇守護者控制著降落傘，接住艾姆莉。

「艾姆莉！可惡，太殘忍了！畢斯可，那傢伙變得更強了……！」

美祿想向畢斯可搭話，在他身旁著陸……卻見畢斯可把弓放下，一雙翡翠色眼睛靜靜盯著艾姆莉，美祿因而閉口不語。

「……畢斯可大人……」

「……」

「誰都……」

「……」

「誰都不願待在我身邊。」

「……」

「什麼家人……我打從一開始就沒有家人。這只是個不可能實現的，無聊夢想罷了……」

「妳有家人。」

「……」

「我們約好了吧。我和美祿……都是妳的哥哥。」

「……」

「這很無聊嗎？」

「……」

「我不這麼認為……」

艾姆莉沒有回話，只閉上眼睛流下斗大的淚珠。

畢斯可充滿關愛的翡翠眼眸逐漸燃起綠色火焰，瞠目瞪向前方。克爾辛哈的手臂早已重生，他露出白齒咧嘴而笑，畢斯可毫不遲疑地大步朝他走去。

食人赤星與不死僧正克爾辛哈，就此在鏽塔屋頂中央展開對峙。

「赤星……」先開口的是克爾辛哈。「老夫必須和你做個了斷。你那神祕的食鏽之力雖然微乎其微，但仍具備了神格。在這場聖戰中勝出的人，就能成為六塔唯一的神……」

「……艾姆莉……」

「……？」

「艾姆莉只剩你一個親人。」

「……」

「就算你是個壞事做盡的人渣，你還是她父親，你還是艾姆莉無可取代的父親！」

「盡說些廢話。那又怎麼樣？不過是把一個小鬼弄哭了，那又怎麼樣？我懂了，你想要那小丫頭的身體吧？若你願意臣服於老夫，送你也無妨。乾脆連她母親也一起……」

砰！

兩人之間爆發強烈衝突，使六塔的空氣瞬間麻痺。鏽塔之上出招的畢斯可和接招的克爾辛哈，兩人的額頭狠狠撞在一起。

「呀哈哈哈哈……！」克爾辛哈儘管額頭破裂冒出鮮血，仍大笑起來。

「為什麼那麼激動，赤星？你有什麼理由憎恨老夫！」

「……沒時間跟你廢話。再五秒，我就會把你打爆……」

畢斯可額頭流血，仍以貫穿鋼鐵的堅定眼神，看著咧嘴而笑的克爾辛哈。翡翠色目光對上紫色目光，擦出激烈的火花。

「你腦袋裡的血管應該快爆了吧……！」

「呀——哈哈——！」

兩道身影各自一閃，使出肉眼所不能及的高速迴旋踢，兩條腿「啪！」地發出震破空氣的巨響碰撞在一起，在空中形成一個「叉」的符號。

「好好見識真正的神力，然後就去死吧！赤星！」

「該死的人是你……！我會把你和你的神力全都燒成焦炭！」

兩條腿「噗！」地噴出鮮血之際，兩人各自向後跳開，畢斯可持弓，克爾辛哈則在面前結手印，準備發動真言攻擊。

「嘶哈！」

爆裂聲轟然響起，鏽塔上隨即冒出鏽蝕長槍。畢斯可在空中避開長槍，拉滿弓朝克爾辛哈射了一箭。

「嘿呀！」

克爾辛哈利用真言變出鏽蝕牆，在箭碰到他之前就將箭擋下，接著食鏽便「啵！」地綻放於其上。

「……他竟然變出盾牌？」

「畢斯可，小心！」

巨大蕈菇在眼前炸裂，使畢斯可頭昏眼花，這時空中降下了無數鏽蝕苦無朝他襲來。畢斯可立刻用手臂護住眼睛，苦無接連刺在他身上。

「唔喔，混帳！」

「畢斯可！」

「想得美，廢物。」

美祿朝畢斯可射出一支救援的錨箭，克爾辛哈變出鏽蝕鞭，纏住那支箭的箭頭，將整支箭硬生生折斷。

「沒、沒唸真言……？不對，他已經不用唸出真言，用想的就可以了！」

「小子，你猜老夫下一步會做什麼啊？呀哈哈哈，真是自不量力！」

「唔啊！哇啊啊！」

散發紫光的鏽蝕鞭重重甩在美祿身上，使他從鏽塔摔落無底深淵。克爾辛哈又用鞭子纏住美祿懷裡的艾姆莉，將她拖向自己。

「不要、不要，美祿大人——！」

「艾姆莉——！」

「呀喝——！」

黑髮女戰士於危急之際揮下鐵棍，打斷鏽蝕鞭。她睫毛下的目光狠狠掃向克爾辛哈。

「竟然傷害親生女兒……！你根本不配當人父！」

「唉，夜叉鬼們開口閉口都是親情。」克爾辛哈不為所動地回望帕烏美麗的臉，高聲大笑。

「妳看，這女孩就要像西瓜一樣摔爛嘍。」

克爾辛哈一說完，帕烏便跳了起來，伸手想要接住空中的艾姆莉。

一支短槍從她的死角刺來，發出悶響貫穿她的側腹。

「嘎啊！」

帕烏側腹噴出鮮血，好不容易抱住了艾姆莉，兩人一同摔在錆塔屋頂上。帕烏喘了口氣，對害怕的艾姆莉露出微笑，這時窮追不捨的敵人卻以腳跟重重踢向帕烏的傷口。

「咕啊啊！」

「不……准……」

「不要啊啊啊！母親大人，快住手，快醒過來，母親大人！」

「不准……妳碰……神子……誰都……不准碰。」

「可惡，那傢伙到底要……！」

那個狠踩帕烏傷口的人正是拉斯肯妮，現在她前額至鼻尖全都布滿鏽蝕。她已經為克爾辛哈所控制，幾乎沒有自我意識，但她俐落的手腳和犀利的目光仍像個優秀的戰士。看來克爾辛哈不是將她變成屍鬼，而是活生生的傀儡。

「拉斯肯妮！」

「是……」

拉斯肯妮遵從克爾辛哈的命令將艾姆莉拋了出去，克爾辛哈再用鞭子纏住艾姆莉。過程中畢斯可射了三四支快如閃光的箭，全被克爾辛哈的真言盾牌彈飛。

「嘎——哈哈！赤星，你也不過爾爾。什麼蕈菇守護者，你們的功夫在摩錆天・克爾辛哈面前，根本與兒戲無異——！」

「你還真敢說……我現在就讓蕈菇開在你舌頭上！」

鏽蝕鞭子甩了過來，畢斯可兩度、三度跳開鞭子，實現宣言，朝克爾辛哈張大的嘴裡射了一箭。克爾辛哈毫不費力地用長槍將箭掃開，下一秒畢斯可整個人就貼到克爾辛哈面前。

「你瘋了，赤星！」

克爾辛哈咧著嘴，將長槍深深刺進畢斯可的心窩。

然而畢斯可的目光在疼痛中卻越發閃耀，他任由長槍刺穿身體，步步逼近克爾辛哈，舉起一支箭使勁插入克爾辛哈口腔深處。

「嘎啊！」

「由我親自動手……！盾牌就沒用了吧，臭老頭……！」

畢斯可惡狠狠地說完，嘴裡湧出一口血。克爾辛哈的舌頭逐漸變成亮晃晃的太陽色，就在食鏽快要綻放之際……

「啊啊啊啊啊——！」

克爾辛哈單手拎起懷裡的艾姆莉，用力捏緊她的身體。

艾姆莉痛得哀號掙扎，眼窩噴出大量鏽蝕。那些鏽蝕全都流到克爾辛哈的舌頭上，分量多到足以抑制住即將爆開的蕈菇孢子。

「哈啊——……你是要捨身求勝嗎……不愧是神敵，真有膽識，赤星。」

「混、混蛋……你竟把艾姆莉的性命……」

「父女本為一體，吸取她的性命有什麼不對？……不說這個，赤星。我們的舞台已經搭建完成。六塔的信徒們現在全都聚集在錆塔……準備欣賞摩錆天・克爾辛哈擊退惡鬼羅剎的好戲。」

「……什麼好戲……？」

「那沉甸甸的蕈菇……叫錨菇是吧？」克爾辛哈將自己的額頭咚地抵在畢斯可額上，咧嘴一笑。「老實說，那還挺傷的……我看看，你是這樣做的嗎？」

克爾辛哈將那支刺穿畢斯可的長槍攪了一下，畢斯可身上便「咚！咚！」冒出重得嚇人的鏽蝕塊。那是克爾辛哈以其神力般的真言，模仿錨菇特性變成的。

「嗚喔喔！你、你幹嘛？」

「呀——哈哈！真適合你，赤星——！」

克爾辛哈將畢斯可扔至鏽塔中央，再抱著艾姆莉跳到畢斯可身上。轟隆！轟隆！轟隆！三人貫穿地板，不停往下層墜落。漫天白煙之中，只聽見畢斯可撞破地板的聲音悠悠迴盪。

「赤星——！」

帕烏倚著鐵棍起身想要追上畢斯可，她眼前卻晃出一道幽靈般的身影。

「不准去……不能讓妳……擾亂聖戰。」

「別傻了！為了這種事拋下女兒，值得嗎？」

「女兒……」

拉斯肯妮眼中閃現一絲迷惘，全被帕烏看在眼裡。

「……人偶沒有女兒。」

「……哼。看來用講的沒用了！」帕烏扭了下脖子，做了個深呼吸，讓全身肌肉保持在柔軟如水的狀態，任風吹拂她的黑色長髮。「妳聽不懂我講什麼也無妨，我來把妳打回正軌。」

「……去死吧……夜叉鬼……」

「我的棍術本是不殺之術。繼鐵人的面具之後……我要來打破妳那懼怕艾姆莉的心防。」

「不准妳提那個名字！」

拉斯肯妮撲了上來，她手中的短槍儘管生鏽，速度卻不減反增，精準度也更上層樓。帕烏俐落地躲過攻擊，並從對方的動作中看出一絲殘存的理性。

（話是這麼說，但我要如何讓她恢復理智？）

拉斯肯妮的短槍近距離擦過帕烏的臉。帕烏擦去臉上滲出的血，意外想起一年前這個部位還布滿了鏽蝕。

12

那是一尊奇異的神像。

巨大身軀在熊熊篝火照耀下泛著灰色光澤。久經鍛鍊的肌肉發達健壯，背上長著六隻手臂，手中分別拿著心臟、腎臟、肝臟、脾臟、肺臟，顏色栩栩如生……剩下那隻手舉著一支直衝天際的長槍。

祂睜大雙眼，張著血盆大口露出微笑，身形比一般人還要高大，看起來就像準備吞噬人間一切事物的羅神……

不，事到如今。

任誰都看得出那尊「摩錆天」神像，具體地象徵著克爾辛哈這個人所擁有的力量。

在那尊神像面前……

擠滿了僧侶。這是錆塔中央一間挑高而寬敞的圓形講堂，用來當作摩言宗的神殿，蜂擁而至的僧侶們一同傾身膜拜神像，專心唸誦經文。

（唵，究嚕尾伊羅，契盧婆遮。）

（唵，訶嚕究伊羅，契盧婆遮。）

僧侶如喪屍般擠成一團，後頭又有更多僧侶疊上來，他們堆疊在一起不停唸經的樣子，反倒讓人有種置身地獄之感。

「你看看，赤星。」

信眾潛心膜拜神像，神像的掌心好比一座舞台，上頭的鮮血多到快要滿溢出來。

舞台上站著摩錆天克爾辛哈，以及一隻對他齜牙咧嘴的惡鬼羅剎。

兩人轉移戰場才沒多久，畢斯可卻已渾身是血靠著神像的拇指大口喘氣，從那模樣可以看出先前戰況有多激烈。

「很壯觀吧？『支配真言』為老夫帶來上萬信徒……他們全是為老夫提供進化之力的活傀儡。」

「什麼信徒……！你不過是強奪他們的意識，強迫他們唸經罷了！」

「是嗎？但本質上是一樣的……因為塔內每個人都在祈求不死，沒有人基於自己的信念而祈禱。這個真言很快就會從六塔散布到島根，再從島根散布到全日本……所有人都會成為摩錆天的信徒。」

「區區一個老頭！別以為你能得逞！」

「呀哈哈哈……唵！」

滿臉是血的畢斯可咬緊牙關，迅速拉弓朝克爾辛哈射了支箭。克爾辛哈咧嘴回以真言，空中出現好幾面打磨得如鏡子般光亮的鏽蝕小盾，將畢斯可射出的箭像撞球一樣彈飛，使箭猛然刺進畢斯可的右肩。

「嘎啊！」

「畢斯可大人——！」

「肩膀肌腱斷了嗎？食鏽之力也挺不便的嘛……要多久才會再生呢？」

克爾辛哈扭了一下肩膀，抓起大叫的艾姆莉高高拋起。艾姆莉落至摩錆天像胸部高度時，像被釘住似的停在半空中，扭動掙扎。

「赤星，雖然你體能有限，老夫還是希望你加把勁。你看。」

克爾辛哈朝上萬信眾一舉手，擠在前排的人們全身上下有孔之處，無論是眼睛、嘴巴還是耳朵全都噴出鏽蝕，在神殿空中形成一道巨大漩渦。

「我們正在演出神話中天神擊退阿修羅的一幕……接下來應該還能吸到更多優質的鏽蝕，就看你有多努力了。」

鏽蝕漩渦全被神像前動彈不得的艾姆莉一口氣吸了進去，那過大的質量使艾姆莉發出幾乎要叫破喉嚨的慘叫。

「啊，不要、不要……不要啊啊啊啊！啊啊——————！」

「艾姆莉——！」

艾姆莉快速吸完大量鏽蝕，她甩著那早已不堪負荷的腦袋，驚恐地顫抖。

「不要——！好多人……好多人……一下子……進到我腦內……」

「撐著點，艾姆莉！我很快就會打倒老頭，過去救妳！」

「呵哈哈哈，你想上演逆轉秀啊？劇情這麼精采，不覺得觀眾太少了嗎，赤星？讓老夫來變點把戲吧。」

克爾辛哈用手指畫了個圈，剛被艾姆莉吸入的大量鏽蝕又從她眼窩噴出，變成一條長蛇般的生物飛到錆塔之外，繞著五塔之一的金塔旋轉。

「老夫變了隻蜥蜴，牠很快就會帶觀眾進來。」

「那、那是什麼鬼……！」

那是連氣到失去理智的畢斯可都為之驚嘆的強大真言。

整座金塔瞬間扭曲變形，變成一隻巨大的蜥蜴，在畢斯可眼前吐著舌頭。

金色蜥蜴憑其高大身軀越過六塔城牆，跳入周圍鄉鎮，再用長舌捲起驚慌失措的島根居民，吐進畢斯可等人所在的錆塔之中。

掉到錆塔中的鎮民還搞不清狀況，就受到周圍的真言感染，開始朝著克爾辛哈和畢斯可專心唱誦同樣的真言。

「呀哈哈哈……還不夠，還不夠。艾姆莉，再讓蜥蜴跑快點。」

「啊、啊……畢斯……可……大人，請你……」

「…………！」

「請你……殺了我……」

「艾姆莉……！」

「呀——哈哈哈——！這傢伙的心已經空空如也，她沒有一個可信任的對象，連父母也不可信，這樣的她只是個空容器。要不了多久，她那點自我意識也會在無限的鏽蝕洪流中耗盡，最後連自己叫什麼都想不起來。」

「……我只要……在那之前殺了你，就沒事了……」

畢斯可全身鮮血直流，頭髮搖曳晃動。克爾辛哈在他身上造成的每道傷口似乎都成了他的力量，使他的生命之火熊熊燃燒。

「我可是『食鏽』啊，老頭……我體內的食鏽孢子一覺醒，就會將你和你的狗屁真言啃食殆盡……！」

「哼，真愛耍嘴皮子。」克爾辛哈被惹得不太高興，他咂了下舌，單手舉起長槍，指著踉蹌的畢斯可。「那你就來試試看啊，赤星！你就苦苦掙扎一番後轟轟烈烈地死去，為老夫貢獻信仰的鏽蝕吧！」

（我不能死在這裡。美祿……！我該怎麼辦！）

畢斯可握著嘎吱作響的弓跳了起來，克爾辛哈則以長槍迎擊。羅剎與神的對決進入高潮，使狂熱的信眾祈禱得更加起勁。

（可惡，我的身體……！）

美祿沒想到自己會被克爾辛哈的鏽蝕鞭傷得這麼深，以致他從鏽塔墜落時全身動彈不得。他連弓都搆不到，就算身上有萬能的降落傘箭也沒用。

（完了……誰來幫幫畢斯可……！）

美祿緊閉雙眼，準備好重摔在地。

忽然一隻閃亮的橙色甲殼類跳起來抱住他，在六塔的地面上翻滾了幾圈，減輕落地的衝擊。

那股肌膚觸感和值得信賴的感覺，美祿自然相當熟悉。他笑容滿面地探出身體，用力抱住對方的大螯。

「芥川！我就知道你會來！」

美祿愛憐地撫摸芥川的殼，卻被芥川催促，只好趕緊爬上蟹鞍拉起韁繩。

「我們必須去救畢斯可，他在那座塔裡……」

美祿指向鏽塔，這時有隻極其巨大的蜥蜴冷不防爬向鏽塔入口，朝著敞開的大門將大量民眾吐進塔內。

其中還可見到保衛鎮民的忌濱鬣蜥騎兵。

蜥蜴接著調頭爬向六塔之外的島根鄉鎮，攫取更多祭品。

「……那、那是什麼！那也是真言所為嗎……？」

美祿搜尋著方才與克爾辛哈共享的真言記憶，驚訝地嘆道。看來那隻金色生物正在侵襲鄉鎮，想要吃掉更多犧牲者。

「他想將更多人變成信徒啊……！糟了，不解決掉他，畢斯可會有危險。走吧，芥川！」

芥川舉起大螯回應拉動韁繩的美祿，接著將鏽塔當作踏板反彈出去，跳向那隻金色的爬蟲類。

「普拉姆副團長——！居民不聽我們的勸告！每個人都唸唸有詞……朝著六塔走去！」

「可惡，怎麼會這樣……？六塔裡到底出了什麼事？」

忌濱自衛團原本遵照知事指示待在六塔外休息，後來因應六塔周邊發生的異常狀況，開始保衛當地居民。

從剛才開始，六塔中心的鏽塔便被一圈紫色磁場包覆，與此同時島根居民也陷入瘋狂，不顧自衛團員阻止，一個勁地朝鏽塔走去。

「他們是被什麼吸引過去的？……混帳，要是帕烏團長會怎麼做……！」

「普拉——姆！危險——！」

「嗯？」

普拉姆聽見那茲的怒吼回過神來，那茲連忙抱住她在地上翻滾。她差點被一隻龐然大物咬到，那隻生物的尖牙刺向地面，在泥土上留下深深的咬痕。

「什、什、什麼？啊啊……！那是什麼？」

襲擊普拉姆的是一隻巨大無比的金色蜥蜴。牠嘴裡叼著無數民眾，以鮮紅眼珠盯著牠沒能獵捕到的普拉姆與那茲。

「我剛剛看到牠是由那座金塔變成的，根本是妖怪吧！」

「蜥蜴妖怪……那茲，我們能捉到牠嗎？」

「我連在卡爾貝羅海域也沒見過那麼大的獵物。如果知事在的話……！」

「我們應該解決不了牠吧。怎麼辦？要在死前接個吻嗎？」

「白痴喔！不要輕易放棄啦！」

兩人驚險閃過蜥蜴再度垂下的頭，並騎上為了閃躲攻擊而繞路過來的坐騎鬣蜥。普拉姆接過那茲給她的大把魚叉，驚呼一聲。

「要用鯖魚綁縛法嗎？」

「妳沒問題吧？普拉姆！」

「別小看我！」

兩人邊說邊將鬣蜥緊急調頭，轉向蜥蜴，只見牠將團員一個個彈飛。兩人以自己作為誘餌，刻意跑到蜥蜴眼前，一面閃避牠的爪子和尖牙，一面繞著牠的身體轉圈。套在魚叉上的強韌繩索纏住蜥蜴的身體，繩子越拉越緊，限制住牠的行動。

「趁現在！」

「固定起來！」

兩人從鬣蜥身上跳下，並將魚叉刺進蜥蜴的兩隻前腳。蜥蜴就這麼被五花大綁，最後動都不能動。

「跟在卡爾貝羅獵捕鱘魚一樣，小菜一碟。」

「什麼小菜一碟，你剛剛明明怕得要死。」

隨後團員們便為年輕的新任團長和副團長歡呼……但沒過多久，那隻蜥蜴竟然自斷手腳，變成一條黃金蛇，掙脫束縛。牠張開大口吞下許多島根縣民，扔向六塔中央的鏽塔。

群眾們慘叫連連，但受到鏽塔磁場影響，他們很快就放棄思考，齊聲唸誦佛經。

「可、可惡，那隻怪物根本無敵嘛！」

「那茲，不行，我們敵不過牠的！還是先……！」

就在普拉姆向那茲提出建議的當下，黃金蛇像條巨鞭從六塔向周圍橫掃，蛇的尖牙勾住鬣蜥上的普拉姆，將她拉至高空。

「呀啊啊啊——！那茲——！」

「普拉姆——！」

那茲眼見好友被抓卻束手無策，他不甘地咬牙哀號，咬到牙齒都要滲血。他一直以來努力鍛鍊自己，就是為了避免再度見到這種場面。一想到這裡，那茲犀利的眼中浮現淚水。

這時，在他眼前。

蛇影從高空落下，然而在比蛇更高的位置，有個橙色物體反射陽光，流星似的朝牠飛去。

「那、那是……！」

「上吧——芥川——！」

滋轟！

芥川的無敵大螯深深戳入巨蛇頭部，將牠的金臉砸爛，並從牠的尖牙之中救出普拉姆。普拉姆尖叫著，眼看就要落至地面，這時芥川的蟹鞍上伸出一雙手緊緊抱住了她。

「……妳是普拉姆嗎？」

「……你、你是……！」

「妳變得更漂亮了，我都差點認不出來呢！抱歉，我們下次再聊！」

「等一下！你都不知道我有多……美祿——！」

一群鬣蜥騎兵跑來芥川身邊，美祿一放開普拉姆，他們便接住了她。美祿隨即揮鞭，要芥川繼續撕扯黃金蛇裂開的頭部，「唰唰唰！」地切割牠的皮肉。

黃金蛇痛得哀號，被大螯剪過的地方噴出大量金幣，四散在六塔內外。

芥川的攻擊並未停下，牠沿著蛇的身體衝進六塔內部，終於將蛇直向劈成兩半。

芥川鬼神般的一擊使那隻攪亂六塔的大蛇完全沉默下來。美祿從蟹鞍上和芥川對看，與牠高舉的大螯擊掌。

「呼……呼……！成功了！你真行，芥川！」

芥川驕傲地舉起大螯，美祿則將視線移向鏽塔。

他們雖然打倒了黃金蛇，但鏽塔的信眾卻已多到滿溢出來，連外頭的信眾也面向鏽塔專心唱誦真言。

「可惡，來了這麼多人……！走吧，芥川！」

芥川蓄勢待發準備跳上鏽塔，卻感受到周圍傳來一股異樣氣氛，瞬間停下動作。

「芥川，怎麼……這、這是……！」

芥川腳邊那兩半蛇屍正快速蠕動……分別纏上了火塔與土塔。不一會兒，那兩半蛇屍便依照塔名變成了一條熊熊燃燒的蛇，與一條擁有鋼鐵鱗片的蛇。

「……克爾辛哈的真言到底有多強！」

新生的火蛇與鐵蛇對著遠在下層的芥川咆哮，露出凶惡尖牙。

每當短槍襲來，帕烏便以鐵棍飛速迎擊。帕烏舞弄著鐵棍打斷了拉斯肯妮三四支短槍，然而短槍一斷她又會用真言變出新的，帕烏實在無法擊倒她。

（……我側腹有傷，不能跟她耗太久。）

「妳真難纏……！」

「妳一個女人，身手倒不錯。這些功夫妳有教給艾姆莉嗎？」

「不准妳！說出我女兒的名字——！」

拉斯肯妮以地面竄出的長槍當作障眼法，她自己則提著短槍襲來，帕烏連忙扭頭避開，被短槍擦過脖子。帕烏嘴角浮現微笑，抓住拉斯肯妮後頸，使出與細瘦手臂不相稱的怪力，將對方拉到自己面前。

「妳承認她是妳女兒啦。妳藉由艾姆莉這個名字，掙脫克爾辛哈的控制了嗎……」

「啊……啊……？」

「那女孩正在克爾辛哈手中……妳知道她有多孤單嗎？妳是她唯一的心靈寄託，妳知道她有多渴望見到妳嗎？」

「不知道、不知道！妳不要說了！」

「那孩子對母親……」

「別再說了——！」

拉斯肯妮胡亂揮舞短槍，劃傷了帕烏的胸口，鮮血像顏料般濺出。

帕烏痛得皺眉，不由得退了幾步。拉斯肯妮撲了上來，將她的肩膀壓倒在錆塔屋頂邊緣，有一個不小心就會摔落下層。帕烏扭著脖子，兩度、三度躲過拉斯肯妮的短槍，不斷在生死關頭徘徊。

（可惡，是我太大意，這下死定了！）

「我……」

拉斯肯妮高舉短槍正要朝帕烏揮下時，忽然流下一滴淚水落在帕烏臉上。

（……嗯？）

「我是惡鬼，我是為她帶來不幸的母夜叉……」

「我不能再用這雙髒手碰她……」

「而且我也……」

「不知道……該向誰祈禱了……」

（這女人清醒了！）

帕烏看見淚流滿面的拉斯肯妮眼中出現理智之光，這一瞬間……

六塔一同「轟轟轟轟」劇烈震動，使塔頂上兩名女子隨之搖晃。原本騎在帕烏身上的拉斯肯妮重心不穩滑了出去，越過帕烏頭頂，眼看就要向下墜落。

「喝呀啊啊啊！」

帕烏立刻伸出鐵棍勾住拉斯肯妮的手。拉斯肯妮趕緊拉住鐵棍前端，免於墜落萬丈深淵。

「千萬別放手！我馬上拉妳上來！」

帕烏吶喊的同時，嘴角滲出鮮血。被劃傷的胸口和被刺傷的側腹如今仍在冒血，她拚命穩住身體，卻因自己流出的血而滑動。

「可惡，流太多血了……！」

「為什麼？為什麼要救我！」拉斯肯妮拉著鐵棍的一端，流著淚叫道。

「妳如果想殺我，隨時可以打爆我的頭。女人，這是為什麼！我是修羅，我為了自身的情愛而讓邪惡之神復活！我是個罪孽深重的惡鬼！」

「但妳還是為人母啊！」

儘管口吐鮮血，帕烏的聲音仍然貫穿了震顫的六塔。

「妳的罪行之後再依忌濱軍法處置……但我不會讓人殺了妳。我希望自己和弟弟面前……再也不會！有孤兒出現！」

「唔！芥川，右邊！」

火蛇與鐵蛇繞著六塔，變化自如地朝芥川襲來。芥川憑著鐵梭子蟹自豪的爬坡能力在垂直的鏽塔上逃竄，躲避對方的攻擊。

然而面對兩條蛇默契十足的合作攻擊，牠的無敵大螯一直用於防守，漸漸開始遲鈍。

（可惡，這樣下去……別說畢斯可，連我們也會完蛋！）

鐵蛇趁著美祿因焦躁而分神時張開大口，以尖牙咬住芥川半個身體。芥川拚命回擊，雖然敲掉了蛇的尖牙，牠自己的大螯卻也啪嘰、啪嘰、啪嘰地應聲碎裂。

「啊！怎麼會！」

大螃蟹的螯是他們的必殺武器，失去了螯，他們就拿這兩隻真言怪物束手無策了。火蛇的尖牙緊接著襲來，芥川以前腳抵抗，但牠前腳的硬度終究不如大螯，沒多久就被燙到啪吱作響。

「芥川——！」

美祿立刻放開手中韁繩，拿起背上的弓。他的臂力不如畢斯可，能否讓這兩隻怪物身上開出蕈菇全憑運氣。

（芥川快被擊倒了。只能試試看了，美祿！）

美祿激勵完自己，正準備從箭筒中抽出一箭……

卻覺得手中有種奇特的觸感，便將手掌舉至眼前。

「……唔！這……這是……」

一個帶著綠光的方塊，發出咻咻咻摩擦空氣的聲音，在美祿手掌上旋轉。

它隨著美祿的喘息而縮小膨脹，像在等待號令似的咻咻轉圈。

『鏽蝕是種進化因子。』

『只要操控得了鏽蝕，它就會成為助力，促使生物進化。』

「……連我……也能……操縱真言嗎……！」

美祿看著芥川碎裂的大螯靈機一動，他深深地吸了口氣，輕聲對芥川說：

「芥川……你是不是覺得『我只要有螯，這種傢伙根本不是我的對手』？」

芥川啵地吹了個泡泡，在美祿眼前破掉。美祿笑了一下將緊張拋諸腦後，接著閉上眼睛，將意識全部集中在芥川的臂膀上。

「won（唵）／shad（釋得）／add（阿得）／viviki（維毗其）／snew（蘇內巫）（給予對方他所想要的武器）！」

美祿唸完真言後綠色方塊便加快轉速，拖著帶有綠粉的尾巴，貼上芥川的臂膀。

綠色粒子一顆顆黏在芥川缺失的大螯上，修復其碎裂的部分……將之補強一番後仍不停湧出，最後變成一把比芥川身體更大的祖母綠大螯，在陽光下閃閃發光。

「嗚、嗚哇啊啊！」

璀璨透亮的大螯令美祿為之震懾。芥川顧不得主人的心思，高高舉起這剛到手的寶石大螯，如願朝鐵蛇頭部砸了下去。

滋咚！

這猛烈的一擊使鐵蛇兩眼噴出。芥川很快地又將大螯插進鐵蛇口中，啪嘰啪嘰啪嘰地將對方的喉嚨從內側剪破。

「芥、芥川……！你、你太強了！」

鐵蛇發出慘叫，芥川又用牠那撼動天地的臂力，甩動鐵蛇長長的身體，將對方用力甩在一旁的高塔上，使之碎屍萬段。然後像要完成最後一道工序般，劈開中央那座鏽塔的外牆，使聳立於塔內的神殿與巨大神像暴露出來。

「畢斯可！」

美祿看見站在塔內巨大神像上的搭檔，忍不住呼喊道。剩下那隻火蛇張開大口想咬美祿，卻被芥川的寶石大螯牢牢擋下。

「不准阻礙！我和畢斯可——！」

美祿的這聲怒吼，讓綠色方塊像是接收到命令似的，貼上美祿拉滿弓的手，他的箭一瞬間就被閃耀的綠色粒子所包覆。

咚咻！

芥川用螯將火蛇的嘴大大撐開，閃亮綠箭射了進去，貫穿牠頭頂。那支箭就像火箭般越衝越快，將火蛇從銪塔剝離，帶至高空。

啵咕！

火蛇如煙火般在高空爆開，牠身上開滿美祿從未見過的祖母綠蕈菇，從蛇變回原本火塔的形狀，猛然墜落在島根的城鎮中，發出轟響，激起白煙。

「呼、呼……！成功了！」

美祿看著遠方盛開的綠色蕈菇，忽然聽見上空傳來熟悉的聲音。

「美祿——！快接住我——！」

「哇！芥川！」

美祿趕緊驅使芥川往上空一跳，接住兩名即將落至地面的高大女子。

「帕烏！」

「你想殺了我嗎，真是的。都是你和芥川在那邊亂搞，害我們從塔上摔下來。」

「妳傷得好重……！我馬上幫妳注射安瓶。那個，拉斯肯妮……小姐……」

美祿為帕烏注射蘑菇安瓶時，帕烏來回看了看弟弟和拉斯肯妮，輕輕點了點頭。

「殺了我吧，貓柳。」拉斯肯妮以幾不可聞的聲音，哽咽說道：

「克爾辛哈現在只是因為在和赤星決鬥，沒有注意到我。只要他想，隨時都能再度將我變為人偶……」

「……拉斯肯妮小姐，請把臉轉過來……」

拉斯肯妮順從地將臉轉向美祿，美祿閉上眼睛，像在祈禱似的調勻呼吸。沒多久，他平舉的手掌上便浮現不斷旋轉的綠色方塊。

「這是……真言！美祿，為什麼你會！」

「可、可是這種光芒……我從未見過，這是鏽蝕嗎？」

美祿將手指放在唇前，要驚訝的兩人安靜下來，接著將方塊輕輕按在拉斯肯妮生鏽的額頭上，唸了句真言：

「won（唵）／shad（釋得）／amrit（阿姆利塔）. won（唵）／shad（釋得）／amrit（阿姆利塔）／snew（蘇內巫）（吸收並銷毀對方的真言）……」

在美祿的命令下，方塊變成綠光粒子閃耀在拉斯肯妮前額，使她頭上生鏽的部位逐漸染為祖母綠色。拉斯肯妮驚奇地接受這真言治療，約過十秒，她的頭部便恢復原本的機能……不過她前額至太陽穴一帶卻散發著綠光，外觀看來有些奇特。

「這是艾姆莉的吸鏽真言，為什麼你會……」

「真言本身是趁克爾辛哈侵入我腦內時偷學來的……」美祿將完成任務的綠色方塊捏碎，靜靜地說：「不過，這個綠色的物體應該不是鏽蝕。它的媒介不是『經典』，而是畢斯可分給我的食鏽之血。它是鏽蝕和食鏽調和後衍生出的新元素……我可以感受到它的神奇力量。」

「……你從克爾辛哈的思想中學到真言後，又做了改良嗎？真是天才……！」

「沒那麼厲害啦。我只是有上過學。」

「赤星竟然讓我弟變成了魔法師，我之後再好好跟他算帳。」

芥川挺起身體指著鏽塔內部，帕烏朝牠指的方向望去後說：

「沒時間休息了。現在得去解救赤星和那些受控的信眾。」

「沒錯，我們必須趕緊去救畢斯可！芥川，你跳得過去嗎？」

三人連忙跳到芥川身上，芥川似乎比他們更急，立刻朝中央的鏽塔前進。

儘管鏽塔殘破不堪，信眾仍舊唸著支配真言，不斷擠入塔內。美祿在人群前方那座巨大神像的手掌上，見到了拚命移動身體的畢斯可。

「找到了，畢斯可！」

早在美祿叫出聲前，大螃蟹就已高高跳起，奮力爬上鏽塔外牆，趕往兄弟所在的戰場。

「沒用的、沒用的，赤星！你的箭刺不穿這面鏽蝕盾牌！」

「沒有我的箭！刺不穿的東西——！」

畢斯可將全身上下的力氣「滋滋滋滋」灌注在那支箭上，他用力到牙齒都要噴出血來，箭一射出，便像一道強光打在鏽蝕鏡面中央，如同先前宣言那樣貫穿了那面大盾。

「唔喔！」

那支箭緊接著刺中盾牌後方的克爾辛哈，將他胸口深深刺穿，使食鏽在他背上「啵咕！啵咕！」爆開。克爾辛哈不禁露出驚訝的表情，瞪著跪在地上的畢斯可。

而射穿無敵鏽蝕盾牌的畢斯可也是滿頭大汗。射完那一箭，賈維給他的弓便滿布裂痕，已經不堪使用。

（可……可惡，打到這個地步了，弓卻……！）

「哎呀，真精采，赤星！這才是與神為敵的阿修羅應有的表現。快看這些信眾狂熱的模樣！我倆的對決令他們如痴如狂，甚至想要獻出自己的性命！」

畢斯可和克爾辛哈可謂勢均力敵，兩人都挨了對方好幾箭、好幾槍，如今神像手掌那片戰場上的血，已經多到像瀑布一樣滿溢出來，場面十分壯烈。

畢斯可驅使體內食鏽全力修復傷口，但他的傷口仍持續增加。相較之下，克爾辛哈仍握有絕對優勢。

「呀啊啊……」

克爾辛哈將手高舉過頭，從信眾身上湧出的鏽蝕便在他頭上形成漩渦，被他吸入體內。他那遭到蕈菇穿破的肉體瞬間復原，身上盛開的食鏽也失去光澤而枯萎。

而信眾的生命力則被克爾辛哈當作鏽蝕吸食殆盡，他們無力地垂下頭後，各個暈倒在地，接著又有新的信徒踩在他們身上湧了進來。

「……閉、閉嘴……你們不要再唸經了！你們的性命會被這老頭吸光！」

「他們是求之不得。讓自己卑賤的性命化為神的血肉，是無上的榮耀。」

（糟了……！得先阻止這些信徒才行！）

畢斯可腦內瞬間浮現自己射出蕈菇箭將所有信眾炸飛的畫面，但他很快就打消念頭。

過去的畢斯可狠如修羅，或許會採取這種手段。但現在的他已經明白高尚而無私的愛的力量。然而諷刺的是，正因如此，他也快要敗在克爾辛哈的毒手之下。

「你缺乏的正是這種創造力。就算食鏽破壞力再強，終究是二流的力量。赤星，你當得成破壞神，卻當不了創造神。」

「什麼神啊人的，吵死了……！我是蕈菇守護者啦！」

畢斯可拿著那把快壞的弓站了起來，這時頭頂上方傳來一道聲音。

「大家好～～與其看這種血腥場面，你們應該有更想看的東西吧～～？」

那是個和戰場的緊迫感毫不相稱的高亢女聲。信眾因而回過神來，費解地環顧四周……

他們看見戰場上方，約在神像胸部的位置，有個粉紅色頭髮的水母辮少女穿著輕飄飄的清涼服裝站在那裡。

「看這裡、看這裡～～！告訴各位，金塔雖然倒了，金象信可沒滅亡啊！」

「那死丫頭是誰……！」

「唵，嘎烏拿，托列羅，里毗，蘇那巫！出來吧！」

滋露唸完真言，由信眾吐出的那些飄在空中的鏽蝕，全都變成金光閃閃的金幣撒落下來。鏽蝕接連幻化為色彩斑斕的金銀珠寶，朝眾人落下。

「哇啊！是金子，是金子啊！」

「這是寶石耶！越下越多了！」

信眾原本那麼熱中於克爾辛哈與畢斯可的決鬥，黃金雨卻一下子奪走他們的注意力，他們開始爭奪財寶，不再關心舞台上誰輸誰贏。

「什麼——！大不敬，蠢貨！怎可在神前做這種事！」

「哈哈～～！您真是搞不清楚狀況啊，爺爺！人們通常會為什麼事祈禱呢？一是性命，二是錢財，這就是世間的道理！」

「滋露——！妳是什麼時候來的！」

「你安靜打架就好了啦！只要這些人被金錢迷住，克爾辛哈就無法再生！」

滋露穿著異國服裝，開始在神像上翩然起舞，身上的金色飾品叮噹作響。一陣風突然刮來，將那些以真言變成的假黃金吹到塔外，整群信眾也追著黃金離開鏽塔。

「混、混帳……這、這些無可救藥的蠢貨……！」

「哈！你也只是藉由蠢貨的力量，為自己充氣的氣球罷了。」

「胡說，死小鬼！」

克爾辛哈火冒三丈地持槍刺來，擦過連忙閃避的畢斯可。現在多了個人來攪局，克爾辛哈可能認為自己不能浪費鏽蝕之力，因此僅憑其壯碩身軀和超越畢斯可的臂力，揮舞手上的長槍。

（可惡，這老頭、這老頭……！）

畢斯可失去重要武器，僅憑匕首和踢技應付對手，連體內源源不絕的食鏽之力也用在自我療癒上，光是防守就已耗盡力氣。

（太、強了！比我之前對付過的傢伙都強！）

「我要改變計畫了，赤星。老夫要殺了你，用你的五臟當作新的『經典』！」

「……可惡！好不容易打成平手，那老頭竟然又要出招！」原本面向信眾表演黃金舞的滋露暫停動作，喘了口氣。「……而且赤星應該累壞了吧。他流太多血了！唉，美祿在幹嘛啊！」

「滋露大人！」

「嗯咦？」

「滋露大人，妳看這邊……！」

滋露望向聲音來源，只見艾姆莉右手腕上綁著一條鏽蝕鎖鏈，被固定在神像胸部處。

滋露敏捷地爬了下去，站到艾姆莉面前。

「妳的臉色怎麼這麼差……！吸太多鏽蝕了嗎？這樣下去連妳也……」

「聽我說，滋露大人。就算引開信徒，我體內仍藏有鏽蝕之力。無論克爾辛哈傷得再怎麼重，只要從我這裡吸收鏽蝕就能復原。」

「什、什麼！那我們不就無計可施了嗎！」

「聽我說，滋露大人。」

手上的鎖鏈緊到令艾姆莉皺眉，但她仍繼續說道：

「只要我把鏽蝕吐光就好。不過我若吐在空中，可能會被克爾辛哈吸走，而且若像滋露大人這樣的一般人，接觸到我吐出的鏽蝕也會被腐蝕……但如果有個……『會吃鏽蝕』的人在……」

「妳是認真的嗎！」

滋露的驚呼引起了克爾辛哈的注意。艾姆莉是克爾辛哈的王牌，他可能是怕艾姆莉被人搶走，低吼一聲便準備撲向滋露。

「混蛋！」

「滾開，夜叉鬼！」

畢斯可跳過來踢了他一腳，阻止他的行動。克爾辛哈也幾乎在同一時間用長槍刺向畢斯可。

畢斯可銳利的踢擊雖然擊倒了克爾辛哈，克爾辛哈的長槍卻也深深刺穿了畢斯可的右眼。

「唔……喔啊……！」

「天啊——！赤星——！」

「呀哈哈哈……你的腦也能再生嗎？算了，無所謂……反正老夫會照剛剛說的把你的五臟挖出來……當作新的『經典』……」

（可惡……站不起來，我的腳……不能動了……！）

克爾辛哈步步逼近畢斯可，這時有個人從側面跳了過來，克爾辛哈感受到對方的殺氣，立刻向後跳開。

「喝呀啊！」

「唔！」

鐵棍將克爾辛哈的白鬚削去了些並砸在他腳邊，使地板出現裂痕。

「你對赤星做了什麼！」

「嘶哈——！不過是多了隻老鼠，老夫根本不痛不癢——！」

「巴魯拉，蘇那巫！」

克爾辛哈變出長槍對抗帕烏揮來的鐵棍，他腳下卻冒出無數支鏽蝕長槍，刺穿他的側腹，使那咧嘴而笑的老人勃然大怒。

「那兩隻老鼠呢？死老頭！」

「該、該死的母狐狸……！」

為了對付帕烏的鐵棍、拉斯肯妮的真言所形成的連續攻擊，克爾辛哈全身肌肉漲紅，他氣到火冒三丈，動作也越發狂暴。

美祿趁克爾辛哈忙著戰鬥時從三人上方躍過，抓住神像後，用匕首切斷艾姆莉手上的鎖鏈。

「美、美祿大人！」

「艾姆莉，太好了，還好有救到妳！」美祿輕撫艾姆莉白皙的臉，他那張熊貓臉上展露笑容。「我還得去救畢斯可。艾姆莉，我們走吧！」

「好的！」

美祿和滋露朝對方點了點頭，美祿揹起艾姆莉兔子似的跳到畢斯可身旁，只見他滿身是血蜷縮在地。

「畢斯可！是我，快回答我！」

畢斯可張著嘴巴和眼睛，看不出有無意識，狀態十分危急。他體內的食鏽孢子活動力也大幅衰退，只剩一些橙色粉末時而飄散在周圍。

「……畢斯可！糟了，食鏽的力量變弱了……！」

「艾姆莉！這下怎麼辦！需要我的血嗎？如果需要內臟……事已至此，我、我也可以給他一個！拜託妳治好赤星！」

兩人長吁短嘆，艾姆莉卻氣定神閒地走向畢斯可。她彎下膝蓋望著畢斯可的臉溫柔一笑，瞥向美祿說：

「謝謝你們。畢斯可大人……畢斯可哥哥生命力很強。」艾姆莉拉起美祿的手，讓他握住畢斯可的右手。「這點你應該最清楚吧……美祿……哥哥。」

「艾姆莉……！」

「我要將之前吸來的鏽蝕還給畢斯可大人，這樣食鏽就會吃掉那些鏽蝕……讓畢斯可大人恢復活力。」

「之、之前妳是用眼窩吸出鏽蝕，現在是反過來嗎……」

「可是赤星肚子上已經沒有洞了耶！妳要從哪裡注入鏽蝕？」

「也對。雖然只要有洞哪裡都行，但該用哪個洞呢……」

艾姆莉皺眉苦思了一會兒後，來回看了看美祿和滋露，突然面露微笑。

「對了！我跟他是家人，接個吻也很正常吧？」

「「啥啊啊？」」

早在美祿和滋露出聲詢問前，艾姆莉就已深深吻上昏厥的畢斯可，她體內湧出的力量洪流，隨即注入畢斯可體內。

噗唰！

突然刮起一陣風，以畢斯可為中心激烈旋轉，沉睡的食鏽孢子全自畢斯可身上噴出。畢斯可體內的食鏽以艾姆莉注入的鏽蝕為食，將他全身的傷口修復一番，又增加他的血液並使之沸騰，他的頭髮也如火焰般搖曳起來。

「這傢伙怎麼老是在緊急狀況下跟人接吻啊！美祿，這樣好嗎？」

「沒辦法啊！這我也管不著！」

美祿在畢斯可激起的強風中大聲說完，瞇眼看著畢斯可和艾姆莉的頭髮在風中飄動。

過了十多秒，強風終於靜止……

畢斯可充滿氣勢的翡翠色眼睛唰地睜開……他眨了眨眼，突然感覺到自己嘴唇與舌頭上的柔軟觸感，不禁寒毛直豎。

「嗯唔——！」

畢斯可發出慘叫。「噗哈！」艾姆莉滿意地擦了擦嘴唇後向後跳開，她滿臉通紅地抬眼看向畢斯可，喃喃說道：

「真是太棒了，畢斯可……哥哥……」

「什、什麼？我的頭不是被長槍……喂，那個老頭去哪了？」

「赤、赤星！你居然還活著！你是什麼奇人異士啊！」

「嗯啊啊？」

畢斯可聽滋露驚訝地說完便摸了摸自己的臉，發現克爾辛哈那支長槍還刺在他右眼上，甚至刺穿了他的頭，他卻還活蹦亂跳。

「這是怎樣啊！」

「畢斯可，克爾辛哈來了！」

「赤星────！」

克爾辛哈以超人般的臂力甩開兩名女子，用盡自己的真言之力，變出好幾座鏽蝕大鐘朝四人落下。

「粉身碎骨吧！」

「該死的！他想把我們四個一次壓爛！」

「交給我吧！won／kard／syed／snew（保護施令者周圍）！」

「我來幫你！唵．咖魯達．謝得．蘇那巫！」

美祿和艾姆莉以真言變出了一個半圓形的防護罩，包覆住他們四人，上頭有著紫綠二色的大理石花紋。一座座從天而降的大鐘撞上防護罩，卻沒能將之撞破，四人就在這安全區中勉強活了下來。

「蠢貨！你們半吊子的真言怎麼敵得過老夫？你們很快就會被壓扁！」

「他說得對，這個防護罩沒辦法撐太久！」艾姆莉皺起眉頭，將自己體內僅存的鏽蝕之力全部注入防護罩中。「必須給他致命的一擊……！」

「可惡！如果我有弓……！」

「畢斯可，用想的。」

「嗯？」

「你就這樣想像你正拉開一把最強的弓，一把適合你的強弓……」

美祿邊維持防護罩，邊對身旁的畢斯可輕聲說道。畢斯可看著美祿疑惑地眨了眨眼後，用力點了點頭，想像自己握著一把最優美的弓，並做出拉滿弓的姿勢。

「你是蕈菇守護者中的強者。你知道自己為什麼這麼強嗎？」

「……」

「因為你相信自己很強，畢斯可。你越相信自己，就會越強。你相信弓，相信蕈菇，相信我，也相信你自己……」

「won（嗡）／shad（釋得）／add（阿得）／viviki（維毗其）／snew（蘇內巫）（給予對方他所想要的武器）……！」

美祿輕聲唸完真言，高速轉動的綠色方塊瞬間注入畢斯可伸直的左手。沒多久便傳來劈哩、啪嘰、啪嘰的聲音，一把祖母綠的半月形大弓在他手中慢慢成形。

綠色方塊穿過畢斯可右手指，畫出一道閃亮的弦，接著祖母綠的真言大弓便神奇地出現在畢斯手中。那把弓拉力雖強，卻完全符合畢斯可的力氣，他一拉就知道這把弓比自己之前用過的任何一把都強。

「什麼！這是什麼！」

「弓啊。」

「我當然知道啊，白痴！」

「哇──完了完了完了，快撐不住了啦──！」

聽見滋露的慘叫，畢斯可立刻找回戰士的本能，他以單眼瞄準克爾辛哈後射了一箭。

「嘶！」

「唔！那是什麼弓！唵！」

克爾辛哈隨即變出鏽蝕盾牌，箭卻「鏘！」地貫穿盾牌，繼續朝克爾辛哈射去。

「喔喔喔！怎麼可能，唵、唵！」

克爾辛哈連忙變出第二、第三面盾牌，全被畢斯可的蕈菇箭貫穿，那支箭深深刺進克爾辛哈的肩膀。

「！唔喔喔喔────！」

「成、成功了！」

「不，蕈菇並沒有綻放。這把弓我還用不習慣……！」

「赤星──！」

那一箭雖然威力十足，卻沒能阻止克爾辛哈的真言，反倒激怒了他，使他的攻擊力道變得更強。畢斯可準備架上第二支箭，但這把大弓力道太過強勁，他沒有把握自己能像平時一樣射出必殺之箭。

「可惡，弦太強了，箭會斷掉！得找支長槍之類的來射……」

「哇啊啊，別讓我看到你的臉！怎麼還插著啊！快點拔掉啦！」

「什麼？」

「你右眼的長槍啦！還刺在那邊啊！」

畢斯可這時終於想起他右眼上那支長槍。他用力一拔，長槍滑出他眼窩的同時也染上了橙色的食鏽之血，在他手中變成一支閃亮的粗箭。

「對耶！滋露，用這個就對了！」

「呀——！拔了也不要讓我看到你的臉啊！有洞耶，開了一個洞！」

畢斯可深吐了口氣，使身上的光芒更加耀眼，並將全身力量集中在弓上。食鏽粗箭像在回應畢斯可似的亮了起來，成為一支照亮錆塔的太陽之箭，箭頭分毫不差地對準克爾辛哈的心臟。

美祿在旁扶著搭檔的背，感覺到對方的呼吸逐漸平靜下來，所有的焦躁、憤怒，都化為絕對的專注。

搭檔的這種呼吸方式美祿非常熟悉。

每次他們背對背殺出重圍時，美祿都能感受到。

「……我們會贏的，畢斯可。」

「……我在想……」

畢斯可一低語，太陽色的亮粉便從他口中飄出。

「如果那時候我沒有在忌濱遇見你……我可能也會像他一樣，仗著自己的力量……以那種殘暴的方式活下去。」

「……」

「儘管世人認為那種做法是邪惡的，他還是排除萬難，只差一步就能實現野心。那老頭是個專一的人……一心專注於目標……」

「但他也很孤獨。」

「嗯，所以……我會打敗他。」

四周原本一片平靜，畢斯可身上卻突然噴出火花般的孢子。

閃亮的孢子使他被刺穿的右眼徹底再生，那雙翡翠色眼眸已沒有一絲一毫的憤怒或恐懼，只靜靜地盯著克爾辛哈。

「你那眼神……是什麼意思！生氣啊！害怕啊，赤星——！」

畢斯可那不尋常的神情令克爾辛哈停下攻擊，將所有鏽蝕之力集中至自己腹部。

「神、神……！神只有老夫一人！老夫要當神，稱霸這鏽蝕遍布的世界！赤星——！」

克爾辛哈嘴巴張到下顎都要脫臼，他嘴裡猛然衝出一根又粗又長的大槍，狀似柱子一般。

他手握那根散發紫光的大槍唰地揮了一下，這一揮彷彿切奶油似的切斷了神像的脖子。神像的頭砸碎在地面，使奔逃的信眾叫得更加淒慘。

「好、好強大的力量……！畢斯可大人！那把長槍一定會戳破我們的防護罩！」

「哇啊啊——！赤星，動作快、動作快——！」

「赤星！你就留在六塔的傳說之中！永世屈服於老夫吧——！」

克爾辛哈手持大槍刺向四人，他的眼神宛如修羅。諷刺的是，畢斯可卻像太陽神一樣高大威武，站在他正前方回望著他。

「老頭！」

「！」

「你很強。如果來場堂堂正正的決鬥，誰輸誰贏可能很難說……！」

就在克爾辛哈伸出大槍，一口氣刺破艾姆莉與美祿的防護罩時。

拉滿弓的畢斯可像是全身著火般，噴出孢子火花。他的粗箭上疊著好幾條孢子形成的線，彷彿噴發前的岩漿，閃耀著橙色光彩……而後又變得像正午的太陽般亮得發白，令人眩目。

「再見了！」

咻轟！

畢斯可射出的驚天動地之箭化作一道白光，劃破空氣，啪地撞上克爾辛哈使盡渾身解數變出的大槍尖端。

「……呀、呀哈哈，也不怎麼樣嘛……呃？」

啵轟、啵轟、啵轟！

畢斯可的箭看似緩了下來，與大槍對撞的位置卻開出食鏽，使整根槍冒出裂痕。那支箭逐漸加速，彷彿電鑽般刨碎克爾辛哈的大槍，力道還越來越強。

以粗大見長的那根必殺長槍，轉眼間就被亮如太陽的蕈菇和箭矢攪碎，以驚人的速度朝克爾辛哈的方向崩毀殆盡。

「怎、怎、怎麼可能——！」

克爾辛哈當機立斷拋棄長槍，改將鏽蝕之力變成層層疊疊的盾牌。畢斯可的箭毫未減速，箭頭刺穿第一面盾牌，「砰！」地使盾牌凹了個大洞。

「這、這不可能……這不可能……！」

翡翠強弓射出的箭發出「轟隆！轟隆！」的巨響，鑿穿克爾辛哈的盾牌。

「老夫是摩鑄天克爾辛哈！豈會輸給你！」

儘管克爾辛哈汗流浹背地抵擋畢斯可的箭，他的盾牌也只剩下最後一面，箭矢眼看就要刺進盾牌之中。

「只有神！能毀滅老夫！只有神做得到——！」

「如果只有神能毀滅你……」

艾姆莉翩然站到畢斯可身旁，回應克爾辛哈的吶喊。

「畢斯可大人……不，畢斯可大人與美祿大人就是真正的神，事情就這麼簡單。化作毫無信念的信仰之塵，就此消失吧！惡鬼克爾辛哈！」

克爾辛哈充血的眼中映出紅與藍兩道閃耀的身影，相互扶持而立。兩人的生命恍若成對的星子，照亮即將死去的他。在那之中克爾辛哈見到他死都不願承認的，比他更強大的神性。

「……老夫……錯了。神性並非存在於赤星之中，而在他們兩人的……羈絆之中……！」

咻轟！啵咕、啵咕！

「赤星────！」

克爾辛哈發出垂死的吶喊，畢斯可的粗箭也在此時貫穿他的身體。畢斯可和美祿二人的孢子結合而成的食鏽，勝過克爾辛哈體內源源不絕的鏽蝕，穿破他壯碩的肉體，一株株綻放。

然而。

「老夫沒輸……」

啵咕！

「老夫……」

啵咕、啵咕！

「赤星……老夫才沒有……輸給你……」

克爾辛哈散發驚人執念，不，是怨念。他一想真言，蕈菇就開在他腦袋；他一唸真言，蕈菇就開在他舌尖……但他親手拔下那些蕈菇，拖著腳一步步走向畢斯可。

那淒慘模樣令艾姆莉不忍卒睹，畢斯可則堅定地邁開腳步，站在化作蕈菇定時炸彈的克爾辛哈面前。

那抹太陽般耀眼的身影，高尚而神聖……克爾辛哈過去追求的神格，完全展現在那人身上。

「唔、嘎──！」

克爾辛哈用盡力氣以真言變出鏽蝕長槍，碰到了畢斯可的胸膛……但終究無法刺穿他的皮肉，化作碎片散落在地。

「嘎、啊……！」

與此同時，克爾辛哈體內的大量鏽蝕也湧了出來，溶解在空氣之中。

吐盡鏽蝕之後……

原地只剩下畢斯可初次搭救的那個皮包骨的垂死老人。

「……嗚、嗚……」

「……」

「……原來你才是神。是上天派你來懲罰老夫這個自以為是的老人吧？」

「……」

「我是蕈菇守護者，不是神也不是惡魔。」

「我不是上天派來的，只是遵從自己的信念將你打倒罷了。我不認為你是錯的。雖然你是個壞到骨子裡的混帳，但你真的……很強。」

「……」

「不過，強烈的信念會互相吸引……就像兩顆磁鐵一樣。雙方會一再產生激烈碰撞……激盪出火花，最後……」

「會有一方碎裂，是嗎……結果活下來的是你，赤星。」

「是啊。」畢斯可彷彿忘記方才那場血腥的死鬥，那無邪的少年面容開懷一笑。

「就是這麼回事。碰到我算你倒楣，老頭！」

啵咕！

畢斯可那張開懷的笑臉令克爾辛哈看得出神，他突然感覺到食鏽即將從他體內爆開，便使盡殘餘力氣對畢斯可說：

「……聽好了，赤星。老夫所用的真言，是種隨意操縱鏽蝕的技術。個人藉由語言來操縱鏽蝕，最多只能達到老夫這般威力。但這種技術的發明目的，應該是想藉由鏽蝕之力，隨心所欲改變世界。」

「改變……世界？」

「世上確實有人握有那種系統，老夫稱之為『神』。我等的世界一直掌控在『神』手中。」

「……啥？老、老頭，你在說什麼……！」

「聽好，你和你的搭檔在『神』的意料之外，你們是世上新生的一對神，你們是能吞噬鏽蝕的食鏽。『神』的偉大力量一定會盯上你們吧……那是在很久以前，在東京炸出大窟窿以前……唔咳！」

「喂，老頭！先別死啊！這麼難的東西，你應該講給聰明人聽才對！」

兩人的對話被迫中斷，食鏽吞噬克爾辛哈身上噴出的鏽蝕，朵朵穿破錆塔綻放，使錆塔轟隆轟隆逐漸崩塌。

信徒們恢復理智，如洩洪般四處逃竄。芥川憑其巨大身軀扛起眾多信徒，來回奔走，協助信徒逃難。

「快點——！每隻鬣蜥都要載滿四個人，體格好的直接幫忙搬人！」

「信徒們，事已至此，神都死光了！你們現在的目標就是活下去，活著在自己心中找到神！不要祈禱了！趕快站起來，逃離這裡——！」

帕烏和拉斯肯妮站在人群前，朝自衛團和信徒們喊道。體格壯碩的坎德里和鬣蜥騎兵們各自扛著好幾個信徒，逃離崩塌的鏽塔。

「畢斯可！塔快塌了，我們也快走吧！」

美祿協助滋露和艾姆莉逃離後，又回來找畢斯可，卻見畢斯可從懷裡拿出蕈菇疫苗的安瓶，注射在蜷縮的克爾辛哈肩膀上。

「啊、啊啊啊！你在幹嘛啊？畢斯可！」

「蕈菇守護者有句話說：『勿殺老者，其自死之。』」

畢斯可回頭看向搭檔，平靜地說。

「克爾辛哈的鏽蝕之力已被食鏽吞噬，他已經變回我們之前救的那個瘦弱老人，很快就會死。所以就讓他……選擇自己的死法吧。」

聽畢斯可堅定地說完，美祿露出複雜的表情，既有些為難，又像看見什麼美麗事物似的。最後他輕輕點了點頭，拉起搭檔的手，蹬了一下神像手掌，朝鏽塔中央跳了出去。

留在原地的克爾辛哈身上蕈菇逐漸枯萎，血液循環也慢慢恢復，他茫然地盯著自己的雙掌，靜靜低語。

「全沒了啊。」

「花了百年……」

「花了百年累積的鏽蝕之力，不死之身。」

「就被赤星這麼一箭……」

「赤星。」

「赤星的力量。」

「只要有赤星的五臟之力……！」

「只要有！赤星的！五臟之力——！」

克爾辛哈發出低沉的咆哮，拔出插在胸口那支畢斯可的箭，接著像火箭般跳了起來，將箭刺向那名蕈菇守護者的背。

「再一次！把胃交給我吧，赤星——！」

「你的這種個性啊……」

克爾辛哈奮力一擊，卻在碰到畢斯可之前就撲空，使自己出現破綻。

兩名蕈菇守護者默契十足地背對背使出迴旋踢，將克爾辛哈朝遠方的神像踢去。

「我是不討厭啦！老頭！」

兩人拉弓射向彈飛的老人，美祿的箭貫穿他腦門，畢斯可則貫穿他心臟，轟隆一聲將他釘在神像上。

啵咕、啵咕、啵咕！

克爾辛哈原本就中了一箭，這兩箭又使他體內潛伏的食鏽因子再度覺醒，菌絲轉眼間就布滿神像，孢子甚至擴散到整座鏽塔。

「啊，笨蛋！你射太大力了啦！」

「哇啊啊，抱歉！糟了，要爆炸了！」

兩人自空中墜落，芥川從側方跳起來接住他們，以飛快的速度逃離鏽塔。

啵咕、啵咕、啵咕！

『啵轟！』

一陣尤為劇烈的爆炸聲傳來，六塔中央豎起一座擎天的蕈菇巨塔。

「嗚、嗚哇啊，好酷喔，畢斯可！是蕈菇塔耶！」

「現在是說這個的時候嗎？你這個笨蛋！」

載著兩個蕈菇守護者的芥川被這陣衝擊炸飛，幸而落在六塔唯一的對外橋梁上，芥川將兩位主人抱在懷裡滾了好幾圈。背後的橋梁以驚人之勢崩塌，一下子就追過芥川，眼看只剩三十公尺的路，芥川卻即將墜入六塔周圍那圈深淵之中。

「抓住這個，赤星——！」

混在信眾中的那茲從鬣蜥身上跳下，他拿著一支綁著錨的魚叉，小小身軀使出強大臂力拋出魚叉。芥川從崩塌的大橋墜落前，敏捷地用牠的小螯纏住了繩索，在千鈞一髮之際垂掛在溝壑邊緣。

「成、成功了！你好棒喔，那茲！」

「好重——！普拉姆，把大家叫來！」

繩上勾著一隻超大型鐵梭子蟹，即使將錨釘進地面，也只會使泥土崩裂，拉不起大螃蟹。那茲漲紅了臉拚命拉住錨，背上卻傳來一陣柔軟的肉體觸感，原來是貌美的女知事環抱住那茲，以她充滿怪力的雙臂抓住了錨。

「幹得好，那茲！讓你接任團長果然是對的。」

「知、知事，我不能專心了，請放開我！」

「嗯？為什麼？撐著點，芥川要掉下去了！」

「妳的胸部頂到我了啦！」

知事先是愣得張大嘴巴，而後「啊哈哈哈哈！」大笑起來。除自衛團員外，原在一旁袖手旁觀的信眾也來幫忙，眾人一同拉住那根錨。三十多人使出上百人的力氣拉起芥川，但牠似乎也已筋疲力盡，在地面上翻滾了幾圈後，用小螯將兩位主人甩了出來。

「……嗚喔喔……累死了……我們的身體根本被詛咒了吧，到這地步還死不了。」

「哈哈，真的！……吶，畢斯可，瞧！」

畢斯可在美祿的攙扶下起身，映入眼簾的是……

六塔崩毀殆盡後，原處出現一座太陽似的食鏽之塔，光芒萬丈地聳立著。它的溫暖孢子隨著微風飄散，蕈傘上有紅與綠的大理石花紋，恰似星雲。

畢斯可的紅色食鏽、美祿的綠色食鏽……兩道強韌的生命力交織在一起，形成美妙對比。

「信仰之塔變成了一朵大蕈菇……我們每次都打得太過火了，總覺得有點對不起六塔信徒。」

「這倒也不是壞事喔，你看……」

畢斯可朝美祿指的方向望去，看見眾人合力救出的大批信眾，一個又一個走向閃亮的食鏽之塔……

他們在巨塔周圍的溝壑前，緩緩跪了下來。

忌濱自衛團不知所措，但那上千名信眾仍一同……

自發地……

不求回報地……

只因蕈菇塔散發出的神性而跪地膜拜。他們心中不再有任何教義，人人都無聲地祈禱。

「……」

「……」

美祿還以為畢斯可會出言諷刺眼前的光景……但他似乎對這些真心祈禱的信眾懷著一股複雜的敬意，因而抑制住耍嘴皮子的衝動。

美祿看著他的側臉溫和一笑，心想自己暫時也別戲弄搭檔好了。

「畢斯可，我們也來祈禱吧？」

「夠了吧。正因我們不斷祈禱，六塔才會變成那樣啊。」

畢斯可說完便將目光從蕈菇塔上移開，朝緩緩走來的芥川揮了揮手。信眾將芥川當作神獸聚集在牠周圍，芥川似乎覺得他們很擋路，一副厭煩的樣子，兩人見狀笑了起來，加快腳步迎接他們的大螃蟹。

14

「哇啊，芥川大人的大螯好氣派呢。」

舊六塔周邊的鬧區中，居民正為都市重建忙得不可開交。芥川揮著牠那剛再生完的大螯，將螯自豪地高舉過頭。

而且拉斯肯妮還為牠全身畫上豪華無比的金光閃閃花紋，使牠看起來既勇猛又華麗。

「這是勇敢挑戰邪惡不死僧正的戰士妝容。聽起來像老王賣瓜……呵呵，但很帥氣對吧？」

「哇——！好棒喔，芥川！你好像歌舞伎演員！」

「哼，反正牠一脫皮就全掉光了啦。」

畢斯可打了個呵欠，美祿氣得捏住他耳朵。已換回行商裝扮的滋露瞥了眼他們的日常互動，轉向和好的母女二人問道：

「受妳們幫忙……不對，我也幫了妳們很多。總之事情能告一段落，真是太好了。妳們今後有什麼打算？」

艾姆莉將手揹在背後，有些不捨地看著嬉鬧中的兩名蕈菇守護者……接著轉向溫柔環住自己肩膀的拉斯肯妮，開懷一笑。

「……其實我也想像畢斯可哥哥一樣去旅行，但我選擇留在六塔……不，是留在這個新的都市，展開新的人生。」

滋露順著艾姆莉的視線環顧四周，在忌濱自衛團的協助下，受損的商店和飯館已逐漸恢復盛況。不過店裡賣的商品卻和六塔崩塌前大不相同，那些咒術用品全都畫上了蕈菇圖樣。

「蕈菇符咒、蕈菇串珠、蕈菇線香……也太單調了吧！」

「哎呀，那也沒辦法啊，畢竟新的御神體是一尊蕈菇嘛。」

兩人看向遠方那座聳立於六塔舊址上的食鏽巨塔。食鏽的蕈柄已綁上好幾條神聖的注連繩，成了島根的新象徵。

「赤星和貓柳……他們憑著對於自己與搭檔的信念，顛覆了六塔所有的信仰。那尊蕈菇就是證據，我和艾姆莉都是證人。說要贖罪可能太傲慢……但我想領導眾人學習這種價值觀，讓每個人都相信自己。」

「咦，妳們又要成立宗教嗎！誰是新僧正？」

「呵呵，妳在大僧正面前表現得太高傲嘍，滋露大人。」

「是妳啊，小鬼！」

艾姆莉從滋露手中溜開，露出天真爛漫的笑容，翩翩跑向畢斯可和美祿。

拉斯肯妮望著艾姆莉的背影，帶著些許歉意對滋露說：

「……我也給妳添了很多麻煩。若妳沒有看穿我的詭計，可能會造成更慘重的傷亡。抱歉，我沒有什麼能送妳的……」

「不需要啦，我也不指望能從妳們那裡收到什麼。」

「可是這樣……」

「妳太天真了～～我怎麼可能這麼遲鈍，沒有嗅到黃金的味道呢？」

滋露對拉斯肯妮調皮一笑，將手伸進異常豐滿的胸前，拿出一尊金光閃閃的迦難加神像。上面鑲滿各式各樣的寶石，體積雖小，但任誰都看得出它價值連城。

「金象信的御神體！妳、妳是什麼時候……！」

「妳們的新教派不需要這麼俗氣的東西吧？那這個我就收下嘍。」

「赤星大人———！」

畢斯可正在收拾行李時，大塊頭坎德里雙膝一跪，趴在他腳邊。那張嚴肅的臉上流著淚水，抬頭看向畢斯可。

「您要走了嗎？您可以留下來，成為新的神明領導我們嗎？」

「別胡說，我只是個蕈菇守護者，哪有那種本事……」

「畢斯可。」

美祿面帶微笑地向畢斯可耳語後，畢斯可露出明瞭的表情，清了清喉嚨，正經八百地面向坎德里。

「坎德里，你的意思是……日本這麼大，卻只有出雲六塔可以獨享新神明的救贖嗎？」

「呃！我、我沒有……！」

「我要出外散播救贖的孢子。你們已經萌芽，正要成長茁壯。這裡已經不需要我了……啊，可是……對了！」

故作嚴肅的畢斯可一下子就破功了，他要匍匐在地的坎德里抬起頭來，與自己平視。

「艾姆莉和她的教派就拜託你了。她是這座都市的希望種子……也是我和美祿的妹妹。請用你的智力和體力，好好輔佐她。」

「是、是的！我坎德里拚了老命也會做到！」

「也請你和拉斯肯妮好好相處。我不知道你們有什麼過節，但今後你們就是夥伴了。」

正在清理街上瓦礫的拉斯肯妮聽見自己的名字，不禁和坎德里對看一眼。拉斯肯妮從他們的表情大概猜出是怎麼回事，她露出有些為難……但仍美麗的笑容。

「赤……赤星大人！既然您這麼吩咐————！」

坎德里哭到說不出話，令少年們笑了起來。坎德里身後的明智宗僧侶看見他們的笑容，感動地雙手合十。

「大家聽好！此後明智宗就併入艾姆莉大僧正麾下！請用你們過去未能施展的知識和德行，協助這座都市重建！」

「「是！」」

坎德里回頭下令後僧侶們齊聲應答，四散到各自的崗位，協助重建受損的市街。

「明智宗號稱以智為尊，卻很好操控呢。」

「我也不想騙他們，但我們又不能停止旅行。趕快前往四國，回你的故鄉吧……你的弓也壞了，得找一把新的。」

「那把真言弓哪去了？一不留神就不見了。」

「嗯，我的意識一中斷，那把弓好像就消失了。做一把弓也很耗體力……就算全神貫注，變出的弓頂多也只能撐一天吧。」

「是喔～～那個很帥耶，每天都幫我做一把嘛。」

「別說得好像味噌湯一樣。」

「畢斯可哥哥！」

艾姆莉朝著繼續收拾行李的兩人快步跑來，撲進畢斯可懷裡，露出無邪的笑容看著瞪大眼睛的畢斯可。

「畢斯可哥哥，你要出發了吧？」

「對啊，我要回四國一趟……之後如果有機會，還會再過來。」

「你聽說了嗎？我和師……母親大人會引領信眾，將新觀念教給大家。」

艾姆莉面帶微笑，這幾天她看起來成熟不少。

「我們會將兩位……畢斯可大人和美祿大人的生活方式，奉為信仰對象。希望大家都能找出自己心中的神性，有朝一日遇見重要的人……」

艾姆莉輕撫畢斯可的臉頰，動作嫵媚得不像少女。接著她轉向愣在一旁的美祿，以同樣的笑容問道：

「請兩位幫我們教派取個名字吧，你們有什麼點子嗎……？」

「教派的名字？哇，怎麼辦……畢斯可，要叫什麼？」

「菌神宗。」畢斯可雖然有點被艾姆莉的動作嚇到，仍堅定地說出一個其來有自的名字。

「菌神原本是鳥取的蕈菇之神，卻被克爾辛哈毀了。那老頭現在也死了，是時候該把名字要回來了。」

「菌神宗……聽起來真不錯……」

艾姆莉出神地喃喃自語，眼中忽然冒起熱情的火焰，在畢斯可耳邊低語。

「畢斯可大人，我想將菌神宗設為一夫多妻制……你覺得怎麼樣……？」

「咕哇——！美祿！」

「不行不行不行——！不行喔，艾姆莉！還是採一夫一妻制吧！」

「既然其中一位神都這麼說了，那我也不敢違抗呢。」

艾姆莉輕盈地從畢斯可身上移開，打從心底「哈哈哈哈！」笑了出來。

她所體驗過的孤獨、悲傷……

在這抹微笑之中，似乎都已消失得無影無蹤。

此後島根仍將「螃蟹」奉為神獸，縣民不得食用，這讓許多以螃蟹料理聞名的飯館哀聲連連。大批島根縣民失去信仰對象，正感到徬徨無助，艾姆莉與她的菌神宗因而迅速獲得縣民的歡迎與支持，唯獨禁吃螃蟹這點在暗地裡受到批判，被視為菌神宗唯一的惡習。

15

「就這趟旅程就結果而言，不但沒治好我的不死之身……」
「連我也變成不死之身了呢。」
「你的意思是，這都是我的錯嘍？」
「不然你說，是誰的錯呢？」
身上繪滿金色花紋的芥川載著畢斯可和美祿，一路朝四國前進。兩人身體無比健康，令人難以想像他們曾數度徘徊於生死關頭，而且又在你一言我一語地鬥嘴。
幸好（？）美祿的頭髮並沒有連髮根也一起染成綠色，因此過一陣子就會褪回原本的天藍色了。
不過美祿仍保留著他向克爾辛哈偷學的真言之術。他只要稍微集中精神，掌上就會冒出綠色方塊。美祿看著那咻咻旋轉的方塊，想起畢斯可轉述的克爾辛哈那段話。
（老夫所用的真言，是種隨意操縱鏽蝕的技術。人類藉由語言來操縱鏽蝕，最多只能達到老夫這般威力。但這種技術的發明目的，應該是想藉由鏽蝕之力，隨心所欲改變世界。）
（你們是能吞噬鏽蝕的食鏽，「神」的偉大力量一定會盯上你們……那是在很久以前，在東京炸出大窟窿前……！）

「……」

美祿輕輕握碎手中緩慢原轉的方塊，轉頭望向自己的搭檔。搭檔全然不知美祿那細膩的心思，自顧自地打了個大呵欠，美祿見了忍不住朝他後腦杓用力一拍。

「好痛！你、你幹嘛打我啦！」

「你是不是少根筋啊？都不管我在想什麼！」

「我、我又不是故意要讓你變成不死之身！而且要是沒聽艾姆莉的建議，我們應該都已經死在六塔裡了。」

「我不是說這個！你還記得克爾辛哈說了什麼吧？他說日本有一些比他更強的人，那些人很可能會盯上我們！」

「什麼嘛，原來是這件事啊……」

呵欠還沒打完就被中斷的畢斯可再次打了個呵欠，像是對美祿的煩惱毫不在意似的，平靜說道：

「打從我有記憶以來，就總是會被當成獵物。如今誰盯上我都沒差吧……而且……」畢斯可露出犬齒，以他一貫的調皮笑容指著美祿的手說：「反正現在有你那個奇怪的魔法保護我們。只要有芥川那支魔法大螯，跟誰打架我們都不會輸。」

「別太指望這個啦，這技術連我也不太……！」

芥川自豪地舉起大螯，打斷美祿的反駁。

美祿見畢斯可也不以為意，便將那些反駁的話吞了回去。他笑了笑，愛憐地撫摸芥川的螯。他的搭檔則瞇起眼睛看著西沉的太陽，自言自語般靜靜開口說道：

「賈維曾經說過我是箭……」

「……？」

「……他說箭一旦射出，就無法改變方向。箭能做的只有不斷飛行，遇到牆壁就貫穿它。穿不破，就完了。」

「……你真的很笨拙耶！」

「你好像對我很不滿耶，是哪裡有意見啊？你說啊。」

「沒有啦，都認識那麼久了。你就照你想做的做吧，我會保護你的。」

「你以為你是我的監護人嗎！」

「我本來就是啊～～」

畢斯可和美祿吵吵鬧鬧，底下的芥川突然停下動作。兩人安靜下來，滿臉疑惑地看向芥川，卻感覺到他們後方有一大群人步步逼近。

「畢、畢斯可，後面……！」

二人組一回頭，看見後方有一群揹著金銀財寶和生財工具的金象信殘黨，直線朝他們跑來。

「他在呢——！埋伏這條路真是選對了！」

「誰要奉那種小丫頭當教祖啊！赤星大人～～！當我們的教祖吧！金錢、名聲還有我，都是教祖的了～～！」

「唔呃——！」

率領金象信殘黨的，正是為畢斯可他們進行入教檢查的那些人妖僧侶。信徒們捲起塵煙追了過來，兩人一蟹都為之一顫，脫兔般逃離現場。

「我們的生活每天都不無聊呢，芥川！」

「喂，你這什麼意思啊！」

大螃蟹和兩名蕈菇守護者背向橘色夕陽，變成黑色剪影在島根市街跳躍，一路趕往畢斯可的故鄉。

真言祕笈

前綴命令詞

◆唵【won】：開始真言
◆那基【nigie】：中止真言
◆希喀魯巴【skerva】：啟動寫有真言的物體

對象指定詞

◆咖魯達【kerd】：對自己
◆釋哆【shad】：對想像中的對象

中間命令詞

[變出鏽蝕]
◆叭究拉【vacurer】：以鏽蝕束縛
◆巴魯拉【varuler】：以鏽蝕攻擊
◆毗毗其【viviki】：以鏽蝕創造武器

[治療]
◆阿嚇叭嚕【aspal】：為對象補充某物
◆阿姆利塔【amrit】：消除真言效果，使之恢復成鏽蝕

[特殊]
◆夏穆達【sharmd】：挖出臟器

[名詞]
◆烏嚕【ule】：胃
◆托列羅【toreo】：金
◆嘎盧那【karna】：血

句末詞

◆蘇那巫／窟那屋【snew / knew】：結束真言，使之立即顯現

＜例句＞
「唵，釋哆，叭究拉，蘇那巫」→（／將對象／束縛住／立刻）

後記

我又以老爺爺當主要角色了。

而且這次還是反派，更是招牌。他的名字甚至被我加入副標題「血迫！超仙力克爾辛哈」，各位應該感受得到我有多重視克爾辛哈了吧。

克爾辛哈將脆弱且盲目的信徒踩在腳下，吸取他們的力量，一心一意逐步實現自己的野心。這種生存方式非常邪惡，卻也非常積極。他與第一集的黑革不同，在「相信自己」這點上和畢斯可勢均力敵，是畢斯可從未遇過的強敵。

到最後，克爾辛哈因為心中無愛，而輸給了畢斯可和美祿的羈絆。但我很喜歡他的死法和死前的掙扎。維持了他一貫的積極，可謂死得其所。

而造就他這種性格的，正是本作的混亂邪惡角色，拉斯肯妮。

當其他弟子背棄克爾辛哈時，拉斯肯妮卻對他迷戀至極（可能是克爾辛哈激起了她的母性吧？），只要是克爾辛哈想要的，她什麼都給，完全是渣男製造機。拉斯肯妮若能勸諫克爾辛哈，透過他們的孩子艾姆莉，讓克爾辛哈意識到愛的重要，或許會有不同結果……不過克爾辛哈是個壞到骨子裡的老頭，無論發生什麼事他可能都不會為愛改變。

至於主角陣營，第二集我原本只安排了主角三人（兩人一蟹）繼續出場，再加上艾姆莉等新角色。後來我聽從責編建議讓滋露出場，結果這角色太好用了，我就一直依賴她。「那要不要也讓帕烏登場？」「好啊。」於是我二話不說就決定也讓帕烏出場，更把卡爾貝羅的孩子們一起寫進來，所以到尾聲時還滿熱鬧的。

克爾辛哈擁有數萬信眾，並藉由信眾之力將畢斯可逼到絕境，然而他終究敵不過畢斯可的夥伴，甚至是美祿一人的畢斯可信仰，因為他們打從心底相信畢斯可。

換言之，由恐懼或魅力而生的盲目信仰，輸給了由心靈交流累積而來的羈絆……

「何謂相信？」是本作的主題，而我的回答如下——

「在決定相信與否時，應該先認清事物的本質，主動做出選擇！」……這次的故事就帶有這種意涵（《食鏽末世錄》只是一部娛樂小說，沒有打算干預各位的價值觀，但慎重起見還是澄清一下！）。

各位在現實中，或許也會遇到克爾辛哈這種踐踏他人願望，想讓他人臣服於自己的人。希望畢斯可說的「神就在自己心中」這句話，或是他的生存方式，能對迷惘的人有所幫助……雖然有點傲慢，但我還是希望如此。

那麼，就期待與各位有緣再會。

瘤久保慎司

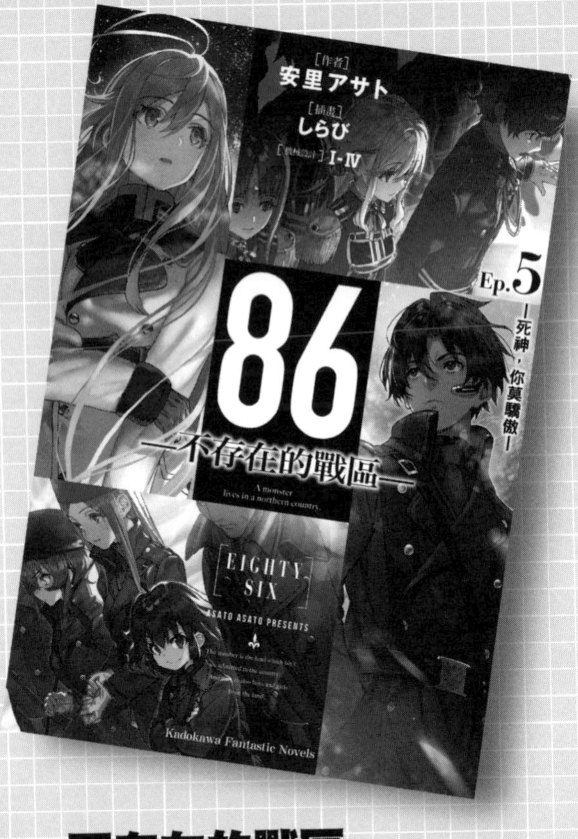

86—不存在的戰區— 1~5 待續

Kadokawa Fantastic Novels

作者：安里アサト　插畫：しらび

那是對生命的侮辱，抑或對死亡的褻瀆？
潛藏於雪山的怪物們，笑著向他們問道。

辛聽到了疑似「軍團」開發者瑟琳的呼喚。蕾娜等「第86機動打擊群」揮軍前往白色斥候型的目擊地點「羅亞·葛雷基亞聯合王國」，然而他們在「聯合王國」執行的反「軍團」戰略實在超乎常軌，就連「八六」成員都不禁心生戰慄——

各 **NT$220~260/HK$68~87**

魔法師塔塔
The Witch of Tata
2
うーぱー
插畫・佐藤ショウジ
Kadokawa Fantastic Novels

閃偶大叔與幼女前輩 1~2 待續

Kadokawa Fantastic Novels

作者：岩沢藍　插畫：Mika Pikazo

以充滿夢想的遊樂園為舞台，令人心焦又熱血的故事再次展開！

熱愛《閃亮偶像》的高中生黑崎翔吾以及小學生新島千鶴兩人的面前出現了技術高超的閃亮偶像玩家？「人家是爆可愛☆JS偶像美咲丘芹菜！」《閃亮偶像》與全國遊樂設施連動的初次大型活動開跑了！翔吾試圖利用這個活動讓千鶴結交朋友，然而……

各 **NT$220~250/HK$68~75**

喜歡本大爺的竟然就妳一個？ 1~6 待續

Kadokawa Fantastic Novels

作者：駱駝　插畫：ブリキ

流水麵線、海水浴，還有煙火大會！
大爺我要把這個暑假享受個體無完膚！

暑假終於要開始了！其實我和葵CosPansy約定好很多事情耶。我的高中二年級暑假將會充滿一輩子未必能有一次的幸福！就讓大爺我享受個體無完膚吧！話是這麼說，為什麼水管的好友特正北風會出現在我面前啦！嗯？有事找我商量？該、該不會是──！

各 **NT$200~240/HK$60~80**

國家圖書館出版品預行編目資料

食鏽末世錄. 2, 血迫!超仙力克爾辛哈 / 瘤久保慎司作 ; 馮鈺婷譯. -- 初版. -- 臺北市 : 臺灣角川, 2019.11
面 ; 公分
譯自 : 錆喰いビスコ. 2, 血迫!超仙力ケルシンハ
ISBN 978-957-743-340-4(平裝)

861.57 108015396

Kadokawa
Fantastic
Novels

食鏽末世錄 2
血迫！超仙力克爾辛哈

（原著名：錆喰いビスコ2血迫！超仙力ケルシンハ）

2019年11月25日　初版第1刷發行

作者：瘤久保慎司
插畫：赤岸K
世界觀插畫：mocha
日版設計：AFTERGLOW
譯者：馮鈺婷

發行人：岩崎剛人
總經理：楊淑媄
資深總監：許嘉鴻
總編輯：蔡佩芬
編輯：江宇婷
美術設計：莊捷寧
印務：李明修（主任）、張加恩（主任）、張凱棋

發行所：台灣角川股份有限公司
地址：105台北市光復北路11巷44號5樓
電話：（02）2747-2433
傳真：（02）2747-2558
網址：http://www.kadokawa.com.tw
劃撥帳戶：台灣角川股份有限公司
劃撥帳號：19487412
法律顧問：有澤法律事務所
製版：尚騰印刷事業有限公司
ISBN：978-957-743-340-4